U0041938

火笑了

黃錦樹——著

告別與祝福
——《火笑了》引言

這裡四十一篇隨筆，半數以上寫作、發表於這三年間，也即是我比較頻繁的寫小說這幾年。二〇一一二年的只有兩篇（〈嗨，同代人〉、〈馬華文學無風帶〉），但那兩篇都有相當分量，可說是我後期寫作的開端，都是有感而發。前者受同代小說家中的倖存者賴香吟《其後》的觸動，後者有感於陳大為對旅台馬華文學的謬見。

大部分文章是談具體作品的，少部分是師友親人的雜憶。那些小評論，談散文或小說或評論文字，作為書序或書評。在書評幾乎絕跡的年代，有時有意見想寫，副刊編輯因顧忌「踩線」而頗有疑慮，令人意興闌珊。但也曾婉拒若干書評，不想錦上添花，也不想當烏鴉（尤其對象是新一代台灣文壇寵兒）。況且，台灣文壇不乏敏銳的新人，也該「自己的文學自己搞」。

因出了些新書，有時不得不出席某些活動，得回顧自己的寫作，〈火笑了〉、〈沉重的沒有〉都是那樣的產物。應邀寫序時，我都有意識要把它寫成不依賴於特定作品的批評文章，即便是「推薦序」，也要有論述展開，不是純粹的頌讚，必須有自己的論述立場和看法。八篇序一篇跋，有四篇是為他人的散文集寫的（小說的兩篇，評論一篇），這幾年也多嘗試在思考散文的問題——學術性的表述應做現代文學系統裡的散文問題——很奇怪，在現代文學裡，那幾乎是個未曾被思考的問題。

〈土星的環帶〉作為序，是和劉淑貞說好交換她的論文〈倫理的歸返〉（作為《南洋人民共和國備忘錄》的附錄）；〈給自己們〉也算是我自告奮勇要寫的，我對那些文章有點意見想找個舞台商榷一下，出版社原只叫我掛個名。〈貘的嘆息〉原沒打算收進來，今年七月跑了趟內蒙，同行者之一的黃崇凱提到這篇推薦序是他任職聯合文學出版社時向我邀的（我幾乎全忘了）。之前他曾向一位他非常崇拜的文壇前輩邀序，卻被對方在聽到名字後「咔」的蓋掉電話，讓他很受傷。但我寫的也不多，一般是同鄉比較難以拒絕。〈文有別趣〉倒是個意外的機緣，《人雉》恰位於我多年來思考的「嘗試文」問題的交匯點上。

〈獅子、大象和雞鴨〉是推薦一篇學生的小說習作給《印刻》雜誌時，主編開的附帶條件。我不知道這位很有故事但身世坎坷的學生後來怎樣了，似乎也沒再寫，我也沒那麼有愛心去追蹤關懷。有時也突然會想念，某位學生現在不知怎樣了，臉書時代有其便利處，有時敲幾個鍵就可以撈到些訊息。

這些為他人寫的序跋都是祝福（包括那篇彷彿是為某本不存在的書寫的序的〈第四人語〉）。

〈拘謹的魅力〉、〈聊述〉之類文章都是應某些活動而寫（老師較親近的學生想為其祝壽），我和這些老師也幾乎是疏離的，也不愛參與那類活動，偶現身，徒然更覺疏離。這類文章，寫作是為了告別；早晚會寫的，余生也晚，值得一談的老師輩並不多。為祝壽而提前寫了，也幾乎就是提前告別了。書中也有若干告別的文字，家人，朋友，同事，同學，一直有人過世。死亡課早就開始了。哀樂中年，難免要一路告別。

〈讀中文系的人〉原題〈角頭風雲〉，原為本人碩士論文《章太炎語言文字之學的知識（精神）系譜》之自序，完稿於一九九四年五—六月間，彼時一肚子火。但那種語調現在的我也受不了了。感謝陳珮君同學代為打字。博碩士論文的序原擬收進《焚燒》，因篇幅太大，最後又決定抽出（要不是錦忠的序有提到，我也不記得了）。〈角頭風雲〉改題〈讀中文系的人〉，權做是對林文月教授發表於七〇年代、鄭良樹教授八〇年代的同名文章的一個回應吧。老一輩的中文系學者，都覺得守護古典而不事現代文學生產是理所當然的。在新馬，根本沒有充分的資源與能力去守護（那種承擔是莫名其妙的，中國文化當真要滅亡了？）最需要它支援的馬華文學反而棄之不顧，是非常可悲復可笑的。

除了〈第四人語〉和〈火笑了〉等幾篇，關於馬華文學的篇章幾乎都收進《注釋南方》（有人，二〇一五）裡去了（或預留給再下一本也許題為《時差的贈禮》的馬華文學短論集，也許二〇一七）。我悲觀的判斷台灣的讀者對「馬華」不會感興趣，我也預感我們是處於某個特殊時代的末尾（歷史走到了崖邊），「在台馬華文學」是歷史偶然條件下的產物，恐也將及身而絕。

〈南洋底死〉截自較長的論文〈石頭與女鬼〉最後一節，但這一節原就是後來補上的，原題〈經驗所容許的〉，這標題的意思是：在台灣，台灣作家基本上不碰南洋，如果寫了，也總是正當的（因為有經驗依據——台籍日本兵的記憶）。我們呢，管你有沒有經驗依據，終歸是外來的標記。

三篇較早的文章〈未竟的書寫——閱讀郭松棻〉（二〇〇五），〈沒有窗戶的房間——讀袁哲生〉（二〇〇五），〈母雞和牠的沒有〉（二〇〇七），二〇〇七年出版《焚燒》時不知何故漏收。也許由於編《焚燒》那時心情過於沮喪。但每一本書好像都會漏收一些文章，就像每次出門都會忘了帶一兩樣東西。如果還有時間，再慢慢回頭打撈。

〈幾個愚蠢問題〉是連番接受採訪後的感想。還真有人不做什麼準備就來亂問的，一聽問題就知道該看的書都沒看。約莫是今年五月，此間某大報記者突用臉書聯繫我，說晚點（十一時前）將發幾個問題給我，並指定明天前要作覆。但一直到很晚了還沒收到問題，後來她傳來簡訊說要再準備一下，就從此沒消息了，亦不知何故陣亡。七月返馬，見到好些老朋友，其中一位同為留台人一直問我：你現在看問題是用台灣人的眼光還是馬來西亞人？我苦笑而不能答。這堪稱是愚蠢問題之最。但只被這麼一個人問，也就沒列入〈幾個愚蠢問題〉，因為沒代表性。

本書原擬題為《嗨，同代人》，因書中半數以上的文章是和同代人的對話。但「火笑了」是我母親昔日的話語，二〇一四年返鄉為我在馬來西亞出版的「馬共小說選」《火，與危險事物》做宣傳時寫了篇對自己寫作之路的回顧，就題為〈火笑了〉。母親病逝於同年九月，故改題此書名以為紀念。原本想作為我來台的三十週年紀念，但也稍稍提前了。近年天氣熱，果子提前成熟了。

二〇一五年二—六月。八月十二日修補於奧萬大。九月又補。

目次

卷二：火笑了

卷三：江湖

卷一：嗨，同代人

嗨，同代人

暮春四月，豔陽天，風流雨。

感情被背叛的女主人公說，「四月艱難如涉水。」

在百無聊賴的創作課上，為了讓學生看看現代散文長什麼樣子（及便於解釋相關技藝，寫作對傷害的審視），我選了青年寫作者言叔夏的兩篇散文〈馬緯度無風帶〉與〈憂鬱貝蒂〉，插入另一個課程主題（長篇製作，以駱以軍的《遺悲懷》為例）之前。因〈憂鬱貝蒂〉，而有偶然來到的博士班同學建議我們不如也來看看那部同名的電影吧。那位言叔夏的同代人且說，他們那代人都是看邱妙津的《鱷魚手記》而按圖索驥登上那些歐洲電影大師的列車的。而那部片子還沒看畢（因緣際會分兩次播），賴香吟的新著《其後》就出版了。我上網把它和狄雍（Philippe Djian）的原著《巴黎野玫瑰》二手書一起下訂，同時收到，前後腳把它們看完。

時序進入躁熱的五月初夏。

那些在邱妙津小說裡的電影、文學，同樣也出現在賴香吟的書寫裡，那原即是八〇年代末剛剛在台北崛起的台灣內向世代的共同營養。邱、賴都異常的早熟，成名甚至還在駱以軍之前。早在許多同代人都還在牙牙學語時，她們甚至會唱法文歌了。邱妙津的小說預示了不久後台灣文學場域的新佔位空間，影響深遠，但她來不及看到這一切。她那自我的風暴太過激烈，脆弱的肉身哪堪承受。自我太大又太小，世界太小又太堅硬。一如她的文體承受不了她的狂躁，總是像瓷器般開裂。

她作品的迅速被經典化，只能說是風會使然，一如黃春明在鄉土文學論戰後的經典地位，都有點名過其實。

「憂鬱貝蒂」，那代人的共同符碼，乃成為她存在的寓言。狄雍在訪談中相當有意思的道出，電影和小說還是有落差的。在小說是虛的（幻想），電影裡卻被具體化了。故事裡的兩個角色其實是一身為二，貝蒂對作品的狂躁守護恰恰扼殺了書寫的可能性，當貝蒂自毀以致臨近死亡時，書寫卻又十分順暢的開始了。從這樣的角度來看，「憂鬱貝蒂」不過是溫柔的男主人公佐格「內在的她者」，內在的狂暴的陰性。因此最終他必須殺了她，以重新開啟寫作之路。但邱妙津的寫作少了這一層隔離，她總是直接衝向終點。如果說邱的自殺是以身殉文學，未免過於誇張；但它無疑揭示了文學和死亡之間存在著一種曖昧的關聯，書寫只怕也承載不了死亡之重。但反過來，在敘事裡，角色之死不過是語法的必然，顯得微不足道。

在那事件中，賴香吟何其不幸，她直接被吸入黑暗的核心，而且早就被寫進邱妙津的故事裡，被強行分派了個位子。在邱的死亡中，她竟被迫分擔了那麼重大的責任。死者的暴虐意志。她被迫繼承那灰色的遺產，被迫犧牲部分的自我，被迫接受她留下的龐大陰影，去承擔那無以名狀的悲哀，心靈因而遭受重創——她結結實實的被傷害，放棄修讀博士學位，放棄既定的人生計畫，去扮演被死者強行分派的角色。死亡的黑色光芒過於強烈，一切都來不及也看不清楚。一如所有的傷害，理解只能在事後（弗洛伊德的事後性），但那事後究竟是多久呢？有時竟是無期——緜緜無絕期。很顯然，在她們的故事裡，賴香吟必須扮演佐格的決斷，試著解下她的屍身，試著告別，埋葬死者，以便繼續往前走。如果賴香吟像邱妙津那麼狂暴，她早就是電影裡那個變裝謀殺者佐格了，除非她對死者的愛遠遠的超過了寫作。（佐格：「貝蒂是讓我自覺活著的訊號，而寫作呢，也是同一回事。」）

《其後》便是那樣的一部告別之書吧。十七年過去了，那是差不多可以養大一個孩子的時光。雖然有一部分時光被凍結停駐了（隨同那次死亡時件），時光推移，活在時間裡的人繼續沿著生命的輸送帶，正常的老去，一一送別年長的親人。哀樂中年，面對的往往就是這類的日常故事，也總令人悲傷，尤其是那「沒有發出一點聲音」默默的承受愛女之死的父親。因而《其後》所謂的「生手的狀態」或許是回到隨筆的單純直率（相較於小說矯飾的天性），直面現實；面對那活在「事後」裡的人，更深入的面對自己。為什麼一部隨筆要自稱是小說呢？在功能上，顯然有它不得不被視為小說的理由。當然小說也可模仿隨筆的型態，但更可能的是，它單純的需要讀者對小說之為虛構的期待。它需要被視為虛構、在閱讀裡被虛構化，以製造主體與事件之間的想像距離。對活過來的人而言，十多年的時間距離讓那死在過去的人像個孩子，從同代人下降為晚一代的；那活在自我的傷害裡的孩子卻只能浸泡在她過早的死亡裡，無緣經歷中年哀樂。

和《其後》距離最近也最遠的一本書應該就是駱以軍十一年前出版的《遺悲懷》了。後者從書名來看，努力要裝得不像小說（抒情詩，自傳），和前者之假裝是小說無疑是個強烈的對比。甚至可以說，《其後》就內容而言，它真正的書名應該是《遺悲懷》，箇中的敘事主人公比駱更有權力那麼做。但那書名被後來居上的小說家給僭佔了。有意思的是，《告別的年代》、《啟蒙時代》、《憂鬱貝蒂》的書名也適合這本書，但均不如「其後」簡素、家常。

我猜想《其後》的作者不會喜歡《遺悲懷》，那書名對她那樣的倖存者不無冒犯的意味。或許因為這樣，這兩本書之間有些地方反而趨近了，甚至調動了部分共同的資源——電影《憂鬱貝蒂》，太宰治、川端、芥川、顧城……這系列日中現當代自殺作家的系譜，不外是為了理解那種和死亡極其臨近的心靈的震顫，企圖了解那極端敏感的神經是怎麼一回事。

《其後》調動得更多（譬如海子），也更為細緻，畢竟敘事人曾留學日本，可以更具體的進入那些臨終之眼撫視過的心靈景致。

一直活在台灣文學時間之外的我，其實是她們的同代人。那些年也在同一間學校唸書，部分活動空間是重疊的。差別在於，套用《其後》裡的比喻，她們是在月亮明亮的那一面，我在暗處。我當然很早就知道她們的存在，在場而不在場，也不在他們的故事裡。而我也一直不是邱妙津的理想讀者。

就一個局外的同代人的立場來看，我認為賴香吟對邱妙津的抱怨是合理的，要她承接那麼多負面的遺產本來就很莫名其妙。「她的傷害我如何能要個償還」、「其中尤為無奈的是，五月形象籠罩住我，文學上，我失去了自己的角色，成了一個關係人，作品不分青紅皂白地都被作了關於五月的聯想與影射……」（頁一二四）這多少道出了內向世代「把身邊的人都捲進小說裡」的習性造成的不良倫理後果，與及相應的，讀者的愚昧。

這個學運世代的同代人，過早練就的冷峻風格（其人其文）原應足以保護自己，但不料遇到一場近身的心靈核爆，身心俱碎，需要多年的時間方能勉強予以重新組合。

回到本文的開端。有趣的是，《其後》調動的部分文學資源也與言叔夏的散文重疊。電影《憂鬱貝蒂》，李維史陀的《憂鬱的熱帶》、「無風帶」的比喻，……說不定這兩個世代時的人還是某種意義上的同代人。言叔夏寫那兩篇散文時年歲與邱妙津寫作《蒙馬特遺書》時相近，兩篇散文處理傷害卻顯得老練得多，也詩意得多、自覺得多。一如散文〈憂鬱貝蒂〉的結尾引的是電影的開端（而非結束），南法的驕陽、黃色的土地與小閣樓，貝蒂邁著青春自信的步伐，走在陽光裡，走進男主人公的世界裡。來自地中海的風吹拂著她的長髮，來自北非的黃沙在她腳下，那確實有「春暖花開」的意味。

二〇一二年五月，埔里

土星的環帶

土星將要離開我的第四宮，四宮的尾巴天蠍座，於是今年的生日，在葬禮中度過了。整個傍晚我們吹奏號角，圍著圓圈燒火紅蓮花，直到夜暗下來，周圍的景物退得很遠很遠。整個送葬隊伍被霧完全掩蓋。大霧散去，我忽然就只剩下自己一個人，在這個暗黑的平原上了。

有時我感覺自己來到世界，只是個空空的容器。承載世界。有時世界變成了海，就承載了我。好久沒有大哭。雖然我不清楚那是為了什麼。也許是時間。有人告訴我，土星是一個虛的實體，無法抵達，也不能登陸。它的環帶比它本身來得更真實。

——Facebook of Camille Liu, 12 Jan 2013

去年有位本地學界的朋友又在抱怨台灣本土學人對馬華文學的研究乏善可陳，我隨即轉寄一篇劉淑貞的論文給她看看，附了一句評語：「這論文比她老師寫得好太多了。」這種話或許會為她樹敵吧。但學術之路本也是條江湖路，有敵人也會有朋友，即使刻意廣結善緣的人也會經常中暗箭，最後憑靠的還是自己的實力，況且論文真正能傳世的也不多。

很可慶幸的是，台灣文學研究的領域近年出現了若干有潛力的年輕人，而且同時從事創作。劉淑貞無疑是箇中佼佼者之一。讀她的論文可以看到，在理論的廣泛涉獵之外，還可以清楚感受到一股對文學的強烈激情。那種激情在她的老師輩的論著那裡幾乎是被徹底壓抑掉的（如果不是從來沒有過的話）。雖然，那也可能是種危險的激情，尤其在台灣學界論文急遽學術化、學究化以利數目字統計的年代。另外一個值得擔心的是，過度膨脹的台灣文學學術產業或許會讓積累畢竟有限的台灣文學不勝負荷。這份負面的冗餘或許會轉嫁給年輕的研究者，限制了他們的可能性。

聽說她也寫作，後來從《現代散文金典》裡讀到她的〈馬緯度無風帶〉、〈憂鬱貝蒂〉。前者是我近年來讀到的少見的散文佳作——因為某種我自己也難以說清楚的原因，大概有幾年忽略了年輕一代的寫作，也許還包括自己的寫作。

寫散文時她或許叫言叔夏，我不知道（也沒那好奇心去探詢）她還有哪些筆名。

爾後在她的部落格裡零零星星的讀到一些文字，羚羊般跳躍的意象，欲語還休的道出自身生命的某些傷害、失落、啟悟，或某種難以言喻的感思。除了極少數的例外（幾篇寓言或小說），我讀到的她的大部分寫作並沒有逾越現代散文的界限，這種自覺是很值得一談的。

我認為這部散文集是相當標準的現代散文——嚴格意義上的現代散文，是六〇年代以來，由余光中、楊牧加以命名、概念化並實踐，從〈鬼雨〉到《年輪》到唐捐《大規模的沉默》，在台灣現當代文學裡斷斷續續的延續著的一種寫作。從文學史的角度來看，台灣文學界對現代散文的自覺創造可以說是對五四抒情散文的局限的嘗試克服（那一代的現代散文界碑是魯迅的《野草》）。進而言之，那也可能是克服抒情散文的有限性的一種（可能有效）的方式[1]。

和一般人的認知也許恰好相反，散文（這裡嚴格限定為抒情散文）在現代文學系統裡，可能恰恰是一種最不自由的文類。散文的寫作者很快就會意識到，它其實嚴格的被限定在一個有限的範圍內。它不像小說有虛構的自由，也不如現代詩有相似於小說的自由——藉由虛擬的核心、虛擬的情境，次第的展開詞語之花。位置介於小說和詩之間，因著它嚴格的有限性，它之被獨立對待，從文學系統的角度來看是非常勉強的[2]。大部分寫作者也近乎默契的默默遵守著這限定，少數逾矩者都會付出相當嚴重的代價。如果是文學獎的場合，那甚至是個準法律問題（「詐欺取財，不當得利」），而不只是個道德問題（欺騙）[3]。

因此，它其實非常孤單，它被迫直面生命經驗，被逼面對個人經驗的單薄貧瘠。它得到的反饋或許是，它可能是最認真、最真誠面對生命自身的一種文類——它先天的告白特性、凝視自我，反思性。

既然小說式的虛構之路是不被容許的（那是個禁忌），如果不想流於文字的白描，平鋪直敘的自我暴露，唯一一個可以選擇的道路就是借鏡於現代詩。那條路徑我曾把它稱為修辭的拓展。但它不限於修辭，而涉及詩的各種技藝，甚至是戲劇化，這在既有的現代詩裡也有許多例證。戲劇化之路可能讓它趨近於小說，但現代散文似乎總是自覺的以主體生命的本真性為其核心。弔詭的是，那核心往往來自於傷害。罪是另一個可能性，那也有長遠的傳承，譬如西方懺悔錄的傳統。但為什麼歡樂不是？歡樂彷彿是另一個禁忌——在時間之流裡，歡樂容易被它的對立面沖淡、覆蓋、抵銷。反之，感傷、悲哀往往有很強的存活力、感染力，可以一直發揮作用——甚至後遺的把未來的某個當下共時化為過去。寫作大概是直面它的最好的方式，也或許是防止它突擊的最好的方式。

1　但這一路徑不是沒有流弊，早在余光中的〈逍遙遊〉裡就可以看到修辭的浮濫膨脹。部分後繼者走過頭了，變成反覆使用誇大格以致讓語言彈性疲乏。

2　黃錦樹，〈論嘗試文——現代文學系統裡的現代散文〉，《中外文學》三二卷七期，二〇〇三年十二月。

3　最近的討論見我的〈文心凋零？——抒情散文的倫理界限〉，《中國時報》，二〇一三年五月二十日，人間副刊。

雖然是老生常談，傷害往往是啟動書寫的那個按鈕，啟動一種與自我、與遠去的幻影之人的總結式的對話。

言叔夏的書寫似乎毫無選擇的從散文被規定的有限性展開[4]，以直面自身經驗的有限性、傷害的本真性。於是讀者可以清楚的看到一個年輕的孤獨女子，愛穿黑衣，愛孤癖（〈尺八癡人〉、〈白馬走過天亮〉），她的出生不被祝福，和母親的關係相當緊張（〈閣樓上的瘋女人〉）。從台灣西部的鄉下到遙遠的、暗夜般荒涼的花東去求學。而後北上，有一段時間住在可以看見陌生的腳在窗外來來去去的走過的地下室（〈馬緯度無風帶〉），愛亂做夢（〈夢之霾〉）。而她也常常獨自品嘗寂寞，以致幾乎愛上自己蝸居的房間和衣櫥（〈袋蟲〉）。身為那一世代受專業訓練的文藝青年，敘事中偶爾會選擇性的暴露一些讀過的書（太宰治、邱妙津，Susan Sontag，本雅明）和電影，但也許刻意忽略掉的名字更為關鍵。譬如當詞語如此輕快的跳躍：「書名好像是一句法語，唸起來像一隻鼻子，我唸著唸著就覺得自己變成一隻大象。」「那布偶極愛轉彎，那轉彎的弧度極美，那傾斜就是一種正確，那棉花屑，沿路不斷掉落就宛如祕密的雪。」（〈尺八癡人〉）那隱藏的名字就出現了。那夏宇似的聯想，瞪羚似的跳躍，是一種文體練習。偏好格言警句，「心是辯術」，「連掌紋也都有自己的路要走」（〈辯術之城〉）「愛這樣遠，痛這麼近」（〈隧道〉）格言警句總是企圖排除時間。老張愛玲的幽靈？

雖然像穴居人那樣，那敘述者也需要外出覓食，上課、談戀愛、訪友、看電影、買書，都是些尋常不過的學生生活。但時間一長，感慨就深了。開篇的〈十年〉有相當的概括性：「十年裡我做了什麼？去了一個不喜歡的城市，搬四次家，和三個人分手，換了六份工作。十年裡外婆死了。」生命中關鍵的十年，順利的話可以從大學唸到博士（但文科往往需要更長的時間），取得社會上升之路的基本資格。但青春的流逝是不可避免的代價，情感的創傷更難以預測。一度親密的情人和朋友，在時間中漸行漸遠後最終都成了大寫的英文字母。彷彿只有那說話的「我」是唯一的真實。敘事中的家庭劇場都是原生的，父母婚姻失敗，以致那原初的愛與依附都殘破不堪；斗轉星移，妹妹懷孕、生子，長輩衰老死去，新來者是全然的未知，生命流轉。葬禮，喪禮如通過儀式，在他人之死中局部的領會生之奧祕。而傷害，又何嘗不是種考驗？

那經驗主體還好不致太過脆弱如邱妙津黃宜君那般，彷彿渾身是風劃出的傷口。言叔夏第一人稱話語的敘述者自有一套詞語的魔術，她有能力爭辯（〈辯術之城〉），即使在她最憂鬱的時候也還保有幾分抽離的灑脫。

〈馬緯度無風帶〉或許是箇中最佳的案例。

4 大概只有兩篇例外，〈用眼睛開花〉、〈Pluto〉。

一次情傷，背叛，被摧毀的原初的愛（初戀？）。但逼真性的細節一開始即被連串的比喻帶離開，蒙古人的大象，沙塵暴，沙漠，流沙，石頭，馬，駱駝，……大量的問號，猶如漣漪般一圈圈從傷害的核心蕩開。那核心，約莫是被利刃割傷了的純真。反覆出現「黑暗」這樣的意象，也一再把地下室的租處比擬為沙漠。時序推移，從四月到五月，那大概是最難熬的一段時間吧，她用了無風帶的比喻描述那種沉悶。但無風帶其實是個比沙漠有生命力的比喻，它恰恰是一狹長的虛擬的界域。相較於沙漠的乾枯、無盡的絕望，它其實已經蘊含著穿越的希望——代價必須是把那些馬（那些該割捨的）拋進海裡，減輕輜重。渡過之後，就可以感受到迎面而來的風了。

對書寫者來說，縱使不幸也是一種贈與——只要他沒被擊倒，就可以反向的吸收、轉化它。說來弔詭，這像是被信仰者（神）對信仰者的考驗。在一個絕對的意義上，所有的災難都是考驗，即使它帶著絕望的黑暗。因為神意難測，神的時間不同於凡俗時間。譬如猶太教徒召喚的彌賽亞，它到底何時到來？大劫難時何以總不見祂垂憐降世？身處黑暗時代的本雅明（淑貞愛引用的Susan Sontag〈在土星座下〉熱烈頌讚的對象）的答覆晦澀難解，近年阿甘本（Giorgio Agamben）對它做了番細緻入微、但一樣不易理解的詮釋。「某些事物似乎並未發生，但實際上卻發生了。」[5]一如前陣子的末日預言，世界末日也許真的發生了，但我們並不知道，它被一股我們難以理解的力量抵銷了。反之，彌賽亞降臨了，只是你我都不知道，也無法理解。

如果我們把那樣的解說帶到詩學的領域，或者說從詩學的角度去看，可以說，也許詩（辯證意象）即是那可能的神意。不論是對卡夫卡還是本雅明（還有一樣命運多舛的布魯諾．舒茨），唯一真實的救贖是他們在災難急迫的陰影裡、在危機中寫下的那些神祕難解、彷彿帶著啟示的微光的文字。因著那些詩一般的文字，他們在後人眼裡往往被看成是在世的先知（雖然他們並不知道自己是先知）。那種從劫難廢墟裡奪回的灰燼般的事物，見證了書寫的力量，一種可以把時間喊停，共時化（一如意識批評論證的），甚至變更時間的矢量（「凡不可逆的皆可逆」）。任何有能力的書寫者從自身經驗的災難（甚至個人的悲劇）中，藉由文字向命運爭奪而來的、自身生命本真性的靈光，構成了作為有限性存在的個人的土星的環帶。

我們的被拋狀態無法選擇，但可以選擇與它搏鬥的方式。

謹與淑貞共勉之。

二〇一三年一月十六日，埔里

5 阿甘本著，麥永雄譯，〈彌賽亞與主權者：瓦爾特．本雅明的法律問題〉，汪民安主編，《生產》第二輯（廣州：廣東師範大學出版社，二〇〇五），頁二六八。

父親的塵埃

當年所謂的僑生，一旦選擇留下，其實都是「外配」的先驅，李有成（一九四八）、張貴興（一九五六）、張錦忠（一九五六），莫不如此。房慧真的父親（一九三八年生，比潘雨桐小一歲）當然也是。他是印尼僑生，可能是第一代留台人，是更為稀有的品系。雖然和張貴興他們一樣唸師大英語系，且聽過梁實秋的課，可惜她父親、我們的這位「表叔」不寫作。印尼華人的境遇更為悲慘，他的異鄉人習性（habitus）、難以排除的陌異感也許更深，卻沒能以自己的聲音說出。還好，他女兒寫作。

而我們的孩子輩，目前也沒聽說有哪一個對寫作有興趣的——更別說有可能（不像駱肥的次子）。換言之，房慧真可能是極少數我們留台人這另類的、遲到的外省人會寫作的下一代。她的第一本書《單向街》就有幾篇文章用力的注視那對她不好，令童年的她非常恐懼，幾乎帶著幾分邪惡的父親。

她捕捉了兩個場景，一個令人疲憊，一個令人心酸。

對孩子來說，那個父親不知何故每年寒暑假總要拖著一家子到東南亞去旅行（其實很簡單：故鄉在召喚），在孩子的記憶裡留下的印象不過是在機場裡漫長的、乏味的等待，更恐怖的是知道明年一定會再來一次（〈大旅行〉）；那是個巨大的隱喻，被截斷的時間，等待，父親自身的來處酷熱而昏暗。不可能的歸返，烈日灼身、難以言喻的疲憊。「當年的我們……無法理解父親到底在想什麼。在東南亞的烈日煎烤下，一家人緩慢在街間移動，目標總是退得很遠。」（《單向街》，頁六八）那不是旅行，比較像是流亡——漂泊離散。他強迫家人體驗他的無根狀態。這個會在精神上虐待女兒、來自熱帶的父親，在冷氣房——《小林來台北》的世界裡——自然漂白了膚色，但內心的塵埃卻是不斷累積。也許每年的返鄉原該是趟滌塵之旅，卻讓所有同行者灰頭土臉。

另一個場景：執意返鄉的他獨自返鄉後被騙光了退休金，大病一場後失去昔日的自己，也徹底失去他熱帶南方的故鄉。他被遺棄在養老院，成了不折不扣的廢人，靠著被他遺棄的親情給他最後的撫慰。他內心的塵埃凝結成石頭。

藉由寫作，女兒嘗試要去處理父親留下來的塵埃。但那是個巨大的謎團。

從《單向街》到《小塵埃》，我們可以看到父親的塵埃（包括他的傷害）幾乎構成了女兒原初的書寫動力。房慧真對自身的冷酷凝視、自身的存在感、對她周遭的世界的疏離冷眼與愛，底層的人的關懷，對街巷的情感，都像是父塵的隱喻或轉喻。但真正的難解之謎只怕不在此（台灣）而在彼——那根源處，父親的來處，印尼，那對他有著致命吸引力的，起源的深淵。抑或是起源的起源，唐山。然而在《小塵埃》〈慢船到中國〉裡，那趟旅程敘事的主人公缺席了，她暫時遁入村上春樹的冷酷異境。

最近我為一篇研討會小論文寫了段這樣的補註：「我們私底下都謔稱王安憶為『表姊』，她父親是『表叔』。若以年歲論，他應該是我父親的叔叔輩，也就是『表叔公』。」王安憶的爸爸王嘯平（一九一九—二〇〇三）出生於新加坡，二十歲左右回祖國投向革命。共和國成立後他自然的被劃為右派，右派該受的折磨他一樣都沒少。在中國改革開放的晚年，他以三部中長篇回顧自己的一生，其中一部叫《客自南洋來》。他那共和國的女兒對此頗有微詞：「『客自南洋來』的這個『客』字總覺得用得不妥，因為我父親再也不是『客』了，他和中國知識分子一起，經歷了日本投降，全國解放，反右運動，『文化大革命』。」（〈父親的書〉《空間在時間裡流淌》（北京：新星出版，二〇一二，頁一九六）原初的理想如果沒有被銷毀，是因為它不能被毀，它成了主人公存在的最後依據，猶有餘溫的小小塵埃。

王安憶嘗試用《傷心太平洋》、〈漂泊的語言〉去理解那個南洋華人的世界，但她顯然對馬來西亞華人的拒絕馬來化很不以為然（張新穎、王安憶，《談話錄》，廣西師範，二〇〇八，頁一六八八）而華人人口最多、遷居歷史最久遠的印尼，恰恰是華人被強迫同化得最徹底也最慘烈的。一九六五年大屠殺後的三十年間，華文被全面禁止，排華更像是週期性的疫病，時不時來個燒、殺、劫掠、強暴。而那期間的後半段，恰恰也是房慧真那難以理解的父親年年帶著一家子在機場等機位、帶著她們住廉價小旅館、烈日下拖拽著行李返鄉的八〇年代，女兒在恐懼中從童年走向成年。身為華人，那時的印尼其實並不是個安全的地方。

愛是遺贈容易理解，要理解不愛也是份禮物則需要智慧。從《單向街》到《小塵埃》，主人公其實已充分領會，她正自覺或不自覺的一步步走向父親那滿是塵埃的心靈世界。對寫作的人而言，那份幽暗也是一種贈與。有的部分需要用腳去仗量、體會，用感受去領會。客自南洋來，也許那個熱帶旅行者自己也並不見得了解自己行動的意義。死去的父親成了徹底的他人，透過審美重構，或許可以比他更深刻的了解他。

二〇一三年四月二十六日

河流與人間

房慧真的散文，從她的第一本集子《單向街》（遠流，二〇〇七）就幾已確定了方向：關於身世，自童年以來的種種經歷，父親母親——這是抒情散文的「傳統領域」；寫作者藉文字來自我清理，自我省視，而文字的簡勁讓她的文章沒有多餘的水分。在房慧真的世界裡，總是挺立著一個巨大陰影般的父親，及苦刑般的熱帶之旅。再則是成年以後她對處身的世界的微物觀察。與及，旅行所見。

《小塵埃》（木馬，二〇一三）亦復如此。當細心的讀者發現〈小塵埃〉一文其實出於《單向街》時，可能會發現這兩本書其實是一本展開中的大書的兩個局部——它們相互補充著開展，隨著作者的生命旅程與寫作活動，自己的河流。

散文預設的自我同一性（敘事者我沒有權力更換身世、更換父母）讓她的寫作一定程度的必然被規範在特定的方向，這不止突顯了散文寫作本身的困難度，也突顯了需要寫作的生活本身的困難。

假如恪守散文的界限，不藉由虛構想像來做敘事的飛躍，寫作者勢必要克服經驗的局限。或許我們可以觀察一下這本《河流》相較於前著，到底有怎樣的開展。

那個在前兩本書裡還是敘述者恐懼的核心的，來自印尼加里曼丹的父親，終於消散至只剩下他的故鄉婆羅洲本身（〈黑暗之心〉）；童年經驗裡的傷害，也滌盡剩下童年的世界本身（〈汀州〉、〈劍潭幻影〉），文章轉而藉由知識性開展那世界本身的歷史厚度或精神意義。但也許僅僅是把那些傷害暫時隱藏起來，來日再慢慢重新處理。

於是《河流》裡清晰的突顯了兩個世界，一是廢墟一般的底層台北，一是台灣之外的世界——旅行所見：印尼、印度、中國。但作者的關照點還是相似的，若不是底層的人，就是人間卑瑣的微物，世間的幽黯角落，某個瞬間。後者有賴於旅行，也是散文寫作者最常用以克服題材局限的方式。以她受過攝影機訓練的眼睛，映現細節，兩個世界之間終歸會是互喻的關聯著。

底層的觀察，在近年的台灣文壇就比較少見了，那需要有顆柔軟的心，也需要一雙勤快的腳。有的文章近乎人類學式的鉅細靡遺的描繪——且在「賦比興」這三種手法中偏向於賦，敘述沿著對象空間的不同方位展開。如極具代表性的〈大河盡頭〉寫基隆河、新店溪沖積扇上「多中南部移民」的社子島，都會底層世界的縮影，那與垃圾、污染、被大水沖走的無根的、卑渺的存在。〈大橋下〉、〈水上人家〉、〈河岸生活〉、〈大河之歌〉都是〈大河盡頭〉人類學視野的延伸。那是人類最古老的生活場域之一，幾乎可以說是極其接近生物本能的選擇。是「逐水而居、傍水而生，最低限度的生活」，不論是在台灣，還是其他任何有河的地方，底層的人的掙扎總是相似的。

賦體又如〈夜市，人生〉，這是全書最長的一篇，細寫夜市這一獨特的世界，各色的攤販及遊客，衣食住行與奇淫巧技。在她筆下，那是一處溫暖明亮的所在，帶著若干奇幻的色彩。如其言：「夜市是夜不拔營的馬戲團，夜夜上演著都市傳奇。」〈流浪藝人〉、〈江湖在哪裡〉可說是這〈夜市，人生〉的延伸，猶如〈師大夜市〉是它的變奏。

但有的篇章則如廢墟考古一般的，如〈邊城〉中敘述者進入歸綏街一帶性產業遺址，那周邊衰疲的市井民生；彷彿看到一種啟示：「再找不出任何一個地方若此，彷彿人生的縮影公園，不出幾條街廓，便可將生、老、病、死一網打盡」，也「一網打盡」各種原料、各種行業、各種沒落，無言的喘息著的人間一角。那是個廢墟般的世界，昔日繁華遠去，唯餘憑弔而已。

又或重心也許並不盡然在於那些景象，而是一種溫柔的凝視，在近乎絕望的世界裡辨析出底層的人相濡以沫的情感、活著的理由。如〈浮島森林〉裡萬華「蝴蝶蘭大旅舍」墜落人間底層的眾妓的「守望相助」的情感，敘事者溫柔的理解她們的處境。或如〈師大夜市〉，在熱鬧的夜市攤販的巷弄裡，尋找不尋常的一隅，「一家隱蔽於深巷的精神病院」。這種獨特的觀察角度，讓她會特別去關心各種生意冷清的攤子，為箇中生態寫出觀察報告（〈冷攤〉），也找到一種不尋常的認同感（「寒夜裡的冷攤，實是心底一道炙燙妥貼的熱風景。」）這也標出了敘述者的位置——她身在其中，並不是局外人。

這樣的寫作取徑，彷彿要一探人間的邊界似的。

作為散文寫作者，房慧真的優勢除了對底層角隅異於同代人的熱情關切、文字的精準刻繪之外，就是她的博覽雜書，與及對電影的熱愛熟稔。這讓她的寫作，常常可以縱向橫向的調動不同文學作品、影像裡的關聯場景或細節，情節，以對所見所歷做比較印證。這一特色在之前的兩本書也有充分展現。

《河流》裡諸如〈流浪藝人〉、〈江湖在哪裡〉、〈水上人家〉、〈劍潭幻影〉、〈黑暗之心〉、〈看不見的城市〉等都有盡致的展現。大抵可以分為兩種型態，一是從個人經驗出發，互文似的延伸開去（〈水上人家〉、〈劍潭幻影〉、〈黑暗之心〉）；一是純粹知識性的引文牽連（如〈流浪藝人〉、〈江湖在哪裡〉）。

它的長處是可以增加個人體驗的文本的厚度，縱橫印證，而帶有學術筆記的趣味。但如果個人經驗所佔的篇幅很小，彷彿就是純粹的筆記叢談了。

在這樣的寫作中，父親不在場的婆羅洲之旅應該有其獨特的位置。〈黑暗之心〉的婆羅洲溯河之旅，已是父逝後的女兒的尋根。敘事者調動非洲、南美洲那兩塊飽受殖民蹂躪的大陸來對應婆羅洲；調動剛果河、阿馬遜河來對比卡布雅斯河。在這樣的對照裡，婆羅洲其實是世界史裡相對被忽略的小老弟。在這父亡後的熱帶原鄉，除了眾所周知的奇花異果、怪獸詭禽之外，借來做對比的洲與河讓她可以較自由的調度系列鏡映交錯的文本，以幫助她理解那陌生地，就像邀請熟人伸以援手。《黑暗之心》，《陸上行舟》，《天譴》，《奧邁耶的癡夢》，《一掬泥土》，而結以《大河盡頭》。家族史裡的錯亂倫常，狂悖的生殖意志，被代以尋根女兒的「經血反哺」，那象徵生殖已然失敗的血「溯流而上，直抵生命之源、黑暗之心。」

這裡最直接的關聯文本當然是李永平兩大卷的近著《大河盡頭》。身為婆羅洲人的女兒，在寫作的精神淵源上，李永平理應是那父親（如果女兒寫作……）。她那一心想返鄉且費盡心力為女兒辦了印尼護照，絲毫不認同中華民國，對中文甚至頗為憎惡的，絕對認同那不斷排華的印尼的土生華人（peranakan）父親，晚年因執意返鄉而徹底失去自己。對比於那因為對大馬政府打從心底的畏懼而三十年不敢返鄉，對中文和中國有著狂熱的愛的新客的兒子李永平，認同上的對照像斑馬的黑白線條那麼分明。他們同樣來自婆羅洲，但那土地因殖民分割及後續的效應而分屬兩個國家。出生於中華民國台灣的房慧真，以中文寫作，她的婆羅洲之旅將是李永平人生旅程的顛倒，以未來式的時態。

《大河盡頭》中的敘事也是鬼月，但那敘事其實是過去完成式的，敘事還未開始故事就已經結束了。是死者尋找自己死因的敘事。但婆羅洲女兒的故事還正要開始，還在試音的階段。

整體的看房慧真這三本書，為逃離恐怖的父親，少女時期主人公曾在台北都市的迷宮巷弄裡遊蕩，幾幾乎就是個稚齡的漫遊者（流浪漢、迌迌人）了。無怪乎她對都市底層的人有著一種異乎尋常的親切與愛，對城市的隅角熟稔如家。而那雙健壯的腳也常不知不覺走到都市盡頭的河岸、河沿、沙洲，那畸零人與廢棄物匯聚之地。作為都市的孩子，她其實老早就走進她喜愛調動的文學作品裡了。不止常與小鎮自私自利有時還會性騷擾小女孩的亞茲別們（〈小鎮畸人〉）擦身而過（俐落的閃開那突然伸過來的髒兮兮的鹹豬手）；在她遊蕩的八、九〇年代，在那個以海棠地圖命名的台北大街小巷，她應該會多次與《海東青》裡那傻乎乎愛掉書袋、喃喃唸著國父的名字的靳五相遇。有時，她幾乎就是那個蹺家的小女孩朱鴒了。還好她並沒有迷失在《海東青》那詰屈聱牙灰暗的變態成人慾海裡。對書及電影的愛好或許讓她早早的找到一條逃離荒涼的此在之路，也避免成為戒嚴國民教育裡的又一隻乖順的填鴨。她常光顧楊索筆下悲愴的夜市，對她而言那有著超乎家庭的溫暖；駱以軍《月球姓氏》裡的外省畸零人幾乎就是她街巷裡的親朋了。《第三個舞者》裡的暗巷她一定經常穿越，遇見的不是空娩的母親，而是流浪的貓與狗與翻找垃圾的人。那時婆羅洲對她來說還只是謎樣空洞而燥熱的灰色符號，一如生身父親漂泊生命裡難以言說的、身為異鄉人所承受的傷害。

那時她或許就已經知曉，有一天她會找到自己的路徑，用語言文字更為飽滿的重建自己的世界。

二〇一三年九月二十日中秋次日，埔里牛尾

第四人語

——與黎紫書對談後

在今年五月初黎紫書遠道從花蓮來埔里拜訪我之前，我只在二〇〇五年七月返馬參加研討會接受她訪談時，算是有比較長時間的接觸。也就是說，我們僅僅在九年前見過一面，但那時是以被訪者的身分。因此當我和內人說她要來訪時，內人質疑說，為什麼不隨便找個理由推掉呢，又不是很熟。然而當內人聽到黎在我家談起她的浪蕩子父親時，即找到共同的話題，而頗有一見如故之感了。

我從未曾私下與黎深談，也不曾在公開場合聽到她談自己的創作理念，一直只是個距離外的讀者。因此五月八、九日的兩場對談，對身為評論者的我來說收穫蠻大的。至少我多年來讀她的小說，或看關於她的報導時油然生起的一些困惑，得到了部分解答。

諸如為什麼她被視為馬華作家的代表，常代表馬華作家——到國外駐校，香港的浸會大學或台灣的東華大學；受邀到紐約或什麼別的地方參加研討會——但她常表示馬華的身分無足輕重。她認為不是因為她是馬華作家而受邀，而是因為作品受到肯定（作品夠好）——這狀況或可表述為「黎紫書大於馬華文學」[1]。在小文學裡，這狀況其實很常見，當個人的象徵資本遠超過他所屬的社會群體時。

在台灣或美國漢學界，讀者即使對我們作品感興趣，也多半對馬華文學本身沒興趣。換言之，此時馬華文學需要我們，遠甚於我們需要馬華文學。它是我們赤貧的父祖、殘破的舊家、老去的糟糠。此時我們具備了遺棄它的能力。它不只不具備象徵價值，更不具備商品價值（簡言之，馬華身分對個人作品的行銷遠不如「天才小說家」之類的空話有幫助，特別是在中國市場上）。

再如黎紫書傳奇、她小說題材與風格的多變化，她對旅台先行者的嘲謔模仿等。就其「傳奇」而言——非華校生、自我鍛鍊出流麗的中文、沒有大學學歷、連續得花蹤文學獎、且多次跨海奪下聯合報小說獎、小說獲名家賞識而得以在台灣出版等——確可說是本土馬華第一人，絕無僅有，空前絕後，無愧其為傳奇。

我那兩天（五月八日在暨大，九日在中興大學）仔細聽她談自己的文學養成。愛讀書（從武俠小說讀起）、愛寫作（從華文課作文開始），到逐漸愛上文學，都是自發性的。在資源貧乏的環境裡逐漸挺拔茁壯起來。這經歷和大部分獨立後成長起來的馬華作家相似，甚至「讀武俠小說」這回事也是。那是我們共同背景裡的，移民社會相對荒涼的閱讀環境。

那她怎麼判斷作品的良窳呢？黎說她一開始是仔細揣摩文學獎評審意見，看看到底什麼是好作品的標準；然後她很快就揣摩出得獎作品標準。在相當長的一段時間內，對它而言二者應該是同一的。她甚至很快掌握寫作那「符合標準」的作品的訣竅，而且也知道什麼樣的題材易受評審青睞。那大量的得獎業績證實她所言非虛。她且以此劃分自己前後期作品——不再參加文學獎後，寫的才是她自己真正想寫的作品——好看的，讓讀者沒壓力的，當然也不再是大題材。

她坦承，她早期那些備受肯定的小說（從〈蛆魘〉、〈山瘟〉、〈夜行〉到〈國北邊陲〉等）都是文學獎的揣摩之作，她其實並不真正關心那些問題。歷史、族群政治等等，對她而言，都不過是「馬華油漆和符號」[2]。

黎紫書如此直率的談論無疑是一種自我貶低（於是她的得獎便是對文學獎本身，及她的馬華身分的無情嘲諷），看得出她有一種「涉世未深」的天真，但也顯現出她文學反思的嚴重不足。她像一個素人純粹經由模仿而習得文學技藝。由於過人的天賦，她輕易掌握了小說

1　此表述轉化自出版社友人「個人大於出版社」的說法。

2　她對談中的用語（文字作答的部分，我們事先互相給對方提了十個問題，這部分的文字稿給了《星洲日報．文藝春秋》，見〈寫在家國之外〉，二〇一四年七月二十日），和現場所言有出入。

生產的技能，且受到普遍的肯定，順理成章獲得作家的身分，更成為馬華文壇難得一見的奇才。

然而接下來，真正的問題來了。由於她是經由文學獎作品的揣摩而入行，那既訓練、也限制了她的文學視野，使得她看文學作品的態度是純粹形式主義的，把作品化約為形式與技藝——因為只有那樣才易於仿效。在這過程中，她要麼忽略了被模仿對象更深切的文學關切（譬如對某些大問題的思考），認為那是無關緊要的，不過是得獎的工具。對小說的其他可能性（「寧拙毋巧」者）及複雜的功能也就視而不見了。要麼認為那也是可以透過形式、風格模仿而輕易掌握的。不論是前者還是後，都讓她貶低思考。非常弔詭的，這種把小說看做純粹的技藝的態度，其實非常接近表演者張大春，與及某些時候的駱以軍（當他強調自己是「武士」時）。她此後的題材風格變換，與其說是為了文學本身的目的，還不如說是為了驗證、展示自己的才華、能力——這狀況可用如下一句話表述——「那樣的小說我也會寫呀」。

那裡頭仍是一種無形的、內化的文學獎意識，只是頒獎者與得獎者變成同一人而已。

多年前黎紫書的〈蛆魘〉得聯合報文學獎時，評審們在稱讚之餘，其中一位評審（我記得是李永平）提出質疑，指出這篇小說在華麗的敘事之後，「似乎少了一點哲學」；也就是說它少了層思辨。同樣的質疑也存在於王安憶對蘇童（蘇童正是黎紫書小說入手處）的委婉批評——太愛講故事了。這裡的陷阱在於，那可能讓小說陷於故事的平面。黎相信的純粹寫作，是不是反而回到她小說的開端，純粹說故事？說好看的故事？

小說當然有這層面（小說天性愛表演），但並不止這層面。也許年輕時太容易取得的成功，以致好作品的標準＝文學獎得獎作品的標準的認知深入骨髓，把她限制在素人的天地。陳獨秀曾譏評現代書法大家沈尹默的字「字外無字，其俗入骨」，沈字是否「其俗入骨」或許見仁見智（小說的天性也不避俗），但「字外無字」卻是我們從事藝術創作的人都該引以為戒的。畢竟水清則無魚。

重生

因此在我們的對話中，馬共於她不過是「最容易得獎的大題材」，而不是個馬來西亞的歷史難題。這確實狠狠的嘲弄了馬華文學研究者，那我們到底該不該把〈山瘟〉、〈夜行〉、〈州府紀略〉之類的代表作當真呢？

還是說，我們反而不該把黎紫書的文學自白當真，而應該相信自己的文學判斷力——她的作品比她的胡說八道好得多。她的手，其實比她的口還聰明。當她說她為文學獎而模仿時，她的手做得比她想像的好得多——把她沒預想到的也過度的完成了，順著小說自身的邏輯。裡頭說不定更蘊含了未言明的、難以被主體察覺的欲望。

猶如她在嘲謔模仿我們的小說時——如〈無雨的鄉鎮．獨腳戲〉之於〈落雨的小鎮〉；〈國北邊陲〉之於〈魚骸〉；〈州府紀略〉之於黃碧雲《烈女圖》〔僅僅是語言上的啟發〕、〈夜行〉〔的某些性愛場景〕〈山瘟〉〔的雨林場景〕之於張貴興《群象》；《告別的年代》中的第四人之於我的〈第四人稱〉；〈七日食遺〉這種題材也像是我可能會寫的——我確實有過一個類似的構思，當然不是為了文學獎參賽——只可惜被她寫壞了。〈國北邊陲〉其實也像是我寫的——她甚至試圖揣摩我的作者功能——像個女兒似的。我猜想，藉由那置換、移置、凝縮的夢的技術，藉由顯然或彷彿有來歷的形式與技藝的保護，她反而得以更安心的處理自己內心最深處的傷害——那來自家庭、父親，來自成長的黑暗、貧窮與孤獨、沙漠般的現實處境。她給它們戴上「他人的話語」的斑斕面具和華麗外衣，招生魂來壯膽，再予以否認（verneinung）。

畢竟寫作改變了她的一生，讓她找到生命的出口，從醜小鴨蛻變為黑天鵝。從林寶玲變身為黎紫書，宛如重生。那書寫活動，那字詞，於她——是光，是道路，是希望，是啟示，是命運的贈禮。

關於純粹寫作，我就此曾和黎的粉絲私下交換過意見。我不覺得那是性別問題，教條女性主義和教條本土主義其實一樣反智。純粹的寫作只適宜早夭的天才，只有急速凋零能維護它脆弱的純粹。才子才女終究會老去，天賦的直觀能力亦然。故而古人云，「需以學濟才。」用大家都熟悉的艾略特〈傳統與個人才具〉裡的教誨就是，過了一個年歲之後，就必須要有歷史意識。要有能力繼承、調度既有的文明積累，直面諸多的「大哉問」。寫作畢竟是與一場與幽靈的曠古對話。

老大江健三郎雖然很嘮叨，小說也越來越不好看，但他的讀書方法是很不錯的。他曾建議每幾年對一個大師的作品下功夫，讓偉大的心靈來引渡我們。日本人畢竟和德國人一樣認真，而相對於只會吃德國豬腳的我們（含駱肥），黎紫書甚至還學會了德語。

遠方應答

一九九八年一月初，也就是黎紫書在台灣出版第一本小說集的前一年，身在埔里當講師、蹲辦公室的我突然收到她寄來的一張賀年卡，內裡用繁體字整整齊齊的寫了四段文字（為免有斷章取義之嫌而全引。只略去問候語）：

> 留台聯總[3]辦的研討會過後，野火四起，當然有人醜態百出；有人歇斯底里，而我在想，你也許在遠方竊笑，笑鐵終不成鋼。

有時候，真懷疑你咄咄逼人的言辭，是否真出自善意。其實這無關譴責，只是覺得可惜，你的理論自有可觀之處，然而表達的方式（語氣、態度）卻讓人難以忍受，無怪乎「受傷」的作家們會狂嗥。

如果有心「改革」，溫和一點的方式未必比你的狂態迫人更有效。如果只為「揚名立萬」，那你已經成功了。

覺得你這人很敏感，希望這一番話不會激怒你。學術理論我是不及你一成的，可是我想你應該可以更有巨匠風範與修養，我也在期待著。（一九九八年一月五日）

我找到的信是影印的，背頁有我長得多的覆函。茲引其中一段：

戰火延燒成今日的局面，也很難有其他的方式了；多年以前的「經典缺席」之討論獲得現實主義「代言人」那樣的洋洋攻擊，就已決定了往後的對話形式，這是華社鬥爭文化的產物。對於同輩或年齡較接近的，或者非現實主義者，我的討論方式完全不一樣。我並不諱言我對這些人（現實主義者）是瞧不起的，而性喜戲謔，或近於虐，本不足為訓。也但願我們這一代的對話方式可以不必像那個樣子——可以用「正常」一點的方式。這是我強調和那個傳統決裂的其中一個意義。就此而言，我並不太在意那些人的反應——也不否認是刻意「激怒」他們——他們的反應越激烈，就輸得越慘。你們也可以看出，這其實象徵了一個時代及一個世代正在消失。我的作用是加速了這樣的過程——沒有人願意再像他們那樣（太「慘」了），也沒有人願意像我這個樣子（太「危險」了），由是一個全新的世代將誕生，以他們自己的方式去維護、證成自己信守的價值。從這個角度來看，我覺得自己接近完成了階段性的歷史任務。（一九九八年一月十四日）

寫信的前一年，即父親死亡那年（一九九七）企圖革馬華革命文學的命而「接近完成了階段性的歷史任務」的「狂態迫人」的我，其後多年不曾返馬參加研討會，幾乎處於自我放逐的狀態。得罪那些名字比馬華文學小得多的傢伙，你就會深刻的體會到恨的保存期限有多長（效應直達最近我們編的《我們留台那些年》的徵稿），也不知道他們到底是愛自己，還

3 馬來西亞留台校友會聯合總會主辦，「扎根本土，面向世界」馬華文學國際研討會。一九九七年十一月二十八日—十二月一日，吉隆坡。我發表的論文是引起軒然大波的〈馬華現實主義的實踐困境——從方北方的文論及馬來亞三部曲論馬華文學的獨特性〉。方北方是其時馬華文壇的大老，馬華現實主義當之無愧的代表。事前事後相關論爭文字，見於張永修、張光達、林春美主編，《辣味馬華文學：九〇年代馬華文學論爭性課題文選》（吉隆坡：雪蘭莪中華大會堂／馬來西亞留台校友會聯合總會，二〇〇二）。

是愛馬華文學多一些。

二〇〇五年七月，那場暨大與留台聯總（沒錯，那是同鄉中的同鄉）合辦的「馬華文學與現代性」的研討會，是由我命題並協助籌劃的（其時聯總內的神州故人有名言：「黃錦樹很難搞，可是沒有他又不行喎。」）留台的另一種鄉誼，令旅台年輕學人幾乎傾巢而出，但馬華文學其實沒多少論題可討論的。

寄賀卡給我的四年前的一九九四，二十三歲的黎紫書已經以〈把她寫進小說裡〉初試啼聲得花蹤大獎。而自那以後的十餘年間，幾乎年年都是她的得獎年，而為馬華文壇的寵兒。那些年，她當然是本土馬華小說當之無愧的唯一代表，普遍受到兩岸三地的承認，一直到今天。

她可說是我信中「全新的世代」的領頭羊呢，以逐漸煉成火紅的霹靂的錫陶塑成的，閃耀著銀色的光。

二〇〇五年訪問我這疲憊的歸人那年，她還同時得到聯合報與中國時報的小說獎。但也顯然已經意識到文學獎可能造成的禍害，而漸漸嘗試走向自己寫作的另一季。

對我來說這篇文章是個祝福，也是個勸勉。雖然馬華文學那隻流浪犬身上的跳蚤們多半會不以為然，認為我意在詆毀他們的異數傳奇。在我，有些話還是不得不說的。放眼文壇，大概也只有我會選擇說，而不是沉默。

身為寫作人，一定要學會保護自己的作品。我們都不乏敵人，敵人總是不請自來的，因此沒必要與自己的作品為敵。那麼愛看書，怎麼會還是個素人[4]呢？顯然是某個環節出了差錯。她可能沒意識到某些場合需要另一套話語，或辯術。猶如某些場合需要另一套服飾。因此在中興大學那場對談的末尾，我只能委婉的建議她要增強自身的反思性。

需要藉由不同的話語、不同的作品引渡，即便是談論自身——奇怪的是，她的小說好像比較懂得這道理。

而所謂的世華，黎紫書很在意——甚至因此苦口婆心的勸我寫長篇，好領取被他們承認的入場券——譬如去角逐香港的紅樓夢獎。但對我而言那不過是國家文學的一種怪異的變體，承認與否我並不在意。我有自己選擇的道路，也一直以自己的方式去持守。

二〇一四年五月十一—十八日

4 修訂此文時，收到黎紫書明信片，有言：「我已多年不為參加文學獎而寫作了。但我仍然是個素人，也將永遠是個素人。」（二〇一四五月十一日）

風下奇談

背景

去年九月，我去了一趟位於北婆羅洲的沙巴，讓我在那裡定居已十七年的么弟帶著到處走走。那是我第一次去風下之鄉，當然也是我寫作及發表短篇小說〈婆羅洲來的人〉，和以婆羅洲為「背景」的〈父親的微笑〉好久以後的事了。到實地去看看，確實和憑空想像差很多。親眼見見白皙的普南女人，睫毛長而目美的毛律（Murut）女孩，可以想像在大量砍伐森林的年代，那些大膽多欲的單身漢會受到怎樣的吸引。而與擁有優勢政經地位異族男人的相遇，她們的祖輩必然又將會有怎樣的坎坷遭遇。

當然，我也繞過神山走訪了山打根，途經我大嫂的家鄉根地咬，都是早年因伐木而開發的華人城鎮，也因木業蕭條而漸趨沒落了。山田豐子《山打根八號娼館》、電影《望鄉》裡木造房子成行成列、伐木工人與往來商人紙醉金迷的「小香港」山打根早已不在。從歷史悠久、蓋在小山丘上的沙巴酒店的大廳陳列的昔日山打根的舊照片，也可依稀想像它昔日的風華。老照片旁的文字敘述說，二戰時日軍的飛機——想必是宮崎駿故做天真的《風起》裡的零式戰機——投彈把它燒得精光，燒成了一片廢墟，照片裡餘煙從燒焦的梁柱上裊裊升起。親臨現場你能看到的，只是重建後千篇一律的四層樓水泥騎樓。幾十年後，髒兮兮的讓人目疲意怠。那樣的建築，大馬哪個小鎮都有，也幾乎是一模一樣的，連偶爾走過的街貓都相似。但山打根街頭都是菲律賓人了，看來華人都撤走了，甚至店家老闆也多是非華人。

當然我們也走訪了死亡行軍終點的紀念墓園（拉瑙Ranau）、起點的紀念公園（山打根），那都是著名的觀光點了。終點有相當數量的遊客，但起點人客寥寥，大樹成蔭，昔年營地的所在大部分都蓋成簇新的平房。戰爭年代日本人造的孽，讓英澳戰俘徒步穿越二百六十公里的熱帶雨林，讓他們活活餓死或病死。二千三百多名戰俘最後竟然只有六人倖存，都是大膽逃走的澳洲人。拉瑙簡陋的亭子裡有張泛黃的剪報，森林裡，一個大眼長髮的原住民女孩坐在木頭房子廊下，紗籠裹至肩下。她即是那曾經偷偷施食予逃進林中的澳洲士兵，讓他庶幾免於餓死的女英雄。戰後倖存者回訪林中的恩人，拍下她青春年華的回眸一笑。幾十年後，又有人（忘了是不是那個衰老的倖存者）回到林中找她。彷彿同樣的竹牆同樣的廊下，同樣的姿態，但髮挽成了髻。背景裡的樹腰身更粗大了些，而她已是一風燭殘年的老嫗，像是昔年少女的祖母。英文旁白說，她過了平凡而安定的一生，而今她的孫女也差不多是她當年見到快餓死的野人一般的紅毛番的年歲了。

那著名的戰俘營，當然有台籍日本兵的身影，李展平的《前進婆羅洲：臺籍戰俘監視員》及《戰火紋身的監視員：臺籍戰俘悲歌》（均為國史館台灣文獻館出版，前者二〇〇五，後者二〇〇七）言之甚詳，但那是全然不同的故事。不同的立場的人，講的故事當然完全不同。這不是個理論問題，也不只是個技術問題。而真正悲慘至極的故事，都由那些沒機會活著回來講故事的受害者帶進黃土裡了，大悲無言。

我們也走訪了以*Land Below the Wind*, 1939（《風下之鄉》）蜚聲英語文壇的Agnes Newton Keith在山打根的故居，重建的Agnes Keith House，是寬敞的雙層木構，裡頭的擺設仍有家居的氣息。只是那主臥室大到不像話，好像曾經睡在那兒的是大腳巨人之類的雨林怪物。

那裡也曾是英殖民官員的寓所，居高臨下的，視野極佳。旁邊開了間餐廳，賣咖啡啤酒，清風徐來。在那裡，可以俯瞰整個山打根，你會發現，原來山打根也不過是個小小的避風港。而英殖民者，到哪裡都一樣（包括我的故鄉山城居鑾），找一個小山頭，在那裡蓋了辦公樓、別墅、俱樂部，在那裡升旗。辦公，睡前，或吃飽閒閒時均可俯視整個轄區，遠眺時子民小如蚱蜢蟑螂。

這些有限的在地知識成為我理解婆羅洲文學的新的「背景」。

傳奇

風下之鄉婆羅洲當然是有故事的，有許許多多的故事，但很多故事都隨著一代代人的死去而隨風而逝了。那種切近彼時的此時此地的生活細節，鮮見有心人仔細記下（即便有，也不易取得），時間過去後即不易重建。故事於是成了傳說，在現實裡看來很離奇的事件，發生在小說裡總顯得平淡無奇。因為太多奇聞軼事都被反覆寫過了，也反覆的在現實裡重演著。這是寫作這行業的困難之處，而經由想像重構的，永遠只能是傳奇。

張貴興的最新中篇《淒淒慘慘戚戚》，便是以那樣的風下之鄉為背景發展起來的傳奇。裡頭有靠黑事業（販毒賣槍盜伐）、骯髒手段發家致富的大老闆，與大老闆合作而發跡的媒體人；有從事森林保育、努力想揭發黑幕的年輕人。但那些議題看來並非小說真正關切的，作者既無意寫部黑幕小說，也無意為保育吶喊。賺大錢後漂白成功的大老闆從頭到尾都沒事，並沒有被撼動，也看不出有「悔意」（作者如果有虔誠的宗教信仰可能會加這味）。如果小說有續集，他多半也還會活著，繼續自我漂白成社會賢達，多半會捐款華校以便讓自己的名字成為禮堂或大樓的名字。整部小說最核心的敘事，應該還是愛情故事，女主人公千愛和三個男人（包括她自己的父親）之間的愛的故事。三種型態的男女關係，其中最核心的也許是父親對女兒的黑暗激情。也因為愛情佔了主要的篇幅，也不太看得出有什麼微言大義（也許有，我沒能看出來），《淒淒慘慘戚戚》看起來就介於愛情傳奇和通俗劇之間。

從小說一開始，當那格外大膽的綁著辮子的苦力對著美麗的女人唱出那首由《詩經・國風》改編的猥褻的鹹濕情歌時，小說似乎就定調了。仍然是〈伏虎〉、《柯珊的兒女》以來迄《群象》、《猴杯》的強慾男性，旺盛的播種欲望如雨林裡的植物那樣生猛的延續著。但《淒淒慘慘戚戚》和張貴興前中期作品最大的不同在於，早前的小說基本上都採取一種獨特的語言策略，即增大語言的強度來支撐他的傳奇敘事，甚至藉以壓制小說敘事較弱的部分。大概在《群象》、《猴杯》那裡達到最高峰。另一個策略是強化某些物件，作者極力摹寫之，讓它膨脹、發亮、發出異色的幽光，成為小說裡不可忽略的亮點，吸引力的核心——當然，那也有賴於語言本身的強化——從〈草原王子〉、《賽蓮之歌》的大四腳蛇，《頑皮家族》的船骸、《群象》的象、《猴杯》的豬籠草和犀牛。

但《淒淒慘慘戚戚》裡既沒有前述的語言強化，似乎也沒有特定的物件。取而代之的，是大量引述的唐詩宋詞，中國古典文學。小說中幾個主要人物都是中國文學的愛好者，那一對主人公父子且竟都是讀中文系的人（而且是留台人），所以理所當然的，他們的日常交談中綴滿詩詞典故，就好像清末民初那些遺老或遺少家庭（譬如楊步偉，凌叔華，張允和，張愛玲），有個古典學養豐富的父親隨時以文化哺育著女兒。那是家學淵源，也是南洋華人一向最為欠缺的。這一設計是《淒淒慘慘戚戚》最為突出的部分，那些引述的中國古典文學，彷彿替代了早前作品的語言強化與物件，作者好像企圖用這種方式讓它們二者合而為一。猶如小說裡被時代淘汰的繁體鉛字，這種對中國古典文化屍骸的著迷，其實《群象》就處理過了。但在《群象》那裡，文化迷戀和寫作還是沒有分離的。但那些優美精緻的詩詞，是非常難以陌生化的，對不熟悉它們的讀者來說，它們自身散發的魅力會掩蓋掉小說自身的白話敘述；對熟悉它們的讀者來說，像是看到不歡迎的客人，會發出這樣的質疑：你們在這裡幹麼。沒錯，它們是文化的精粹，但被一再引述時也會是陳腔濫調。這一向是我們讀中文系的人的負擔。就好比如果太愛媽媽就沒辦法結婚。那是這部小說必須承擔的風險之一。另一個風險是，那個愛好中國文學的父親，是個有著黑暗心靈的人，心靈的腐敗是否會賦予典雅的文學一股餿味？難不成那是作者特有的設計？但對同樣愛好古典文學的女兒和她的文青男友又如有著怎樣的意義？

　　蕉風椰雨、雨林幽閟的南洋與中國古典文學一向是格格不入的，因為風下之鄉太熱，太燒灼，太粗礪，古典詩詞那幽微的室內般的——即便是羈旅天涯的柳三變，其詞讀來也有股室內感，李後主溫庭筠就更不用說了——不耐高溫。

而在小說的最後三分之一、當女主人公罣固酮飽滿的真正情人出現時，我們知道這個野性的浪蕩子是小說開場那首鹹濕歌的真正繼承人，本身也是野種的他最後留下的大量野種，證明他是真正的勝利者。這樣的首尾呼應既延續了張貴興小說一貫的母題，但可能也留下更多的疑問——譬如，這部小說到底想說什麼？為什麼讓他最終的旅途是死亡行軍古道？

二〇一五年一月九日

回頭凝望

當我回頭凝視和父母共同走過的歲月之路，我看見那條路不僅我們同行，在周圍也有許多來自縱貫線的出外人，他們和父母一樣，都是懷抱青春夢來台北，然後在先天不足的競逐條件下，淪為社會墊底布幕。

——楊索〈後記〉

楊索的第一本散文集《我那賭徒阿爸》已經是台灣散文史的小經典了，其實不需要我來多說什麼。這本書的長處也相當直接：它不是文人散文，沒什麼裝飾音，沒有太多的修辭華彩，沒有多少互文（來自名著的格言警句）。它的文字風格毋寧是粗礪而直接的，這正是它力量的來源：書寫是為了回應生命經驗本身。

這本書也應是境內移民「插枝」台北、底層女性生命史的重要篇章。

六〇年代台灣經濟轉型後，台北縣成了學者所稱的「落腳城市」，許許多多中南部農民子弟北上逐夢，沒有資本、學識、特殊技能，甚至一技之長的，就只能從事一些最簡易的買賣（譬如當攤販）。如果生活管理不善，那很快就會墜入人間地獄，一輩子（甚至好幾代）都難以翻身。

《我的那賭徒阿爸》中的父親就是這樣的最佳男主角，集中了各種負面素質（賣掉祖產賭光光，生太多小孩，沒有做生意的才能，一直賭），這些負面素質牽動、甚至從此決定了一家人的命運。

這散文集有一點像寫實的長篇小說（雖然組織不是那麼嚴密，人物和場景的外部描述較簡略，且僅局限於一個家庭）：有一個特大的主人公（那父親，多具有精神分析意味），幾乎在每一篇都出現，即使他不在場也在發揮作用；有一個敘事者，他（她）保持了敘事的一致性。每篇散文之間的細節是互補、相互印證的，有些細節甚至會重複被敘述。她有時是另一個主人公，訴說著自己成長的酸辛；有時藉由她的限制觀點，帶出另一個主角的故事，譬如〈混亂與早期的煩惱〉的尪叔與玉姨，幾乎是個獨立的、肌理豐富的故事，關於愛與遺棄。

家人慘烈的牽絆，貫串了整本書。

就「故事」而言，〈這些人與那些人〉及〈我父親的賭博史〉兩篇幾乎就以不同方式概括了一家三代的故事，其餘逐篇是特寫似的展開，或特寫不同的生命階段。〈回頭張望〉寫永和勵行市場擺攤的時期，〈沉默之聲〉特寫發瘋的祖父與溫暖的祖母，〈熱與塵〉寫「我」的打工史，〈迷霧之街〉寫夜市賣油湯的私史……；總體而言是兩個交纏在一起的敘事：父親的人生失敗史和「我」決定離開那個世界以尋找自己未來的成長史。

不斷賭博、生意一再失敗的父親，不斷懷孕生孩子的母親，負負得負的沉到底。孩子一旦生下來彷彿就先天的有了意義，但也可能不過是悲慘、絕望的活著；賭博可以最快的速度把他們的未來預先給輸掉。於是家的陰影一直輾壓過來，但女孩掙扎著、傷痕累累的在時間的推移中長大了。雖然她不斷的承受傷害（甚至是父親直接的肢體暴力），被迫過早的承擔家的重擔、甚至可說是承擔一整個世界。她失去的童年、失去的少女歲月都不可能贖回，生命不斷的被擠壓以致必須提前思考命運是什麼、人生有何意義，必須提前為自己做出重大抉擇，以免連未來都失去：

十五歲那年，我決定跨過橋，去尋找我的人生。最重要的是，我決定拋棄和父親的小販生涯捆綁在一起的年代。這項刺激是來自眼見父親在酗賭、小販的角色中游移，最後經常是我在收攤，而我清楚地知道，那是他的人生，不是我的人生。

那樣的決斷並不容易，因為必須拋下更年幼的弟弟妹妹，還是會有負疚感的，那將是一生的良心負擔。因此這段文字不無辯解的意味，預示了《惡之幸福》的路徑。

甚至父母的不斷賭博、不斷懷孕，對敘事者而言都有點難以理解（在那尷尬的年代也無暇、無從理解）：那究竟是種怎樣的生命動力？是出於絕望，還是對絕望的反撲？賭博和懷孕，在某個瞬間，是不是也象徵了希望——因為有歡愉——微渺的希望，像夢一樣。他們是否藉此喚停時間，即便是非常短暫？

就文章而言，雖然有著草根的粗獷，但楊索也並非不講究技巧。寫家族裡第一個可悲的失敗者阿公，「魂魄和身體分了家，我夢見一個無頭的軀體在流浪，阿公的頭顱躺在濁水溪的西瓜田裡。」（〈沉默之聲〉）這畫面就非常生動而富象徵意義：這首與體的分離，是不是可以概括第一代插技人在台北無家可歸、對故鄉戀戀難返的撕裂？「我父親的攤販年代，幾乎可以用魚的時期、花的時期、菜的時期來給我媽媽的懷孕做記號。」（〈回頭張望〉）則有點苦澀的俏皮；〈暴風半徑〉以不同的颱風來對映自己的人生，頗見巧思。

如果借用羅蘭·巴特的攝影理論，這些散文可說刺點處處，最著者如〈迷霧之街〉中那個想打電話卻沒打成的啞巴，「夜市散掉後，他去了哪裡，並沒有人知道。」

因為來自底層，有著切膚之痛，敘述者時而怨怒、時而憤世，那都是可以理解的。那是主人公與她那近乎絕望的世界搏鬥的紀錄。

整體而言，《我那賭徒阿爸》的主題是成長，也即是成長小說和電影慣見的主題。但楊索這本書的價值部分也在於經驗的稀缺性：真正居於社會底層的人，很少能為自己的階層發聲。而一旦能發聲，又表示他已從那底層脫身了。脫身之後，帶著回顧性的目光，方能有一個距離（不論是情感的，還是審美的）讓她回望。這一回望告訴讀者，敘述者「我」是怎樣從底層的絕望裡脫身的，因此它可能憤懣的清算、總結，但也可能是個勵志故事。不論怎樣，它必然是一趟自我療癒、自我分析之路。再則是，敘述者告訴讀者，「我」有一個近乎絕望的背景，那背景仍然是活生生的，現實存在的；有具體的、可以覆按的地理座標和物件（譬如永和、夜市、攤販、油飯），仍然有那麼樣的一群人在那底層打滾，在貧窮線的邊緣。更重要的是，「我」的家人仍深陷其中。

也因此，她幾乎必然代言了一個集體，這將是她後來寫作的倫理責任，她必得讓視野超出家庭，以凝視那嚴酷的人間。這種「我」與「我」的世界的連帶，〈這些人與那些人〉有一段講得很清楚：

身為苦澀的台北雲林人，我們飄蕩的家庭終因時間推移，在大台北的邊緣聚落繁殖綿延，手足兄妹複製了父母的貧窮，艱難地在台北的灰塵中討生活。

放眼望去，從豬屠口那衰敗的老社區到三重埔的暗巷，有一群群和我們相似的蜉蝣殘渣，他們像父親一輩懷抱青春夢來台北，很快卻沉淪為墊底的社會邊緣人。

這段將在〈後記〉裡更簡潔重現的文字，道盡了一個階級的心酸。這個「和父祖一樣背馱著被詛咒的命運，漂泊在黑暗無情的台北城，依憑著血液中雲林人的硬氣，尋覓生命的微光」的「我」，藉由她的意志和努力、藉由書寫可能找到了自己生命的光，這光或許必須返照回陰暗的底層，縱使光度不是那麼強大。

但這種寫作會快速的消耗經驗性的材料，如果不設法拉出更廣闊的視野，楊索的寫作之路也許會大大的受限。昔日陳映真團隊的《人間》的路徑是很可以參考的，那或許可以在當前台灣已然過度文人化的中產品味散文之外，開出條新的路子。雖然，那是條人煙稀少的路。

二〇一三年六月四日，埔里牛尾

沒有窗戶的房間

——讀袁哲生

如果說從作品去論證或追蹤一個作家的死因大概是不智的，那緣於文學免不了寫及死亡，尤其在敘事作品裡，死亡往往如同句號那般尋常。況且，如果以死亡為果，所有相關及無關的線索，都可能沿解釋之矢，射向那個黑色的靶心。但這篇短文的寫作確實肇因於一樁真實的死亡事件，一個作者之死。

這是個瘟疫年、災難年，從SARS到禽流感，政客操作歷史加速胎動，昏鴉蒼蠅滿天飛。而在這樣暗晦的歷史時刻，從去年六月迄今年四月中旬，短短不到一年內，兩位年輕小說家自殺了——而且是同一世代的——大概不能算是純粹的意外了。政治上，同一世代的——所謂的「學運世代」——不少已晉升大權在握、志得意滿、面目可憎的政客之列，不止早已「有資格腐敗」，而是正快速腐敗中；但文學（尤其小說）的這一世代，是否正如我之前一篇短文裡烏鴉嘴命名的「哀歌世代」（〈即將過去的未來〉）——一個極其內向、脆弱、經驗貧困、耽溺於情感與身體的書寫世代？

但這樣的論述是否太過概括了？或者還需要等待歷史的檢驗？

以下單就袁哲生個案，就其文學探索之路、精神之旅，做一番簡要的討論。

袁哲生不算多產作家，雖然從一九九六年迄二〇〇三年間，他共出版了九本書，但只有五本是小說；五本中有兩本（《猴子》、《羅漢池》）是以薄薄的半繪本的形式，嚴格說來，也只能合併算一本。這其中，個人認為品質最好的仍屬第二本，《寂寞的遊戲》（一九九九）。但從他最早的一本小說集《靜止在樹上的羊》（一九九六），可以大略窺見他後來可能發展及沒有發展的那些路向——抒情小說、傳統說書、台灣鄉野、童話寓言、社會寫實……。如果以重複收入第一、二本小說集，得時報文學獎首獎，深受張大春賞識的〈送行〉（一九九五）為里程碑，確可以看出早年袁哲生表現得最具潛力的，還是抒情小說（就如晚一個世代的那些駱以軍口中的新品種超級賽亞人），諸如第一本小說中的〈雪茄盒子〉、〈靜止在樹上的羊〉、〈送行〉、〈一件急事〉等，以白描的經濟手法，字裡行間的留白，刻寫出近乎靜態的世界。不是以情節為主而是以感情收斂的「狀態」、淡漠的情緒，推動場景的轉換，張大春對〈送行〉的讚頌大概可以概括這種寫作的優勢——「（〈送行〉）的敘事任務根本不在交代一個什麼故事，而在人的處境；從而送行二字形成生命的整體象徵，哀而不傷，怨而不怒，平淡中益見深刻。」（〈漸行漸遠的送行〉附錄於《羊》書，頁四〇—四一）張大春引古詩教以嘉勉，論證的其實是抒情傳統在袁哲生身上的延續。這種技藝其實是反敘事的，所以在更短的一些篇章裡，如〈靜止在樹上的羊〉那凝結的場景：「樹上的羊依然文風不動，像是停止在半空中的一個白色問號。」於是乎，小說的敘事本身並沒有寫出比題目更多的東西，題目本身即是一個畫面，一種意境，時間停止而近乎冥想狀態。這樣的取向，發展到一個高度，大概就是短篇〈寂寞的遊戲〉，袁哲生寫得最好的小說篇章之一。

以童年為場景的〈寂寞的遊戲〉是人類敘事作品最古老的話題之一，童年往事，成長的生命儀式。但作者的優勢在於，他把抒情詩的技藝（其核心：省略）和對生命的思考（關鍵點：消失）做了本質上的聯結，而且以一己特殊的生命思考為敘事的支撐點：

> 我想，人天生就喜歡躲藏，渴望消失，這是一點都不奇怪的事；何況，在我們來到這個世界之前，我們不是躲得好好的，好到連我們自己都想不起來曾經藏身何處？也許，我們真的曾經在一根煙囪裡，或是一塊瓦片底下躲了很久，於是，躲藏起來就成了我們最想做的事。（頁一九）

捉迷藏於是成了存在的隱喻，生命反覆的儀式（「人一旦開始躲藏就很難停下來了」），它的成立與時間有根本的關聯，存有的時間性讓它得以在空間中移位，而體現為存在位置的相對性：在（此），則不在（彼）——一個存在者不能同時顯現於兩個殊異的空間。如果加以普遍化，則為顯現／消失↓在場／不在場↓存在／躲藏（死亡）這樣的結構，在存在的消失點上出現的，正是死亡的存在，一個非存在的空間。如此言之，死亡便是存在的陰影部分，如同影子一般，白日因陽光而顯現出它有限的形體，無光的夜裡，它彷如消失卻放大至包天覆地。除非存在可以轉化，如同萬物有靈論者的信仰，在存在降生之前，形神俱不在，卻是無所不在。如果聯結弗洛伊德關於Fort-Da的思考，幼童以線軸投擲的消失——出現來嘗試掌握原初客體（母親），一如以語言對缺席的存在行使象徵支配，它的另一面即是嘗試檢測、驗證主體自身的存在（靈魂的重量）。於是整篇〈寂寞的遊戲〉便是這樣的憂鬱文件，在友情與愛情的背後，目光總搜尋向那存在的消失點，「有的時候，我深深覺得，我的所作所為無非都是想要隱埋我在躲藏方面的失落感。」（頁三〇）小說最驚慄的部分都在開頭的幾頁，譬如父親的夢遊至墳地，與及玩抓迷藏被抓到時卻被他人「視而不見」：

> 他直愣愣的望著我，應該說是看穿了我，兩眼盯著我背後，一動也不動，令人不寒而

慄。我從來沒有看過那樣一張完全沒有表情的臉，和那麼空洞的一雙眼球，對我視而不見。（頁二一）

那正是死亡的凝視：被死亡凝視，被視同消失：位於消失點上的存在。

從這裡可以聯結袁哲生另一篇以殯儀館為場景的得獎佳作〈沒有窗戶的房間〉（一九九八），在這篇氣氛陰森的小說裡，在倦勤的殯儀館員工喃喃自語（「死亡就跟對發票一樣，遲早會中獎的。」）的牢騷中，引領讀者進入死亡的幽閉劇場，靈堂、冷藏室、「超級大烤箱」及其中另一位員工把房間布置得靈堂似的，自己盛裝扮死屍，「孔雀魚的房間跟停屍間似的，連個窗戶都沒有。」（頁一三七）是袁哲生最極致的「寂寞的遊戲」。

寫作誠然亦屬「寂寞的遊戲」——以語言操控缺席者，或不存在的事物。後期的袁哲生歷經了「本土」的轉折——如《秀才的手錶》中的三個中短篇，及《猴子》——袁的本土題材當然是第一本小說中諸多的可能取向之一，但本土轉折卻和回返童年或青春期同時發生——拒絕中年後成人的世界、都市場景、父系省籍原罪？——卻顯然不完全是偶然的事。

《秀才的手錶》（二〇〇〇）的時刻，正是〈寂寞的遊戲〉的時刻，但場景卻改變了，不再是拉鍊狀的眷村，如其序言，而是回到母系，外公家族的鄉野奇譚，對話語言也大量的「台語文字化」（如有的論者說的，歸向黃春明的世界？）。但這三篇以時間命名的小說連作，觸動的時間卻似乎是另一種時間：超自然對鄉村生活的闖入。〈秀才的手錶〉作為超自然物的手錶表徵的並非物理時間，其功能還不如「我們身體裡面的手錶」；〈天頂的父〉中無視時間流變的鬼魂，到了〈時計鬼〉，乾脆創造出超自然的時間管理者，時計鬼。這裡的寂寞的遊戲，試探的似乎是透視點之後的時間。

《猴子》（二〇〇三）、《羅漢池》（二〇〇三）都是說故事，前者是較為「正常」的青少年世界（常見諸於小說）；後者則回返早年的抒情詩手法，更擴大發展至寓言空間，較為精巧的設計隱喻象徵，角色寓意與情節的對比，讀起來與其說有沈從文的影子，不如說更接汪曾祺——混合〈受戒〉與〈大淖紀事〉，卻是台灣前現代的世俗空間——追求詩的審美意境與救贖，接近「京派」的教義，但卻有點似曾相識。但這些近期作品（包括那四冊《大頭春》式的《倪亞達》系列），幾乎毫無例外的都不再去探問「靈魂的重量」的問題（那「靜止在樹上的羊」，那問號），以敘事的假面，類型的習套，搭建了一個沒有窗戶的房間。

二〇〇四年四月二十日

時間之傷、存有之傷
——讀童偉格《無傷時代》

兩年前童偉格的第一本小說集《王考》（印刻，二〇〇二）出版，十分令人驚豔。一個飽滿、成熟的新人，才華橫溢。〈王考〉、〈叫魂〉、〈假日〉、〈發財〉、〈暗影〉諸篇都是佳構，可以選入任何小說選集。那種天才感令人想起多年前和我及駱以軍同齡的黃啟泰的第一本書《防風林的外邊》（尚書，一九九〇）。何以拿他們來做比較？我覺得二者間至少有兩個重大的共同點：極端的內向性；極致的抒情小說。二氏經營的都是詩—小說，就傾注於內在風景甚於外部細節這一點而言，黃啟泰當然更為極端。但如果就《無傷時代》來說，就很難說了。

然而在驚豔之後，就一個台北文壇長期旁觀者的立場來看，更多的其實是擔心——第一本書，會不會是這些早熟天才的最美好的時光？那美好，是一個開端，還是吞噬掉中間過程的終點，一個終點─開端？他們會不會用一本書就把他們的世界寫完了，或消耗完了？童偉格還年輕，不應該說這種喪氣唱衰的話。但他這第二本書更加深了我的憂慮，況且那種驚豔之感卻沒有了。

《無傷時代》是一部怎樣的小說、呈現的是怎樣的世界？

書名無傷，其實通篇傷悼，所傷不止一人一事，而廣及一個渺小的世界（「一個藏山裡的小村子」，「始終只有一條大馬路」，一個站牌，一道等待唯一一班公車的那些人）終至擴大為哀悼存在本身──生命存在不過是時間的悲劇，尤其對於那些失敗者（如敘事者江的舅舅、萬游忠）──離不開小山村，或離開了、努力過了然而終於被擊垮，退回山村，在自我遺忘中靜靜等待生命的終局。但關鍵的事件，仍是至親（祖母、父親、母親，加上狗和貓）的死亡──親證時間在存有者身上的瓦解，再推及失敗者們。彷彿推出的是這樣的一個普遍命題──在時間中，萬物皆失敗者。一種讓主觀世界瓦解的世界觀，一種執念。（「也許，偌長的一生，如果能那樣專注地等待消失，那麼，在這個世界上，就沒有什麼是必須擔憂，必須懼怕的了。」（頁一七二）「……在我們無力明白的時候，很多事情已經發生過，並且完結了。」（頁二〇三））這樣的執念構成了這小說的敘事動力。

故事始於江的母親發現耳後長了兩顆小瘤預備開刀，知道必須向陷入自閉狀態的兒子告別，然後時間被凍結了（一如波赫士的〈祕密奇跡〉那樣），敘事進入江封閉的內在世界，那裡的時間順序是被情感狀態決定的。但江的狀態始於祖母的癱瘓，雖生猶死，不再回應他對這個世界的提問，一如那隻病狗和瀕死的三色貓，那不知生命時間已然倒數、災難在等著他的父親。認識到時間必然的催折那些不知情的、等待著的芸芸眾生，讓敘事者因而過早的放棄了過程，而嘗試與時間零共生，彷彿企圖藉此抽乾時間的意義。何以如此？為了凍結——如果不是挽回的話——那曾經有過的最美好的時光：

記得嗎？的確存在著那樣一段時光，那時，我們認識的每個人都硬朗，每個人的壽命都不長。（頁一九二）

因為的確曾有過那麼一段時光，我們以為自己是毫髮無傷的。那是一個短促經過、容不下任何轉折——遑論摺痕——的純粹年代，我們不知道，有一天，我們熟識的任何人都將不再硬朗，我們都將活得比我們想像的久。（頁二〇四）

大概每個人都會有過那樣的時光，最常見的是無知無慮的童年，或者青春期的純愛；或者中年的某個時刻，甚至不乏平靜如水的晚年。端賴乎機運與修為。猝然的死亡、病痛，巨大的創傷都可能終結它，就好比典型的成長小說總以傷痛—啟悟為斷裂點。如果跨不過去，就可能停滯於小說中所描繪的廢人狀態。而這部小說如此的對傷悼的執念，對重複的死亡與壞毀的畏懼，敘事者之以一種類死亡的狀態來應對，趨近於零度的生，卻彷彿是對動物狀態的回歸。

但那樣的話，敘事如何可能？這部小說模仿這樣的意識狀態而構造了它的文體與敘事方式（非線性的，非因果性的，塊狀的），是不是也必須面臨時間的處決？

在一定程度上，這也正是抒情詩的技藝，及它的微妙之處。時間停格在一些抒情的，或唯美的，或啟悟的——瞬間，《王考》中嫻熟運用的（也是駱以軍的祕技之一），有時幾乎就是一個句子。如：

每個上學日，當站在馬路邊等公車時，江總覺得自己是正在掃墓。（頁三〇）

校長死了，他背上都是蝸牛（頁一九九）

這和作者點出的題旨——世界觀的核心，廢人哲學——是一致的：

……眼前這個人，有生以來，幾乎從未離開過這片濱海地區；她只是那樣反覆周折的路程中，耗盡自己所有時間。（頁一六六）

這大概也是這部小說的美學原則——在一個凍結的時間裡反覆周折的恍惚點綴。這或許也該說是抒情技藝的限制了。因它之傾向不斷的停格，阻絕時間流動，故而不利於主線因果的長篇體制，而適於短篇連作。不論是安德森的《小鎮畸人》，奈波爾的《米格爾大街》，還是作者之前的《王考》，不都是如此？而哪一個窮鄉僻壤不是充斥著畸人？這不免是個階級問題，而並非是存在的一般論題。而依此開展出來的美學原則，是否會局限了作者的存在廣度、局限了向他者之域的存在開顯？

小說中一些最美好完整的段落，毫不奇怪的，是小村中一些奇聞軼事。如鬼伯與銅錢與電冰箱，許師公點火，那對專程搭公車去搶銀行的夫妻，時間分為午前午後的祖母，江的舅舅的挫敗，祖父的葬禮——鄉土的贈與，窮鄉僻壤失敗者們以一生的畸零留下的有限的故事，似乎都可以發展成獨立、美好的短篇，以和《王考》互補。然而在這部長篇裡，弔詭的是，它們卻顯然的經過高度的省略壓縮，而被消耗掉了。

就小說而言，《無傷時代》的單一性遠不如《王考》的多向的可能。從這個例子也可以提醒讀者，長篇體制不一定比短篇佔優勢。這無關乎鄉土，而關乎年輕的寫作者是否願意繼續多向的實驗。另一方面或許也該提醒，流浪漢文學或無賴派文學，和任何主義一樣都會形成風格與意識的耽溺與自戀。抒情技藝的時間凍結，同時也是死亡與瘋狂的模擬和演練。在哲學上，它最主要的體現方式之一其實是沉默。一如這十餘年來作為小說家的阿城（更資深的抒情天才）之近乎自我廢黜。

二〇〇五年二月七日

貘的嘆息

一九七七年出生的伊格言，在台灣當代文學的譜系裡屬解嚴後世代。步入文壇時冷戰結束（或已接近尾聲），恰逢台灣政治與文學本土的高燒期。台灣四百年的悲情資本被操作到極限，且幾乎消耗盡。相應的，台灣的第三世界性格暴露無餘，而民國的煙雲與強人的騷味都已成往事。在文學上，「話語」的複製與再生產大大凌越了創作，甚至榨乾了創作；「理論」成了文壇學界的真正主角之一，一如政治。面對世界文學（翻譯）排山倒海的壓力，在中共大國崛起的陰影裡。在資訊快速流通、更新的情況下，「本土」終究剩下一種空洞的情感。如果說外省世代（如駱以軍）還有老中國（和原型一樣古老）可以想像（不論它多麼抽象），當壓迫不再，創傷資本耗盡，世界變得既薄且平，那本省世代究竟還有什麼可以想像呢？

像伊格言、童偉格、甘耀明這同一世代頗被看好的年輕「本土」寫作者，曾被冠以「新鄉土作家」，這兩年都出了長篇新作。甘耀明的《殺鬼》、童偉格的《西北雨》都是魔幻鄉土，從日常生活的實證時間朝向神話一般的非時間性，而趨近於夢與原型。鄉土經驗已然轉化為鄉土的附魔、見鬼、降神的經驗或非經驗。在同一方向的延長線上，伊格言的新著《噬夢人》乾脆走向科幻類型。鄉土只在背景裡、夢境裡、角色的回憶裡、敘事的某個瞬間。但它也和敘事裡其他的地理符號（西伯利亞、緬甸、印度）一樣布景化。

這部小說類型的標誌很直接，故事時間就設定在我們現在時間的二百年後。主人公是生化人，故事以間諜推理的方式展開，大量運用電影的鏡頭與畫面，嵌入情色AV的橋段。因此可說至少調動了三、四種通俗類型，但終究以科幻為主導。主要的敘事是，生化人K尋找自己。而他和卡夫卡《城堡》裡的K不同，他沒有陷入無限逼近或無限遠離，而是在敘事的盡頭找到謎底、找到一切的解答。因此敘事是封閉的，敘事就展開於封閉的迴路中。

作者調動的科幻類型並沒有運用宇宙探險、未來旅行、機器人、烏托邦這幾個最熱門的主題，裡頭的電腦似乎也還沒有發展到能全面監控的地步（雖然已有「脊椎插頭」這樣的設備），小說裡的生化人也沒有異常的能力（不論是體能上還是感官方面）。雖然他們或許會「自體演化」，但不過是趨於真實人類而非超越人類。看起來似是生化人的早期品系。以被工具對待的生化人與人類之爭的抗爭為基本的敘事背景，那也是科幻類型最常見的橋段之一。

為了合理化小說中的世界，作者費了不少功夫做偽知識建構，具現於為小說寫的大量的註中，以偽「維基百科」詞條的方式呈現。其中最關鍵的設計大概就是夢的技術。從「夢境萃取」、「夢境儲存」、「夢境培養載體」到最為關鍵的「夢境植入」——決定了生化人的心智結構、身分認同並閹割其情感機能（「夢境淨化」）以讓他們成為人類工具的操作技術。還有諸如「夢的邏輯方程」篩檢法，採取夢者的睡眠樣本來加以分析，以區辨出何者係生化人——從這樣的設計來看，這部小說還是以人為中心的，人的存在決定了價值與意義的方向。

令人好奇的是，為什麼夢是這裡最主要的關鍵詞，甚至讓它接呈現在標題裡？另一方面，作者也刻意引入精神分析辭彙，譬如生化人解放組織的間諜計畫叫做「創始者弗洛伊德」，他們製造的「實驗夢境」叫「弗洛伊德之夢」，而用以監視K的小組叫「背叛者拉岡」都有意引導讀者往精神分析做聯想。而小說對於人／生化人的想像與理解，似乎也建立在精神分析上。尤其強調「夢境植入」是為了操控象徵秩序（人的符號世界），與及以拉崗的「鏡像階段」來解釋自我的形成及發明「逆鏡像階段」來論述自我的崩解、瀕死經驗、性高潮（鏡像階段的瓦解其實會造成精神錯亂）。換言之，《噬夢人》對夢的看法基本上是依據夢的科學而不是夢的神話，他的偽百科全書雖然滿紙荒唐言，但還是遵循科學的邏輯（理性主義）——而非魔法的邏輯。如果根據弗洛伊德「夢是無意識的舞台」（夢是無意識的一種表達、夢是無意識表達的場所）的講法，「夢境植入」（或「弗洛伊德之夢」）是不是必須預設無意識的樣態？相對於一般敘事或記憶，夢是混亂、破碎、無序的（並不遵循敘事邏輯），「夢境植入」是不是也已預設了一種有條理，且已能清楚掌握其隱意的被敘事化的夢？夢在這裡豈不是被簡化為一種寫作？那豈不是預設了對無意識（而非象徵秩序）的掌控？源於本能、創傷經驗、記憶痕跡、被壓抑的欲望、近乎無序之無意識，在這樣的敘事裡已是被理性編碼過了。

進而言之，整部小說似乎在對一句古老諺語——人生如夢、夢如人生——做修辭更動：夢即人生，人生即夢。小說主人公體驗的人生，原來不過是被植入的夢；反過來說，「夢境植入」其實是「人生植入」。因此它是多數的，而「自我」也因而是多數的。人生的多數源於被植入的夢的版本的多數。更甚者，可見的個體的人格屬性、甚至性別都是可以移易的，因此自我與他人再也找不到界限（一如小說中的Gödel與K）。如此造成的一個後果是：不再有體驗，不再有「現實」，更無所謂「真實」。所有的體驗都可能（或應當）是一種程式的效應。如果是那樣，《噬夢人》不只是不可靠的敘事，更是不可能的敘事。它的內在邏輯導向自我瓦解。出現在讀者眼中的一切，不論是Gödel與K的對話，EROS的激情AV、K與Eurydice的戀情、Eurydice的夢、Cassandra的祕密行動、M的悲慘下場、K的最終覺悟……都可能不過是「夢境植入」的效果。因為夢沒有外部。那究竟誰在噬夢？誰又是人？誰在說故事？故事又是什麼？

亞當・羅伯茲（Adam Roberts）在《科幻小說史》（北京大學，二〇一〇）發人深省的指出，西方科幻小說肇端於科學想像對基督神學迫害的反抗，因而科幻想像都帶著準神學色彩，傾向於借科學想像以探討神的存在、人的存在、上帝之愛是否遍及外星人、機器人是否可以得到救贖之類的大問題。因為它預設的時間遠超過我們的經驗世界而侵入神話、神學與宗教的領域，當類型被引入並非先知的土地，文類的記憶是否也隨之進來呢？是超驗的衝動還是文體的練習？

日本漫畫家木城幸人的《銃夢》也擘劃了一個科幻的未來。彼時人類已克服衰老而得以長生不死，也毋需自然生殖。人腦也可全下載於微小的晶片，身體可無限以生化肢體替換。人與機械的界限泯除了。部分的人成為超人，但階級依然存在。心靈與記憶可以不斷轉存。轉世。而若干強權分割了宇宙，弱勢者依舊淪為強權的奴僕或食物。已然進化至神一般不朽的人仍是霍布斯（Thomas Hobbes）主義者，而超級電腦成了不折不扣的上帝。主人公凱麗殘破的頭顱被科學家從垃圾場撿起來，給予她新的人生。她遺忘的過去憑藉（腦／身體）最深層的記憶逐漸被喚醒。關於格鬥的技術，火星的記憶、另一個人生。宏麗的宇宙依舊如叢林蠻荒，但也有凡人對日常生活的愛。在那個世界裡，夢與記憶依舊是最幽深的領域，如宇宙般浩瀚、通向超驗與神祕，不是人可以掌握的。

二〇一〇年七月十四日

給「自己們」

——一個青年學者的台灣小說的情感之旅

這是個有教學熱誠的青年學者寫給想像中的中學生看的，台灣小說入門書。它的自序〈給不認識的自己〉清楚的道出，它預設的對象是哪些人。如果藉由書中談論的王詩琅的小說〈沒落〉中一個日據時代獨特的台式漢文詞語來概括，那即是「自己們」。全書還有一篇小說閱讀的方法論示範，也就是附在書後長達萬言的〈如何測量課本不教的小說〉（是全書最長的一篇文章，其實可視做導論）。從新批評、小說敘事學、詮釋學等揉和作者個人的閱讀及實際批評經驗，歸納而來的「教戰守則」，可圈可點，也可說是作者個人的「小說面面觀」。這麼年輕就有金針度人的心意，是件很有趣的事。從這裡可以看出他過人的自信。

作為那「自己們」的旁觀者，令我好奇的有兩件事。一是為什麼挑這些篇章而不是別的？這對於任何選集或有導讀意味的書，都是非常基本的方法論問題。再則是書名何以題做

「學校不教的小說」[1]？從後者看來，在最直接的意義上，它似乎企圖對既有的台灣中學的（文學）教育做一番補充。而「學校不教」的潛台詞是，學校該教而沒教，那範圍其實非常大。問題在於，為什麼他認為學校該教？

作者對於取樣的標準沒有直接的說明（為什麼選甲而不選乙），但在自序裡有做一番概括的原則性解釋（即其「三大原則」：台灣文學、「課本不教」、「水準之上」），但其實選樣裡都有例外於三大原則者——譬如董啟章的〈安卓珍尼〉是香港文學、大鹿卓是日本人——這其實違反原則一的「台灣文學」；林雙不的〈小喇叭手〉、施明正的〈喝尿者〉可能違反第三個原則（作品必須達致相當的文學水平），甚至有的小說也並非學校沒教（如朱西甯〈鐵漿〉）。諸如此類的「例外」，作者自己也不是沒有自覺，也做了說明。然而為什麼要訂立自己不完全遵守得了的規則呢？

稍稍檢視這三原則，就可發現它們都不是文學史的考量，第一點被籠統的對待（作者遵循的其實是地域原則而非「台灣意識」）；關鍵的其實是二和三——也可說是文學性與社會性（議題性，或甚至台灣性）——之間的角力。而後者常常用來節制前者。這解釋了何以有多篇明顯在文學上較弱的作品被選上。也就說，作者設定的「學校不教」，文學性並不是最

---

1 本書原名《學校不教的小說》，我覺得比後來的書名《學校不敢教的小說》來得好。

根本的考量，教誨常被意識到（〈小喇叭手〉：「這篇小說震撼人心之處並不在技藝層面上，反而是因為它以這樣幾無設計的敘述，直接、尖銳地寫出了台灣的意識型態問題。」又如對〈渴死者〉的明亮的解說）。因此裡頭挑的小說，如果以文學技術的細密繁簡論，光譜的一端是〈將軍碑〉、〈賴索〉，光譜的另一端是〈渴死者〉、〈小喇叭手〉甚至《蒙馬特遺書》。這現象是連對教誨、對社會性的重視也不足以解釋的。

其實從最開始的三篇〈好個蹺課天〉、〈天亮前的戀愛故事〉、〈在室男〉及《蒙馬特遺書》，都可以看出作者對「自己們」的情感教育的重視——甚至最後一篇〈月印〉，都令人懷疑主導其取材的更根本的理由很可能其實是情感上的——個人的文學情感，用白話來說，即是喜歡與否。這樣或那樣的解釋（意義的論證）不過是後來的自圓其說而已。或許是作者個人年少迄撰文之際的台灣文學之旅中，曾經因在某些時刻被作品中的某些點（可以是美感、社會議題，或情感上）觸動過，而產生分享的衝動。因此這本書或許可解釋為是其個人對「台灣小說」的情感之旅。從這角度來看，哪些篇章被忽略就不是那麼重要了（譬如為什麼是〈山路〉而不是〈鄉村的教師〉；為什麼沒有《滾地郎》、《赤崁記》、《孽子》、《迷園》，也沒有《蓬萊誌異》、《妻夢狗》；為什麼沒有挑比〈將軍碑〉更深刻、也更真誠的《古都》和《荒人手記》……而這些也都是「學校不教」的）。

這易感的文學青年（從他輕易的被《蒙馬特遺書》、王定國的小說感動可知）雖從其文學情感經驗出發，還好分析時相當冷靜。有些篇章分析特別精采，譬如對〈將軍碑〉、〈調查：敘述〉的解說，同樣是謊言的技藝，但真理效果完全不同——「他們試著引導、刪節、考訂甚至想像出一個「正確」的結果，卻不知道正確與否對敘事者這樣的遺族來說並不是最重要的事。重要的是，如何給過去的事情一個解釋、一個情感的交代、一套能讓自己有勇氣面對未來的家族記憶。」這解釋是極其柔軟的，著眼於共通的情感價值；因此在某些情境裡，謊言根本不是問題，它有時是生命必要的支撐，相較於真相的殘酷、絕對、冰冷，它柔軟、能撫慰人心；它許諾的微渺的希望也許並不確實，但那是最後的可能性（即便不過是想像的可能性）、希望的種子，總好過絕望的死滅、知曉一切後的空茫虛無。（這也可說是死亡與失蹤的存在論差異。如果死亡是〇，那失蹤即是芝諾悖論裡的無限分割——縱使它非常接近於〇，但不會是〇，總是會比〇多一點點。那一點點，可能即是希望的火種。在我還是個年輕的教師時，有一回談〈調查：敘事〉曾經熱情的演繹過這論題。那些想法，後來多半挪進去談論郁達夫的流亡與失蹤了。）

在高明的作家那裡，謊言的技藝可以保留著火盡後灰燼的餘溫，其實那或許有著純金一般的情感的價值。這樣的論述幾乎已觸及虛構敘事的倫理核心了。

再如對〈嫁妝一牛車〉的國族寓言式的分析（對比於呂赫若的〈牛車〉），也是有見地的；但王禎和的文體其實並非「一種獨步華文世界的，只有台灣的歷史背景才能產生的新語言風格」，那其實應該是南方華文之本色，只是王禎和的語言技術比馬華作家普遍好得多。或如邱妙津與施明正的對比（「台灣文學史上，這兩位作家是唯一與彼此相像的類型。他們受傷得喘不過氣的心靈，使他們用粗獷的文字取代了精工細雕」）；與及沒說出來的，在其其延長線上——與郭松棻的對比——郭最好的作品，其實是受傷得喘不過氣的心靈，但卻出之以精工細雕、細針密縫、反覆著色，而非粗獷如沙礫的文字——相較於那被瞎起鬨造就的惡經典如《家變》。

這一組一組的對比，還有賴於作者預設的自己們去把它串聯起來。經過一番努力比對參照，他們或許會發現，書中的隱含而未明說的話可能更有趣；或也有利於讀者的讀者們開展各自的文學情感之旅。

二〇一四年二月二十日

獅子、大象和雞鴨

——李岳鴻〈沒有獅子的圖鑑〉附記

李岳鴻的小說以自己的方式重新探討了斯芬克斯之謎。日據時代埔里作家巫永福的小說〈首與體〉，與撕去一頁獅子的動物圖鑑構成小說互文的核心。敘事人和他的另一自我神木，一動一靜，各自以不同的方式去探索自身存在之謎，首與體之謎，人之謎。神木走遍全世界，遍歷古文明，直到世界的盡頭的荒漠，人類起源地非洲。也許在那裡，帶著紙片獅子的人最終讓真實獅子給咬了。獅子並不溫柔。而宅在家裡的敘事人，與動物園裡失去棲地、失去廣闊家園的可憐的大象認同，被困在一種難以言喻的沒有行動能力的狀態裡。小說裡有一篇沒有浮現的、敘事人沒寫完（也永遠寫不完）的小說，但我們讀到的這篇小說本身結束了。小說的結束強制關閉了它之內那沒寫完的小說，但也因而保留了它永遠的未完成狀態。那無疑是謎本身對於作者的未完成狀態。即使小說閉合了，那謎，那人生的意義問題，還是得和生命的時間繼續糾纏下去。

我在暨大教書十多年了，有時會遇到似乎有可能寫作的學生，但從未積極的把他們的習作推薦給文學媒體。至今仍常會覺得對不起他們，好像對自己的工作少了一份熱情，尤其多年來都很少見到他（她）們的作品發表（其實我也很少去讀那些廣告頁很多的文學雜誌），冒出頭的真的屈指可數。我總是勸他們自己去參加文學獎。目前文學獎那麼多，縱使有些文學獎評審很擅長不知所云，但應該還是會遇到伯樂，還是有機會的。再說我和媒體的關係並不算好，自己的文章也不見得編輯會買帳，有一回被壓稿壓到我都忘了投給哪家媒體了。更何況是名不見經傳的學生？會不會造成額外的人情負債？說到這，文學館應該做點事。比錦上添花的頒獎更重要的是，為文藝青年提供可以常態發表的園地；讓年輕人有機會發表實驗性的作品，與及已被當前學術體制活活掐死的文學批評。更進一步說，即使得了幾個文學獎、出了幾本書，還是必須面對生活（靠寫作能生存嗎？能養家嗎？）、市場（賣不賣）、文學場域（前輩的嚴苛要求）、學界（作品有比較像樣的學者認真討論嗎）、自己（有突破嗎）各方面的壓力，走得下去嗎？其實好好寫一本書也就夠了，好過找藉口寫一堆爛書。

推薦這篇作品有其偶然性。那是一年多前的許諾。其時作者處於一種嚴重的生命困局，據說他家裡的狀況非常糟糕，事涉隱私，我也沒敢多問。但顯然他處於壓力的臨界點。學校非常擔心，而我恰好是他懶散的導師，不知所措。偶然從他的同學那裡讀到這篇其時尚未命題的小說，從文字中可以看到他其實有顆柔軟的心，也認真的在思考（也許被迫提前思考）自身的存有之謎。而我一向主張，對作者而言寫作如果還有點什麼功能，那無非是，清理自己，認識自己，為自己找到未來的可能性。如果做得好，甚至可以像向銀行貸款那樣，運用敘事的時間祕技，先預支一點未來以解除當下的困境。

不料我去年六月給他的電郵幾天前他才給我回覆，用手寫寄去月球也不會那麼晚收到。他說他最近才看到我的信，抱歉遲覆，且為小說命了題。他畢業了，在到處碰壁的找著工作。恰好新聞報導說水電工大缺，我建議他不妨去參加職訓，「收入頗豐呢。」他說他有留意，他家鄉那裡的職訓這期額滿了。又建議他到偏鄉去教小學，他說有試過，遇到強悍的競爭者，台大研究所畢業的！「希望只是個案。」他說。「今天要去面試另一份工作了，昨天也面試一個並且能夠上班，這年頭企業真是很敢出價，我想我們的企業家與政府再持續發表奇怪的言論跟政策，無薪工的未來都要不遠了。」（九月十一日）薪水大概低到難以啟齒。然而如果再找不到，也只好去菜市場幫親戚殺雞殺鴨了。

這些年因著那些講大話、自以為全知全能的教改人士愚蠢的建議、拜教育部那些大腦生鏽的官員之賜，高等教育成了消費品，大學生博碩生滿街跑，喝西北風、淋西北雨，飽嘗社會的冷眼。大學淪為不切實際的職訓，教書工作變成一種莫名其妙的服務業。譬如不知道哪一種動物的腦搞出來的教學評鑑，我們每學期都被要求說明，開的每門課程對學生未來的工作有哪些直接的幫助。依那樣的標準，中文系的課九成九都該收掉（確實，我的同事有的準備去養鹿、養大閘蟹、賣魯肉飯、黑白切），也許只剩下小說課——可以訓練學生講故事，有利於台灣成長率最高的行業——詐騙。但搞詐騙不必讀小說，他們說故事的本領可比小說家高明多了。他們讀法律。

二〇一二年九月十二日

柳丁與番茄

有好幾年（似乎是我沒寫小說的那些年）進出系辦公室時，常會看到系辦對面牆上的布告欄「榮譽榜」三個彩色大字下，大大的寫著「連明偉」三個字，名字下是文學獎，聯合文學小說新人獎中篇小說獎首獎、中國時報文學獎、台積電文學獎、林榮三文學獎等的剪報。我沒仔細看，那些年已不太留意文學獎，對新崛起的整個世代也沒怎麼注意，我也忘了自己在忙什麼，安靜的活在自己的時間裡。但「連明偉」這名字我是記得的，那年吳曉青過世時，他們那一屆好像特別悲傷，我曾陸續讀到過幾篇淚漣漣的悼文。年輕未婚的吳曉青大概像兄長那樣陪伴著他們，一起打球、一塊游泳，談心事，因而情誼格外深厚。但我一貫採取刺蝟策略，對我的老師輩、同事、學生都一樣，刺越長的離越遠，以免來日碰傷費事。他或許修過我的小說課，但我也不記得了，就像我不記得我上課時說了哪些話。教書都為稻粱謀，也從不敢鼓勵學生以寫作維生。此路難行，我認識的寫作的朋友都過得很清苦——如果沒有別的正職可以維持生活的話。

東華創作所成立後，彷彿是台灣的愛荷華寫作工作坊，好多對寫作懷抱夢想的年輕人（包括大馬青年）都會翻山越嶺繞到那裡，泡幾年山風海雨，連明偉也不例外。但之後他和同代台灣文青走了一條不同的路，到比外島更遠（心理距離，實際距離未必）的異國菲律賓去當替代役，到那裡的學校教中文。那段時間的「人類學考察」的成果就是這本《番茄街游擊戰》。

這本小說包含了三個中篇，每一篇的篇幅都比我曾經寫過的小說都來得長。我沒到過菲律賓，雖同屬東南亞，但曾受西班牙、美國殖民的天主教國家菲律賓，與曾被英國殖民的、以伊斯蘭教立國的馬來西亞大異其趣。我只知道從華人移民史的角度來看，這些東南亞區域（印菲泰馬）在民族國家建立前有一些共同的要素——譬如方言群／宗親會館、華文中小學，華文報，甚至華文文學。移民史一樣深受中國內部動亂影響，一樣有創造新文學史的南來文人，一樣有認同問題（中國認同／在地認同），從維新保皇／革命之爭到國共內戰，都深深的影響了華人社群（有趣的是，老是被迫在我們華文課本裡「與妻訣別」的林覺民，他弟弟林健民就是移居菲律賓的「南來文人」，和施穎洲等同為菲律賓華文新文學的創始世代[1]。在美援的五六〇年代，台灣也有過菲律賓僑生；菲華作家和台灣的「民國文壇」也多有交流。但我對菲律賓華文文學並不了解，以為它在一九七六年菲化法案後早就漸趨沒落了，但有的資料說它持續發展得頗有規模[2]，楊宗翰告訴我其實確實已出現嚴重的斷層危機[3]。

但連明偉這些小說多半不會被當成菲華文學。它是台灣本土文學的一種有趣延伸。如果目前普遍認可的台灣本土文學是山／海，是台灣的農村與小鎮，那連明偉這些小說就確切是台灣的熱帶文學——熱帶台灣文學是幾年前我為了藉用這裡的資源把馬華文學偷渡進日語，而胡謅的。但虛擬的延伸也可能變成現實。台灣的替代役可以藉由僑委會的管道到菲律賓教中文，如果不是殘存的中華民國的民族主義，就是和旅菲台商子女的權益有關[4]。簡言之，這樣的文學題材之所以出現，還是和民國—台灣視域的合理延伸，但只怕台灣在地的讀者對

1 方鵬程，《南國驚豔：新加坡與菲律賓》（台北：臺灣商務印書館，二〇〇六），頁二五四。

2 雲鶴，〈路漫漫其修遠兮——菲華文學八十年發展淺錄〉（二〇〇八）http://blog.udn.com/yunhe/1999518。

3 我就這問題請教了楊宗翰，他曾受僑委會「委派赴菲律賓馬尼拉兩年，擔任尚愛中學（Philadelphia High School, Metro Manila）華語教師暨教務主任，掌管校內從幼稚園到高中各年級師生的華語課程及行政工作，亦承擔過招收學生及與菲國家長協調等任務。」，返台後「為秀威資訊策劃過『菲律賓·華文風』書系，並擔任書系主編。這套書從二〇〇九年起在台北印行，共有二十一冊，作者包括月曲了、和權、謝馨、雲鶴、千島詩社等，應屬菲華文學在台灣最大規模的一次集體展示。」（都引自宗翰給我的信，二〇一五年六月八日）他直言，「最大的問題還是作者年齡『斷層』，四十歲以下幾乎無人可接棒。現在還在報刊發表作品的中堅世代，大約六十—七十歲之間。」關於菲律賓華文文學的狀況，參《文訊》二八四期，二〇〇九年六月號的「椰子樹下的低語——『菲華文學』風雲路」。連明偉也說詩以外的那些當代作品都「難以卒讀」。

4 「學生大都是當地華人，若以五十人的班級而言，菲籍華人的比例可能佔三十五人，另外五個是韓國人，另外五個是當地菲人，另外五個可能是陸商子女。台商子女的比例很低，大部分都是陸商子女（大陸至菲經商，把孩子順道帶過來，或者是祖輩經商，留菲，成為菲籍華僑）。不過這比例也因各校而不同。」連明偉致筆者函，二〇一五年六月九日電郵。

它會產生一種直覺性的抗拒，就像面對在台的馬華文學。《番茄街游擊戰》的位置也許接近在台馬華文學。大膽一點說，它似乎介於在台菲律賓文學與在菲台灣文學之間[5]。這是連明偉小說得面對的風險，但也反襯出他初試啼聲的勇氣——走向域外，或異域。而台灣文學的異域面一直沒有真正被打開。不論是沿著當年民國孤軍棄子（泰緬）（本土論者不會覺得那是「我方的歷史」）、非洲農技團的蹤跡，還是台商一個公事包走天下的旅程，都還屬於台灣文學的暗影地帶。

《番茄街游擊戰》一書收錄三篇作品〈番茄街游擊戰〉、〈我的黃皮膚哥哥〉和〈情人們〉，說實話，我讀得蠻吃力的。陌生的背景並不是最關鍵的，而是這幾篇小說的節奏和速度都異常緩慢，一種既熟悉又陌生的第三世界的、前現代的時間感（一如我的故鄉），濃稠黏滯的細節，青少年的語調和視角，陌生的雜語。誠如梁文道在評審意見中指出，〈番茄街游擊戰〉讀起來有點像《頑童歷險記》[6]，不同階級出身而被家裡忽略的孩子，因為同學而得以相互取暖。作者刻劃了幾個不同出身的孩子（我，彼得，愛芮莎，承善），那樣悲涼的背景，也許是力圖突顯一個典型環境及那環境裡的典型人物；以漫遊體，讓讀者得以跟隨主人公的腳步，仔細看看貧民窟的悲慘狀況；藉由泛舟，得以一窺那條河的髒臭。在那散發著臭味的絕望的底層，少年們相濡以沫的情誼彷彿是最後的微光。

「番茄街」不產番茄，但華人喜好蔑稱異族為「番」則是舉東南亞皆然，華人的種族優越感，即便文化出現嚴重危機時也不例外。

這三篇都以「我的名字」為開端，都有自我介紹，也都採取了小說敘事最古老的形式之一的青少年成長小說類型，以在地青少年的視角，寫他們的同儕情感、家庭裡的矛盾、隔代教養的疏離、乏味的上課的點點滴滴、文化與身分認同問題等等，也涉及菲律賓華文教學的種種問題[7]。我們都知道，這些小說的經驗參照來自連明偉一年多的菲律賓替代役中文教學[8]；因此也清楚知道，作者在小說裡的位置並不是故事的核心，而是在邊緣的暗影地帶，

5 類似的例子不只連明偉，「至菲擔任替代役者，有些許人從事文學相關創作。例如楊宗翰從事編輯與詩評，何俊穆詩集《幻肢》，何立翔詩集《無心之人》，以及陳柏青散文〈內褲旅行中〉（二〇一四年時報文學散文首獎）。」連明偉致筆者函，二〇一五年六月九日電郵。

6 《印刻文學生活誌》四卷四期，總一〇〇期，二〇一一年十二月，頁二一三。

7 相關討論見楊宗翰，〈菲律賓華文學校的四大病灶〉，《中原華語文學報》第五期（二〇一〇年四月），頁五七—六九。感謝作者提供。關於菲律賓華校的狀況（都是私校吧？都是教會學校？用什麼教學媒介語？），我也問了連明偉，他說：「大多為教會學校（又分基督教和天主教）沒錯，也有佛教學校，例如『佛教能仁中學』，甚至是道觀學校（一貫道），例如『丹轆建德』。都是私立學校，非公立學校。除華文科外，其他學科使用兩種語言教科書，分別是英文和當地語言Tagalog。Tagalog也是用英文拼音。」二〇一五年六月九日電郵。

8 連明偉給我的答覆：「我是擔任九十九年僑委會教育替代役（此為專業替代役，類似外交替代役派遣新兵去非洲耕作，只是負責的單位不同），時間是二〇一〇年三月二十九日—二〇一一年四月二十八日，開始在成功嶺受訓三禮拜，接至中原大學應用華語文學系受訓約一個多禮拜，後直接分派至菲律賓奎松尚愛中學，在菲任教約一年。」二〇一五年六月九日電郵。本文的私函引用都經當事人同意。

他為自己在那裡找到一個有距離的觀察位置（也是個倫理位置）。這些作品展現了作者了解他者的誠意，就這點而言，一個可能的閱讀參照是顧玉玲以在台東南亞移工處境為對象的《我們》。因此即便〈我的黃皮膚哥哥〉那樣的小說，也不是「我」的故事，而是「他們」的故事。這篇小說裡的主人公是有著純正土著血統的買來的養子，有錢父親一直換漂亮的新媽媽，好像那是什麼可以輕易更替的商品（有錢老爸換女人的情節一樣出現在〈番茄街游擊戰〉）。那樣的父親，當然無暇關心青春期兒子的成長，更別說是更為微妙的文化認同。中文在那樣的世界裡，連標記自己的名字都是個難題。「難以用中文表述自己」（小說中用的日常形式是「以中文自我介紹」）是這幾篇小說共同的基調，一定程度上反映了菲律賓新一代華人的文化認同危機——或者說，從這些小說再現的華文境遇多少也可了解為什麼菲華文學會陷入斷層危機。已經沒什麼華語語境了，比馬來西亞新經濟政策、馬來化的教育更為嚴酷的「菲化法案」（一九七六）施行三十多年後，菲律賓政府已有效的讓華文書寫的日常根基徹底崩塌（如同印尼、泰國）。可以做菲華文學讀的《番茄街游擊戰》會是消失中的菲華文學的一個悲慘的見證嗎？

純就小說言，三篇中最具野心的應是〈情人們〉。與七旬奶奶相依為命的「我」男性，中學畢業，奶奶經營特種行業，他就打滾於諸老妓與眾老恩客之間。小說寫的是個衰敗的老華人殘花敗柳的風月世界，未成年的「我」從小泡在那「湯婆婆」的世界裡，學會像成年人那樣爭寵，扮裝，化身雌性以引誘奶奶的情人，春爺爺，驢子爺爺，虎牙——性別越界。在那衰老淫猥的成人世界裡，小丑巴奇似的春爺爺的恐怖劇場是箇中高潮，最終他把自己變為骨灰罈。這一篇的情色展演、淫佚奇觀，也是最接近連明偉的東華老師李永平《大河盡頭》中《海東青》似的情色巴洛克的。這會不會是菲華文化日暮途窮的一則隱喻？

多年前在暨大文學獎的評審過程中，駱以軍獨具隻眼的為一篇極盡唬爛之能事的小說辯護，我被他說服了。那小說標題是〈一顆柳丁〉，作者是連明偉。小說寫什麼我一點都不記得了，唯一的印象是，那年輕的寫手似乎在試圖窮盡一切的可能榨出那顆柳丁的意義。多年以後的連明偉，因遠赴他鄉而有了新的際遇，已非當日「吳下阿蒙」。「番茄街」不產番茄，但它緊鄰番茄醬；《番茄街游擊戰》沒有柳丁，也沒有嚴格意義的巷戰，也許這部小說本身即是連明偉的「番茄街游擊戰」。他們這一代有志於文學者幾乎都過著清苦日子，需要更大的韌性來迎接民國的日落。

謹致祝福。

二〇一五年六月十日

未竟的書寫
——閱讀郭松棻

文學要求精血的奉獻，而又絕不保證其成功。文學是這樣的嗜血，一定要求你獻身。

——郭松棻

台灣旅美小說家郭松棻（一九三八—二〇〇五）六月三十日再度嚴重腦溢血，七月九日病逝，享年六十七歲，並不算高壽。郭在美國逝世時，我們的馬華文學研討會正於吉隆坡熱烈展開。我個人大概在一九九一年（或九二年？）於淡江大學施淑教授的討論課上初識郭氏作品，其時他在台灣的第一部小說集尚未出版，我們用的大概是三校稿的影印本。讀後驚喜自不待言，發願論之，因知識準備不足及忙於學位工作，多年以後方得以初嘗[1]。

對大馬的文學公眾而言，郭松棻是個陌生的名字；即使國外漢學家及大陸評論界，讀過他的作品的只怕也不多。在台灣學界，郭松棻也可能是被討論得最少的重要作家之一。八、九〇年代以降，不過寥寥數篇而已。這種冷遇，只有在台的馬華作家的處境可以比擬。大概也因為他一直在「境外」，又屬唯艱難是尚、求深求工的現代主義者吧。一九六六年赴美留學，而後投入保釣運動，被中華民國流亡政府列名政治黑名單，一直到逝世，流亡他鄉幾近四十年。雖然作品不多，但質量精純，郭松棻無疑是台灣文學現代主義世代的巨匠之一，〈月印〉、〈月嗥〉、〈雪盲〉、〈奔跑的母親〉、〈今夜星光燦爛〉諸篇[2]，篇篇都是佳構；他也是自有中文現代文學以來少數幾位有能力建立（中文現代文學）標準的重要作家之一。而其聰穎、見識高、讀書多，也早成傳奇。

他的特殊境遇——境外生產之台灣文學——恰和在台馬華文學對反，見證了華文文學的流寓；文學啟蒙雖早，卻於一九八三年始以四十五歲之齡致力於小說創作的郭松棻，一九九七年復嚴重中風，幾廢，真正得以投身寫作不過十餘年。慢工出細活的習性，使得迄

1 〈詩，歷史病體與母性——論郭松棻〉刪節本刊於二〇〇四年六月，《中外文學》第三十三卷第一期。
2 最完整的見於前衛出版社的《郭松棻集》（一九九三），只有〈今夜星光燦爛〉另見《雙月記》（台北：草根，二〇〇一）部分佳構重印於麥田的精選本《奔跑的母親》（台北：麥田出版，二〇〇二）。

今發表的中短篇小說不過十餘篇。但或許也因此，他的文學很快就展現出中晚年文學的老辣深邃（這一點和魯迅類似），直逼存在與意義的深淵，銳利的凝視二戰前後台灣歷史的陣痛難產，那巨大的歷史傷口。但郭的文體又異常陰柔，彷彿接合了沈從文的抒情文與吳爾芙的意識流，時見東方式的物哀隨感（川端康成式的），審美出神。他和王文興均以量少示範了現代主義者的質精主義——或可稱之福婁拜主義。魯迅在中文現代文學的開端就曾經做了類似的示範。另一方面，他延續並深化了吳濁流《亞細亞的孤兒》的歷史命題，迥異於鄉土派的鴕鳥主義（以為把頭埋進沙土裡問題就解決了），就其文學高度而言，更遠遠超越了吳氏質樸的寫實風格。

今年七月號《印刻文學生活誌》的郭松棻專號，原來大概是要做為其復出的宣告，不意竟成了向讀者告別的儀式。其中同屬現代主義世代的舞鶴（作於一年前）的訪談〈不為何為誰而寫〉特別有意思。文中披露了不少這位遠離台灣文壇的小說家鮮為人知的過去，童年，成長背景，父親，文學教養的歷程，閱讀偏好，對同時代作家作品的看法等等。對理解郭氏的作品不無幫助。

譬如他對魯迅的尊崇，「初二下時，讀到魯迅選集，立刻就被吸引，到現在，魯迅仍是我最心儀的中國作家。」（頁四〇）對比小說〈雪盲〉中小學校長交給念小學的敘述者一本蟲蛀的台灣總督府監印的《魯迅小說選》；高度評價的〈孔乙己〉也出現在〈雪盲〉的結尾，可以說他把現代中國知識人精神癱瘓的悲苦形象補充進亞細亞孤兒的系譜裡，吸收了魯迅的沉鬱悲涼；對沈從文的敬意，「沒有任何一個中文作家能夠像沈從文那樣，可以這麼不動聲色，這麼溫和又細柔的處理政治風暴、人和歷史的大情況。」（頁四七）現代中文作家中，沈從文似乎更自覺地轉化抒情傳統的資源，也立下了典範。郭的抒情文體，與及以感性悲憫來超越渡化歷史的苦難，明顯得力於沈氏。當然一個作家的取資不可能就這幾個來源，訪談中高度評價的福克納、海明威、吳爾芙、卡謬、梅爾維爾的《白鯨記》、芥川龍之介、川端康成，甚至訪談中全然缺席的張愛玲[3]，都可能或多或少的吸收被轉化（譬如郭的對月亮的迷戀，那種感性和張確有共通之處）。

另外如不喜公認的巨擘喬哀思、馬奎斯，喜讀波赫士但只欣賞其巧思，都可以看出作家異於常人的好惡。其間對台灣作家的批評也許更發人深省，譬如對鄉土派作家的批評，「鄉土作家所謂的反映時代、土地與人民的三部曲的作品其實都沒法進入文學堂奧的。」（頁

3 傳聞郭曾苛評張愛玲文學為姨太太文學，不過〈雪盲〉中倒是明顯地向張的〈中國的日夜〉致意。也不排除訪談有刪節的可能。

五三—五四）非常之嚴厲與不客氣。相對之下，他對同輩作家七等生——另一個現代主義者——則推崇備至，「他是我現在覺得最有成績的作家」（頁五四）及推許王文興。別忘了這是從世界文學的高度看過來的。有趣的是，這兩位現代主義者的藝術感性及對中文的態度其實大異其趣，郭的中文較接近「純正中文」的系統，有傳統詩文的哺育；而七等生、王文興則是橫的移植的造語，破中文[4]。相對的，沒有提到文字感性較接近的白先勇，也許和他對自己作品的低調類似。

做為文字手工藝守護人的現代主義者，批評文學多產者「垃圾作品太多，一生成為書的製造機」，「其實不必多產，如今海峽兩地的大病，乃在過分生產」（頁四五）都大快人心。但主張「不出版」就未免低調過頭，絕對的個人主義。但也許從這個地方可以看到對文字藝術一個古老而幽深的思考——文學是嗜血的，它以人的生命存在為養分，最終將取代人生命的有限性。訪談中談到疾病與創作的關係，他借托瑪斯．曼的話說，「疾病與創作絕對是一回事」（頁五二）談到他自己四十八歲時的憂鬱症，那正是他創作的高峰期。疾病也許構造了特殊的藝術感性，創作即使沒有療效也有助於轉移——如果不是吸血的話。

整個訪談最令人感慨的是，作者其實充滿著生之憧憬，大量手稿待整理。六十餘萬字待整理的手稿，是會永遠埋藏於家屬私人檔案，還是終將以初胚的樣貌面世？無緣得知。如果聯結作者的「不出版」論，即使不出版也無所謂。但弔詭的是，作者一旦死去，肉身朽滅，化身象徵的、符號的存在，作品則成為公共的文化遺產。「不出版」論乃成為終究會死的生者和死亡那無限的深淵徒勞的角力。精神分析家敏銳而殘酷的洞察告訴我們，接受符號（當然包括運用文字）就意味著接受個人終不免一死，符號的存在有朝一日將全然替代個體的存在，當意識隨肉身朽滅之後。

4 詳見我的〈中文現代主義〉，《謊言或真理的技藝》（台北：麥田出版，二〇〇一）。

陳映真的理想讀者

就一個小說家來說，陳映真（一九三七—）的著作並不算多，沒比魯迅多多少，也沒有長篇。在台灣現代主義世代裡，白先勇（一九三七—）和王文興（一九三九—）一樣寫得不多，那顯然是出於節制，而不是才薄。眾所周知，陳映真是箇中旗幟鮮明的左翼，也早對現代主義展開猛烈的批判，拒絕被歸為那個彷彿帶著美援原罪的陣營。

他是現代主義陣營中少見的介入型作家。依他自己的意圖（呂正惠教授最喜歡用這兩個字）他理想的舞台是廣大的社會空間，但他最迷人的作品是他被剝奪了前述舞台後的產物。精神投資內撤而為憂鬱的生產。

從許多他的讀者的回憶中可以清楚看到，陳映真的早期作品對某些人有一股蠱惑的魅力。那並非來自於小說中直白的意識型態宣諭，而是夢一般迂迴的詭麗表象，耽美與嗜死。那或許是礙於彼時戒嚴文網，而不得不採取的文學手法。陳的某些同代人顯然能深刻的感受到箇中寓言的共鳴，那些故事、場景、意象，也就彷彿帶著些許神諭的意味。作為馬克思主義者，那樣的作品並不是依循盧卡奇〈現代主義的意識型態〉中對遠景透視的召喚，倒是更接近盧文裡批判的對象——現代主義式的孤絕——主人公總是受困於某種難以言諭的歷史噩夢舞台，因某種外部力量而被扭曲的空間，宛如某種無意識的場所。卡夫卡空間。

施淑教授的〈台灣的憂鬱——陳映真的早期作品及其藝術〉（一九九一）作了最雄辯的解析，深刻的把他的藝術感性、精神狀態解釋為台灣歷史幽靈的復返，承續了殖民歷史中知識分子心靈的鬱結。篇幅不大，卻是陳映真解釋史上的一大里程碑。

陳映真在鄉土文學論戰中亮出了他的民族主義底牌，公然與後來的鄉土教父為敵，或許也讓他的作品成了「本土」的敵人。他晚年的政治立場，或許更讓不同政治立場的讀者敬而遠之。那樣鮮明的統派立場、統派文學史觀，連我這種台灣歷史的局外人都覺得難以接受。他那麼強烈的意圖，會不會妨害讀者對他作品的接受，會不會讓他失去台灣讀者？或讓他的作品被局限在極小眾的「新左」圈？這都是我沒法回答的。可以想見，因作者義無反顧的捲入意識型態戰場，義無反顧的「投入祖國懷抱」，不惜成為政治樣板，作品的經典化之路一定也是相當坎坷的。

因為作品的屬性不同，經典化的方式也會不同。陳映真的經典化需要另一種讀者。作品必須朝向另一個方向，不是向文本封閉的內部、它的自律的神聖性，而是向社會打開，充分的打開。關注的將不只是作品的文學性，更是思想性、社會性，以塑造出作者作為思想家的先知色彩。那就需要把作品充分的歷史化，知人論世、以意逆志。而趙剛最近出版的兩本陳映真論，已一定程度的達到這要求。

趙剛可能是陳映真的理想讀者。本著對作者與作品的虔敬，閱讀的細心，他解讀陳映真小說的兩本書（《求索：陳映真的文學之路》，聯經，二〇一一；和《橙紅的早星：隨著陳映真重訪一九六〇年代》，人間，二〇一三）很可能會成為經典化的里程碑。關鍵之一在於他嘗試去還原體現在小說裡的陳映真本身的視野，採取一種可能相當貼近（有時甚至可能比作者更為貼近）作者意圖的視域。

他的基本方法，在收於《求索》中的〈「老六篇」論〉中就可以看得相當清楚。針對陳映真最早的六篇小說（從〈我的弟弟康雄〉到〈祖父與傘〉），趙剛做了詳細的歷史化閱讀。以〈鄉村的教師〉為核心，重建了陳映真對台灣左翼從日據末期到五〇年代崩潰的思考與哀思，相當有說服力。

而對於《橙紅的早星》，我的看法和呂正惠教授〈放在序言位置的書評〉的意見差不多。這本書有些地方的細讀有其過人之處，令人耳目一新，但有的地方或許講過頭了（譬如〈麵攤〉裡的「橙紅的早星」、〈蘋果樹〉裡的蘋果、〈一綠色之候鳥〉的候鳥、恭行↓宮刑等。）而寫得最好的部分，如對〈淒慘的無言的嘴〉、〈兀自照耀著的太陽〉、〈某一個日午〉、〈纍纍〉的細讀，則能夠藉由一篇小說，帶出一個複雜的世界，六〇年代台灣歷史的暗面。也就是說，它能藉由社會學式的還原陳映真問題小說的原初視野，引領讀者進入由小說所開啟的社會診斷或歷史批判。

比較可惜的是，分析〈唐倩的喜劇〉時，沒能超出小說的視域；對六〇年代的台北知識界作充分的診斷（除了藝文界，還有文史學界，中央研究院，黨國文學待從之臣等），反而為小說的視域所限，這或許是個警訊。〈唐倩的喜劇〉那樣的篇幅，是很難達成它的「意圖」的——也就說，趙剛的解釋方式其實不容他去質疑陳映真的局限，而是力圖論證陳是戒嚴時台灣唯一的左翼先知。以比喻言之，即放大了橙紅的早星這個意象。

在這樣一種教學風格的論述中，趙剛似乎力圖讓陳映真早期小說中的所有含混（詭異的意象、突兀的情節）變得明朗。除了會造成過度解釋之外，也可以看到左翼理想是有著強大磁力的所指，所有曖昧含混的能指都可能被引領向它。但那可能會削弱讀者閱讀小說的趣味，「小說本身」被思想吞噬了。作論者彷彿想把被纏結扭曲的空間鋪展開來。而那扭曲受阻的文學語言「作為思想的感受」、「作為感受的思想」的思想面可能被解釋了，但那感受面如何能在分析中被微妙的保存，卻是一大問題。對大部分陳映真的文學讀者而言，作品的魅力或許正在於它必要的含混給予的微妙感受。

二〇一三年五月二十五日

文有別趣

有段時期，我的夢經常經常具有某種連續性和預示性，而且是彩色的。有好幾回，我發現我身邊正在進行的事曾在我的夢境中出現，我幾乎吐出身旁的人即將吐露的下一句話。

出國前兩夜，我夢見五根金色巨鉤嵌在自己無頭無足水晶明澈的軀幹裡，像件美麗的雕刻，沒有痛楚，也沒有激情焦慮；而後我的手（我的意識告訴我那是我自己的手）探入體內，循著鉤的倒刺將鉤一一退了出來，夢便結束。

我曾張目看過死亡的花朵開放。「死」是沒有顏色的。

——黃翰荻《止舞草》

《人雉》是本相當有趣的書，甚至可說是近年散文界罕見的一朵奇葩。雖然某些文章文類的歸屬容或有些疑慮——就一本書而言，這幾乎是個無關痛癢的問題——我們還是籠統的把它歸於散文吧。散文在最寬廣的意義上即是對立於詩的總類。

黃翰荻的文章別有異趣，有一股難得的野趣、古趣。它的有趣一方面來自於表達方式上的與眾不同，再則是來自它的語言風格，二者當然是緊密相關的。表達方式之所以與眾不同，來自於作者的文學觀、世界觀和當今文壇的風尚有相當的差異，那又立基於不同的生活方式。

在我們的時代，散文可能是被馴化得特別嚴重、也最能反映民國—台灣國民教育成果的一個領域。那多半還是得歸咎於師範國文系的文學想像（典雅、溫柔敦厚、文），對語文表達的規範（符合各種部定的修辭格），經由大、中、小學教育長期的教學規訓，再經由文學獎、選集這些承認機制的進一步規範，「野」這東西就和雉一樣，已很難在這島上生存。要「野」，就必須拒絕體制，也意味著被體制拒絕，但那可能是個性化、個體化的極致。用書中的表述，即是必須採取一種「退步主義」（「帶病的退步主義之身」，〈病與觀音〉），一種積極的逆俗（〈退步主義〉）。而在這個被持續的工業革命發達資本主義時代，往往就意味著退隱鄉間，「小隱於野」，採取不同的生活方式過日子。「彼時我因震駭自己淪為島人無情貪婪血汗工廠的劊子手，處於一種身心俱廢狀態，……年齒正壯的我在養病中成了一個空心人。」（〈病與觀音〉）故選擇「抽身而退」。因而書中每多憤世之言——有時竟有幾分舞鶴的廢人調。

> 打開信箱，盡是這時代特有的無趣……名人忙，沒有時間一再深潛，所以在不知不覺中退步。名人總是應運而生應運而死。（〈老頭與鬼〉）

> 然此蕞陋小島的許多觀念藝術都和尿死一株草差不多。（〈尿死一株草〉）

> 攝影進入荒誕的所謂「民主化」之後，便失去了真正的讀者，大家都當「作者」去了，包括我在內。（〈拍攝墳墓的人〉）

> 我們想擁有一塊怎麼樣的地？如果我們種的是自己。（〈假如我有一塊地〉）

《人雉》野性難馴的文體，就源自那樣的生活方式和自我定位。時而荒誕、時而執拗、時而奇幻、時而悲憤，時而抒情；行文汪洋曼衍，不拘一格，頗有《莊》、《列》遺風。時見寓言筆調，所以敘述者不一定是你、我、他這類代詞，可以是黃欣、禺冊、笑栽、卯生……有的還像人名但有的就是個寓言的敘事者。而人與雉、人與鬼、芭蕉與鳥之間都能對談，螳螂會唱大戲……，都饒富古風，古代筆記小說如《太平廣記》中亦常見此類筆法。那也源於作者對觀察這個世界的濃烈興趣（所以會有「賞了一陣子野草」這樣的句子），而別有體會。其中最典型的例子是對墳墓的興趣，他認為墳墓可以「顯現這個島嶼的文化地層」，移民文化從墓場確可看出一些端倪。確實，墳墓也會說故事。「墓場常洩漏時代的歷史狀態……你走過越多不同的地方，看過越多不同的墳墓，你越了解它們的歌吟。」（〈拍攝墳墓的人〉）那對死亡還得有一種豁達。但即便是對生態浩劫苦澀的反思，表達上也與眾不同：「一隻盆地特有種，專以耳朵獵殺蟲子的大耳怪蛙游近，跳在他頭上，一人一蛙開始認真思考：在這資源有限的世界遊戲場上，不倚賴耳朵，當怎麼活下去？」（〈耳人〉）或如〈勸世歌〉般的〈毋貽盲者鏡〉廣用排比，以散文裡罕見的筆法，文言白話錯雜，諷世勸世：「盲者雖不能見有形之形，可以見無形之形，教之以『金目』，便知『人各哀其所生』。」

筆法的怪異使得黃翰荻的文章不會流於平淡無趣，而是處處波瀾，宛如郵票的鋸齒，鈍刀裁出的毛邊，「散文家」看了只怕要皺眉頭的。對我這樣的一個讀者而言，卻是怪得有趣，集子中大部分的文章都堪稱妙文。作者本身具備的多種藝術涵養很顯然有力的輔濟他的寫作，彷彿可以隨時打開不同的窗，迎風觀月。

另一個重要的原因是作者對台語文字化的堅持。不是那種自我殖民化的傳教士羅馬字台語，而是晚清國學大師章太炎《新方言》主張的，為方言今音找回它遠古的肉身（字形，詞。中古，甚至上古漢語）的白話文。相較於向傳教士借洋殼，這是條非常難走的路，對當道的本土意識型態而言，也相對的政治不正確——它預設了漢語古籍是「台語」的根源，難免有「統傾」之嫌。但正因為作者的堅持和實踐，借用俄國形式主義的語彙，這其實是場難得的詞的復活的文體實驗；而這一點讓黃翰荻的文體帶著一層怪異的古意，甚至一種苦澀。從現代中文書寫的歷史來看，這是我所謂的華文的有趣個案——拒絕走向平順流麗、剔盡方言詞彙的純正中文[1]。閩粵兩地的方言遺產特別有可能讓有心人藉由援引方言，一定程度的忠於自己的口語，為自己的文學建立一種相異於北方天朝的獨特性。代價之一當然是不被他們承認。

但身為閩南人，有好些詞我還原不出方音，得從註解去揣度。蚼蟻（螞蟻）爪鼠色（老鼠色）飰缸（飯鍋）「敧在樹下」（站在樹下）「野雞髻花」（野雞冠花）……這些都沒問題。但有的沒註就如對古文，茫然不解。如「惷愚」，如「這谽谺的幽壑還坐落在礫光裡」，如〈蜩甲〉。我上網略查一下，「惷愚」原來是我們都很熟的愚蠢，「惷」是異體字，典出《一切經音義》；谽谺，唐詩屢見，山谷空曠或山石險峻。〈蜩甲〉，《莊子．寓言》：『予蜩甲也，蛇蛻也。』成玄英疏：『蜩甲，蟬殼也。』」都不在我既有的閩南語詞庫裡，多半是我自己的詞庫還不夠豐富。

另一方面，作者這樣的寫作路徑，又讓他像個本土現代主義者，語詞坑坑窟窟或多石礫的，只能讀普通話的讀者只怕會望而卻步。「錢，當時在外公家，是每日自己會生腳行入來的。」〈第一間房子〉「女人腹如白雪、兩腿似蛤深納他的慾望，像海一般激烈波動起來，他則自恃為帆又自恃釣者，等女人化為魚。」（〈半日〉）「鳥頭長了一顆老人斑。」（〈尿死一株草〉）這樣的句子像不像舞鶴？但黃翰荻和後者的決定性差異在於，舞鶴的世界幾乎被性的土石流淹沒了，被放大的男女生殖器成了本土的絕對象徵。而黃翰荻這裡，山川草木並沒有淪為次要、甚至微不足道的布景陪襯，作者對草木蟲豸是有情的。論異色感，有時會讓人想起雷驤，但雷驤的筆調其實非常陰柔，黃翰荻卻時而暴烈。內視的開啟上，黃也更為頻繁，更為狂野或明淨。別忘了，《止舞草》還曾經啟發《妻夢狗》作者開啟夢的眼睛[2]。其文生猛有力處，令人想起邱剛健〈再淫蕩出發的時候〉那類詩。

1 見我的〈華文／中文：「失語的南方」與語言再造〉，《馬華文學與中國性》（增訂版）（台北：麥田出版，二〇一二）。

2 駱以軍〈小紙片〉：「我曾在一家出版社當了三年『黑牌編輯』，我的老闆答應我每週只需上班一天，但我必須在那一天裡，像個瘋子一口氣讀完六、七本商戰書或是占星書或是食療美容書，然後替那些書寫好它們的封底文案。那是我生命裡最灰暗的一段時光……有一天我的老闆拿了一疊稿子給我看，說我們也許可以出這本書。我在獨自一人的會議室翻開那份一校稿。翻著翻著便在禁菸的空間裡點菸抽將起來。這個作者將一張張片段記載內心密藏的小紙片投入一個盒子。如是積累十年（他說『有一種背著眾人飼養一隻祕密的、隱形的玄色蟲子的快樂』），那時我整個內心光亮且安靜下來。那之前我已有三、四年沒有創作。但我開始學那作者，零碎片段地記錄自己的夢境。我把那疊稿子藏在身邊，悠然自得地翻讀抄寫，直到很久以後我的老闆才想起向我要回。」（《自由副刊》，二〇〇一年七月二日）

《人雉》中夢的強而有力，如〈病與觀音〉，一段剛開始就結束的昔日情緣，一個夢替代了一種可能的未來結局，提前終結另一種可能的人生。如此而能在敘述上開啟一個幻境或童趣的向度，和夢的調度功能相似，那也常是這些文章裡最美的片刻。從詭麗的世相、幻相，有時可以引渡向片刻的了悟，如夢：「一截佛指墜落在澹明搖曳的燭影下，雖朽壞了，卻猶柔軟、流麗、靜寂，髣如佛的本體。」（〈佛指〉）及諸如此類不可思議的段落：

「爸爸，你的眼睛吃了什麼？」

「眼睛當然是吃它看見的東西。」

「它發亮。」

他伸手摘下右眼，照著月看……啊！目珠中有一顆金樹，莖幹上停滿鬼面天蛾吶！

（〈鬼面天蛾與公木瓜〉）

那種詭麗、超現實的畫面感，時而妖仙乍現而近乎《聊齋誌異》，或許源於作者的繪畫訓練，那是一種特殊的視覺能力，藝術家天啟般的內視，一種敏銳的直觀，彷彿可以看出超出現象之物。在最表面的意義上，那當然也是一種陌生化的敘事策略，就像作者常引介西洋古典樂。或藉由「由李漁的傳奇《蜃中樓》走出來的」耳朵被養得特別大的畸人，來陌生化我們熟悉的世界。

作者當然也在尋找詩意、營造意境。而回憶童年住處、宛如一部家族史大長篇之餘光殘骸的〈第一間房子〉，某個抒情的瞬間（內在風景）可作為概括。像一幅發光的油畫，詩意盎然——

> 窄巷和大溝垂直交叉處有一方小空地，地面上用成人手腕粗的竹子搭了一座葡萄架，春日裡葡萄藤涓出的嫩綠，以及夏盛熟果中碧酸夾揉的一包青甜，幾十年都用一只水晶碗盛放在記憶裡。

猶如〈佛指〉裡「某個寒天，半夜醒來，他看見他的大畫桌上不知何來一只大白盤，盤中所盛正是那截佛指。」也是幅明淨的畫。恰可隱喻作者運用如此獨特而蕪雜的文體寫作所追尋的某種純粹的藝境。

附記：

我並不認識黃翰荻先生，為前輩的書寫〈推薦序〉感覺也不太像話。我和他的因緣除了同姓之外，大概就是十多年前都曾在楊淑慧的元尊出版社那裡出過書（彼《止舞草》；我，《馬華文學與中國性》）。

但我們也不乏共同處。我也持「退步主義」，選擇住在鄉間。愛書，蓄書數千，然猶未屆散書之齡。對墳場也感興趣，雖沒見過鬼。租了小塊地栽花種樹，不施藥，但也得忍受愛噴殺草劑的本土鄰居時時飄來惡臭的殺氣。

兒子一歲多時曾以單指大戰好鬥的綠螳螂雙鐮數百回合，不分勝負。彼時居處左近多樹蛙與竹節蟲，夜來蛙鳴如雨林，雨後花香醉人。

近年養了一窩晚上堅持住高樹上的白雉，凶狠的大公雞且曾以飛啄打敗我唸國中的大棵女兒，一瞬間，伊的粗壯「豬跤」上留下深深的喙痕。

年輕時讀過章炳麟《新方言》，思考過方言寫作的問題。自己多年來也寫一些「有的沒的」，但方言古字並不熟悉，閩南語詞彙亦不足以支撐寫作。受出版社委託讀黃先生文章時，習得「飰」字，故將甫完稿之散文〈鹹飯〉易為〈鹹飰〉，方捕獲鄉音，那也是先人遺音。

寫完本文初稿後得《翰荻草》，始知黃先生曾親炙民國—台灣學界傳說時代諸名師（鄭騫、魯實先、君毅、牟宗三等），那些先生都我老師的老師輩了。無怪乎作者時而能重新賦某些傳統文論的概念予活力，也能洞見傳統抒情主義的深刻處（如〈懷念呂璞石〉中所言的

「『限制』使『自由之力』往一個點上深掘」，以致顯現出「『簡潔、重複』兩大聖像特質」）；汲取古人的詩情，詮注當代巨匠的畫意。

在我唸台大中文系時，已是「雞棲於塒」的黃昏時刻了，當然那也可能只是我自己的主觀感受。

昔年楊淑慧贈予的《止舞草》不知流落何方，只好上網重購一本，赫然還是一九九六年的初版本。躺在書庫裡近二十年，還是新的。晚兩年出版的《馬華文學與中國性》庫存多半早已壓成紙漿，流轉生滅不知幾回了。

二〇一四年十二月二十四日初稿，二〇一五年一月十五日補於埔里牛尾

南洋底死

埋設在南洋
我底死，我忘記帶回來
那裡有椰子樹繁茂的島嶼
蜿蜒的海濱，以及
海上，土人操櫓的獨木舟……
我瞞過土人的懷疑
穿過並列的椰子樹
深入蒼鬱的密林
終於把我底死隱藏在密林的一隅

於是
在第二次激烈的世界大戰中
我悠然地活著
（中略五行）
但我仍未曾死去
因我底死早先隱藏在密林的一隅
一直到不義的軍閥投降
我回到了，祖國
我才想起
我底死，我忘記帶了回來
埋設在南洋島嶼的那唯一的我底死
我想總有一天，一定會像信鴿那樣
帶回一些南方的消息飛來——

——陳千武〈信鴿〉（短篇小說〈輸送船〉序詩）

一九四三年十月十六日，二十二歲的陳千武（出生南投的詩人桓夫）抵達昭南港（新加坡），以台籍日本兵（「台灣特別志願兵」）的身分參與了太平洋戰爭。一直到一九四六年七月返鄉，將近三年的時間輾轉於印尼戰場。二十年後的一九六七年，陳千武寫下以該戰爭經驗為題材的系列短篇（共七篇）的第一篇〈輸送船〉，一直到一九八二年寫下系列的最後一篇〈迷惘的季節〉，歷時十六年。其中的〈獵女犯〉更於一九七七年獲得第五屆吳濁流文學獎。很顯然，序詩裡說的那埋藏在南洋一隅、忘記帶回來的「我底死」大大的發酵了。

一九七二年，來自婆羅洲、就讀台大外文系的李永平以清稚的嗓音唱出他第一支婆羅洲之歌，那是眾所周知的〈拉子婦〉；幾年內完成以故鄉為背景的第一部小說；幾年後，同樣來自婆羅洲的張貴興在就讀師大英語系期間寫下他第一本小說《伏虎》中的大部分作品，其中的〈草原王子〉主角是一隻好大隻的熱帶蜥蜴，在小說裡亂爬。我相信那種當地俗稱為四腳蛇的大蜥蜴，陳千武在印尼當兵時一定吃過（不過小說中沒有呈現）。不過相較於陳千武題材的沉重，李張這兩位來自熱帶的青年，卻顯然還年輕得不會想去回顧那幽暗的歷史，如果藉用陳千武序詩中的表述，他們顯然未曾「死在南方」。一直到二十多年後，李永平方以〈望鄉〉為二戰死於異鄉、沒有家園的女人們召魂。

陳千武該系列小說無疑是台灣文學裡的異數，大概也不會有人去質疑他不寫台灣而去寫那麼偏遠的帝汶，那正當性當然無可質疑。那寫於戒嚴時代的七篇小說且歷經了鄉土文學論戰、美麗島事件；顯然，那是經驗所容許的。雖然二戰時南洋戰場的台籍日本兵迄今仍是台灣史的陰暗角落。因為日本戰敗，有的在戰後成為戰犯，有的輾轉被遣送返台過平淡日子（晚近的研究見李展平），都深刻的經歷了二戰結束後地緣政治重整而造成的身分認同震撼，從可能的日本皇民被還原為亞細亞的孤兒。

相較於陳千武系列小說主人公的正常與明亮；晚生一世代而沒能遠赴南洋戰場的陳映真，早在一九六〇年即寫出〈鄉村的教師〉（一九六〇），那個從南洋戰場歸來的台灣青年吳錦翔曾經多麼有理想後來卻是多麼的淒慘，「南方的記憶；袍澤的血和屍體，以及心肌的叮叮咚咚的聲音，不住地在他的幻覺中盤旋起來，而且越來越尖銳了。」（《我的弟弟康雄》，頁四四）因為他戰時在南洋吃了人肉，而最終發瘋而自殺了；黃春明〈甘庚伯的黃昏〉（一九七一）裡的阿興、舞鶴〈微細的一線香〉（一九七八）裡那個陰陽怪氣的父親，我們不知道他們在南洋戰場上吃了什麼，總之歸來時或是瘋了，或已成行屍走肉。這兩個角色顯然不只在南洋死過，並且把他們的死，從南方戰場帶回了故鄉。這被帶回來的死，從最深處腐蝕了他們的生。甚至可以反過來說，他們把自己的生留在了南方戰場，而把死帶了回來。從這個角度來看，陳千武的系列小說確是異數。

七篇中，〈旗語〉、〈輸送船〉都算是序曲，〈戰地新兵〉寫抵達帝汶後的新兵訓練種種，總的來說小說中的戰爭經驗不算特別豐富，主人公由於過於陽光——總是選擇做對的事

（沒有黑暗之心，對被壓迫者充滿同情、一心想援助弱者），而讓戰爭的複雜度似乎被單純化了，並沒有〈鄉村的教師〉主人公那樣經歷了局限經驗。他的經驗彷彿是一種稍微特別的戰爭侵略方士兵的日常經驗。以帝汶島為背景的〈獵女犯〉以日本兵捕抓當地女人，強迫培訓為慰安婦為題材。裡頭敘及日軍對土著女人的衛生管理與性方面的集訓（由日本及朝鮮的）：「每天用香皂洗淨灰褐色的皮膚幾次，檢查皮膚病和性病，教練她們接待男人的方法與禮節。」（陳千武，一九九一年，頁一〇二—一〇三）、女人們的變化，「（香皂）洗淨了她們苗條身材的骯髒，和現地女人特有的臭味，使她們感到舒適、美麗，而得到文明生活的好處。」（頁一一八）經過一番周折，敘事者最終在慰安所裡、在皇軍以現代技術潔淨化、衛生化、受過專業性訓練的土女身上得到了性啟蒙。而這在後幾篇小說中，性的啟蒙確是個突出的主題，同樣令人印象深刻的是，小說一再提到當地女人的體臭。〈迷惘的季節〉寫敘事者初抵帝汶看到土人的感覺，覺得他們吃檳榔，「嘴唇紅紅地突出，很不衛生的感覺。原始的生活，以裸體表現野性的奔放自由，染有野獸的體臭，發散一種難聞的味道。士兵們初次聞到這種體臭，發散著一種難聞的味道。」（頁一四九）小說裡有這麼一個細節，主人公摸了土王送去陪她睡的完全未經日軍現代技術加工過的女人的肩背，發現她的皮膚很粗（味道大概也不好），把她遣走後，敘事者「把手洗得特別乾淨」，憂心忡忡，「不知道那女人的粗皮膚，會傳染給自己什麼？皮膚病？或者性病？」（頁一六九）顯然日據晚期的

卡在裂史斷裂的縫口裡，多年以後終於再度等到另一位陽光男孩，那由婆羅洲出發，途經女子，她因被傷害而陷於退縮，失去說話的能力。那位被台灣陽光男孩拯救的荷蘭少女，被運動（這依然是個正確的選擇），在Merdeka Indonesia聲中拯救了一位戰時被日本兵侵害的說中的〈默契〉裡。裡頭的敘事者林兵長自稱奧郎．福爾摩沙，日軍戰敗後參與了印尼獨立強烈的洋騷味。然而那房龍，那荷蘭女人，她的其中一個可能的過去就出現在陳千武系列小強烈的騷味，令主人公心醉神迷。李永平的小說且強調說，侵害她的日本兵們特別著迷於她明的氣息。李永平小說裡的性啟蒙發生得晚得多，《大河盡頭》裡的女主人公從頭到尾散發與詩與鋼琴聲；草原王子依舊在裡頭亂爬，華裔青春少女如花朵一般美麗與芬芳，洋溢著文

回到性啟蒙的主題，張貴興的《賽蓮之歌》寫性啟蒙充滿了浪漫的著色，響著英語的歌鹿卓的寫作可說是異數。

主編，頁一〇九）他認為那比用日本香皂衛生化過後的泰雅少女有味道得多。在這方面，大竹的味道、椴松樹枝相互摩擦的味道、還有獸皮和野獸乾糞的味道……」（王德威、黃英哲「貨真價實的番婦」嗆人的體臭感到非常刺激，做了細緻的分析：「在他的體臭中混著山白後要求把她坐過的榻榻米要用酒精消毒；而大鹿卓的（野蠻人）則比較怪異，小說敘事者對零子的〈番婦羅婆的故事〉一樣寫到了台灣泰雅女人的體臭，敘事者的先生在番婦哈彩到訪衛生現代性的觀念方面，確實是台日一體的。就算是《華麗島的冒險》裡的有限樣本，坂口

台灣、美國，再迴游回婆羅洲，在已然Merdeka的Indonesia的領地，把她的死從裂縫裡拉出來。而少年永，並沒有被馬來群島的美杜莎變成石頭，反而經由象徵交換，將把他的一種死（顯然是某種石頭）留在南洋，而滿懷憧憬的航向民國的尾巴。

卷二：火笑了

馬華文學無風帶

物種類別以及與這些類別相聯繫的神話，也能用來組織空間的知識，於是分類系統被擴充到土地和地理的方面。

……當圖騰名稱可適用於家畜時，它有時也超出了不只是社會學意義上的，同時也是生物學意義上的人類界限。

——《野性的思維》

我手頭這本《野性的思維》扉頁有注明「1990.3.5台北」那些年書買不多，故還有閒情注日期。關於一九九〇，「治洪詩人」陳大為寫過一篇〈大馬旅台文學一九九〇〉（《台灣文學館通訊》三十三期，二〇一一年十一月十二日，頁四〇—四三），談「大馬青年社」，談他「前治洪期」的準備功夫（狂讀三百本台灣現代詩及散文），也連帶提到我們。文中四度提到我的名字（文章共四頁，剛好每頁提到一次），前兩次比較有意思，可以抄下來換幾個銅板：

「雖然我念的是中文系，但馬華文學在我的腦裡是不存在的，生平第一部馬華（純）文學作品集，是黃錦樹一九八八年十二月送我的《龍哭千里》，當時我根本弄不清楚溫瑞安和神州是什麼東西。」

「印象中除了黃錦樹，似乎沒有人閱讀或談論馬華文學。大陸新時期文學引進來的很有限，我們真正承接、吸收的是台灣現代文學。」

那是台灣政治解嚴的第二年。送書一事，我真的不記得了。大為晚我兩年來台，一九八八年十二月應該是他來台的第一個學期。他其實是局外人，不在我們的馬華文學的「故事」裡。

那些年，我在台北各家舊書攤，逐漸的把那「是什麼東西」的出版品幾乎搜齊了，且醞釀寫作那篇一九九一年宣讀、一九九二年刊於《大馬青年》第八期的神州論文。而那批書，多年前也借了人，在等待歸還中。

一九八九年，我在台大學生期刊《新潮》四十八期上發表〈夾縫中的小草——馬華文學的困境〉，談的是宛如處於赤道無風道、看不到前景的馬華文學。同年，和時唸台大醫的高中同學廖宏強等主編《大馬青年》第七期，該期也刊出我們旅台文學獎的得獎習作。組織鬆散、附屬於大馬旅台同學會的大馬青年社，在我們的年代，仍延續了前行代學長羅正文、陳亞才等對大馬國是及旅台人處境的關切。大概從我們接手開始，即有計畫的整理大馬青年在台灣的文學足跡。我在《大馬青年》第七期的〈編輯室報告〉裡即指出要做「旅台文學史料」的收集，因為「『旅台文學史』將會在『馬華文學史』中佔有一個非常重要的位置，而沒有史料就無所謂歷史。」該期即做了不少資料彙集的工作，且範圍不限於文學。

一九八九年，大學四年級，其實深深受困於前途茫茫之感，不知何去何從。

那年四月，一行五人走訪隱居宜蘭羅東的婆羅洲留台小說家張貴興。其時他未婚，長得像秦祥林最俊俏的時候。訪談之餘，我們好奇的要求看看他的蟄居處。郊外稻田間的老舊農舍平房，昏暗潮濕，看來閒置已久。房角窗下一張墨色原木小書桌，桌上沒有書也沒有紙筆，收拾得乾乾淨淨。窗外即是稻田，秧苗翠綠，一方一方的，遠方雲氣蒸騰。屋內大紅眠床，米白蚊帳半掩。

離去時細雨霏霏，他好似有點憂傷有點憂鬱，陪著我們沿著濕滑的田壠小心翼翼的一步步向前走著。

多年以後方依稀知悉，那是他女友娘家的閒置老房子。大學畢業八年了，只想寫作、一直不想投入職場、剛完成兩部長篇小說的他，三十三歲了，人生面臨重大的抉擇。大概是交往多年的女友和他攤牌，拋下他遠赴異國旅行去了，舊的路已走到盡頭。難怪訪談中他會突然幽幽的說：「完成這兩部長篇，就算死也無憾了。」半真半假的說他喜歡日本文學、三島、芥川、川端，對櫻花美學甚有感觸似的，自語：「三十五歲是人生一大關口。」

原來他即將結束多年的單身隱居慢活生涯，生活的擔子將呼嘯而來。畢竟在這島上，要靠寫作維持一個家，是不可能的事。雖然他也說，「回到馬來西亞，可能我連一本書都完成不了。」

為了解星座詩社我們還訪問時在師大任教的陳鵬翔教授，看到許多連彼時的舊書攤都絕跡的星座詩刊，及他們當年出版的詩集。我和學弟彭永強共同整理了〈被遺忘的星座〉、〈專訪陳鵬翔教授〉二文。身為留台第一代的詩人學者，陳鵬翔教授後來可是「治洪詩人」的恩師呢，對他有著深遠的影響。

那一九九〇年呢？

延畢的一年。別無退路，只有考研究所。大部分中文系保守得發霉，歷史系也差不了多少。考慮過改唸政治學，經濟學，人類學，到處去聽課。常借機車到政大，台大法學院旁聽，均無疾而終。唯一的收穫是，對其他人文學科的知識不致太陌生。

經濟陷入困境，在台中幹苦差事的小哥哥不定期少量接濟。

亂投稿賺點生活費。寒暑假到台中打工，砍草挖泥種花植樹。一度借住大坑山區一處破洋樓，或者國光路旁中興大學的老舊宿舍（老教授過世後子女移民美國，佔而不用，需人管理）。小哥人緣好，是個陽光男孩，深受老教授的喜愛，總是借得到地方住。而今他可是馬六甲的龍珠果大亨呢。

那年發表了簡略的〈「旅台特區」的意義探究〉（《大馬青年》第八期）、〈「馬華文學」全稱之商榷〉（《新潮》，四十九期），前者是「旅台文學史」的一個嘗試，而後者則是「重寫馬華文學史」的一個試探了。大概也都是前一年在大坑山區洋樓附近一處工寮寫的。那地方傍晚時蚊子像蜜蜂那樣大隻，被咬幾口你就可能貧血了。工寮附近有座小樹林，裡頭有另一間小工寮。有一條水流清澈的小溪。

有一回散步，碰見一位鼠鹿般驚惶的女子，看來曾經慧黠秀麗。小哥說，聽說她自從一次聯考考壞之後就不知道自己是誰了。

但看來比較像是毀於一場曾經異常狂熱的戀情，偶爾理智清明的時刻還會默默心痛流淚的吧。

我想，她在為自己的愛情守喪，以失去自己為代價，守護著愛情的灰燼、餘溫。她的頭髮並沒有明顯的散亂，衣服看起來也乾淨，顯然還沒有全然的自暴自棄。神態像七等生小說裡的人物，一個隱遁者，或許也是個窺視者。

故事中的英雄很窮，他唯一的財產是一粒麥子，他用欺詐的手段以那粒麥子換到一隻公雞，再換到一頭豬，然後是一條牛，後來又換到一具死屍。最後他用那具死屍換到一位活公主。

——《憂鬱的熱帶》

一九九〇上半年尤其有急迫性，六月就要畢業，沒考上研究所的話，只好回鄉教書或割膠了。女友說：「教書？你這種爛脾氣！」所以後者的可能大些。「唸完大學回鄉割膠？你媽受得了？你爸受得了？你那些哥哥姊姊——」

三月買的《野性的思維》，有心情看嗎？四月或五月就要考研究所了。

三年後寫碩論時，指導教授放牛吃草，這本書倒幫上大忙。

一九九〇年一月十六日，比《野性的思維》早了一個半月，買了手邊這本聯經版《憂鬱的熱帶》。這部「散文傑作」迄今仍是我最喜歡的書之一。

但註記說是送給那時的女友現在的妻的，寫著她的名字。

時在秋冬之交。寒假時許是大致讀了一遍罷。

兩本書均初版於一九八九年五月。訂價加起來共七百元。即使打八折，也要佔去好多餐的錢。

《憂鬱的熱帶》扉頁另有鉛筆註記：「九九年十一月二十日重讀畢（包括九年前跳過去的章節）於龍潭。」那是九二一地震那年了，時任校長的勵志作家李博士（「李跑跑」？）英明果斷的帶領全校師生北上落跑，借台大舊教室上課，意圖博取社會同情。

在友人協助下，有幸借住於龍潭大說謊家的隔壁；一間荒廢的、沒有家具的小房子，睡在塑膠墊板上。那年冬天非常冷，而龍潭風又急又緊。每每一張口，風就灌進肺裡去了，涼到心底。

兩棟房子間砌了座及頸的矮牆，因而常看到大說謊家在前方院子裡抽菸，會寒暄式的隔牆聊上幾句。

比我長十歲的小說家新婚不久，長子還在地上爬。而我兒子一歲多了，每回大搖大擺在他家地板上前前後後來回兜圈子踱步，他看了露出無限羨慕的表情：「他媽的，這小子跩得像個小王子似的。」

而之前一年，我刀光劍影的論文方讓如日中天的他勃然大怒。

他且愛炫耀讀了多少公斤的書。愛以斤論者，大概會喜歡精裝百科全書，大字木刻本，而甚於薄薄的詩集吧。

有時天初黑，會看到袁哲生夫婦到隔壁探訪他們以師禮事之的前輩作家。

我們會遙遙揮個手，多年前在淡水還一起修過課呢。駱肥一家也會不定期的來看他們的老師，歡歡喜喜的，天南地北的聊。那小房子裡日照佳、空氣流通，很容易讓人放鬆下來。後院的姑婆芋長得像雨林裡的魔芋，盾狀大葉子幾片就把空間給塞滿了。

頗宜於隱居讀書寫作，未來也會是座雅致的紀念館吧。

那麼重的《憂鬱的熱帶》，幹麼辛苦帶著？唯一的解釋是：不知道會遇到地震，開了哪門愚蠢的課指定閱讀這本書。

那年多次無照駕駛破車走高速公路飛奔往返埔里租居處取書。

> 我們漸漸接近赤道無風帶，以前的航海者極度恐懼的赤道無風帶。在這片海域內，兩個半球特有的風都吹不到，所有的帆下垂好幾個星期之久，沒有一絲風吹動它們。空氣停滯，使人覺得是被關閉在一個封閉的空間裡面，而非置身大海；深色的雲朵，沒有風去擾亂其平衡，只受到地心引力的影響，慢慢的解體往海上掉落。
>
> ——《憂鬱的熱帶》

大學那幾年，確實如身處憂鬱的熱帶。

台大附近在蓋捷運，工廠似的喧鬧，到處在挖洞。

一長列的鐵皮牆擋盡了風，天天沙塵漫天。

尤其是夏天，燠熱難耐。每片樹葉都不動。

無風。

大部分老師顯得疲乏而冷漠，在他們眼中，我們都是一些廢材朽木吧。

同學疏離，台大呢，每個人高中時都是班上的尖子，誰也瞧不起誰。

全班第一名的女生巧笑倩兮，唇紅齒白，衣著總是得體合宜，像個小公主似的。她總是直挺挺的坐在第一排，專心的抄筆記，時不時與老師含笑對視，乖巧的點點頭。

僑生總是被認定是來佔本地生位子、來搶資源的，且課業成績往往墊底。唸錯音，寫錯字了都不自知。講話怪腔怪調。衣衫襤褸。髒兮兮的，像剛從臭水溝爬上來。（有史瑞克的味道）

那且是學運世代最壯麗的年代。

一九九〇年三月，野百合運動，六千學生集結中正紀念堂，靜坐，提出「『解散國民大會』、『廢除臨時條款』、『召開國是會議』，以及……」次年，李登輝政府廢除《動員戡亂時期臨時條款》，並結束「萬年國會」的運作……民國—台灣一轉而為台灣—民國。僑教政策，不正是萬年國會的轉喻嗎？

沒穿襪子，腳套破布鞋；褪色上衣，短褲，鬍子雜亂，臉上青春痘東西南北長。

或上課吃早餐被山東老太太痛斥。

《左傳》課，她老人家靜靜的發考卷，直至最後，突然尖叫道：「黃××你寫那些是什麼字都寫成一團下回再這樣就把你當掉！」

或姍姍來遲。唸著楊牧或余光中的句子，突然停下來，臉長長的現代散文老師高聲叫道：「×××你不要每次遲到了還大搖大擺走進來。」其實我是「躡手躡腳」的從後門進去。期末成績六十八分。坦白說，他的散文課講解得還蠻用心的。

上課不專心，老師一轉身就翻過窗出去踢足球找女友或猛灌冷水或到對街書店翻書吹冷氣。

那時那裡還沒有誠品，只有聯經和遠景門市。前者也就是那兩部書的出版處。

那些幾年反僑生、反僑教是社會運動的重要訴求之一。一股民族主義的大洪水席捲而來，「外省人」被火辣辣的發明。

而這一切何其熟悉。

本省人在自我土著化。

僑生，準外省人，比外省人更外部更非本土的存在。民國的毒瘤之一。「沒納稅、沒服役、享用國家教育資源、搶奪就業機會……」立委大人說。

知道不受歡迎，正當性被質疑，我們也在《大馬青年》第八期裡做了個「僑教專輯」，撰文針對箇中諸多弊端，做了深切而悲傷的自我反省。

到哪裡都不受歡迎。

看不到路在哪裡。

魯迅的那句膾炙人口的話其實太輕巧了。

很多沒人走的路都是獸徑，亂草間縱使沒有老虎也會有捕獸夾。

不是傷了心，就是傷了腳。

我想我不是台大中文系的理想學生，一如不是某些書的理想讀者。

格格不入。但似乎也只能那樣。

所以幾年前台大中文系為「我的大學夢」徵文，我只能回以：「仔細想想，我大學時確實無夢。」

二〇一二年四月十五日

蘆花江湖
——留台這些年

1

一九八五年底我中學畢業，因學制銜接的緣故，次年中秋方來台。離家（也就是抵台）那天恰好是中秋節，九月二十八日。誰想到一待就是二十七年，而且這數字每年更新累增中，很可能後半生都會在這裡（這民國殘剩的尾巴）度過。

此後多年，每當端午過後，鬼門開、鬼門關；而後河灘裡，芒花開。颱風來，颱風去，亂石奔流。過了九月，又一度開學，就可以感覺到那個「刻度」接近了。

雖然這對別人沒意義，但當我留台的年歲遠超過在馬的年月，就彷彿可以感受到那股冥冥之中的，命運的力量。

而今，當我用「返馬」這樣的修辭，都會遭到在地化得十分徹底的妻冷冷的嗤問：「你的家在馬來西亞還是在這裡？」

二十多年裡，何止「去日兒童皆長大」，甚至我的姪女甥女都陸續當了媽媽（小孩還不止一個）——我既當了多年的舅公，也當了多年的叔公。但這也都只有抽象的意義，彼此生命的軌道沒什麼交接，我甚至記不得他（她）們的名字。

這二十多年，唸書花去近十二年，接著是教書。因工作需要，寫了若干論文，也不是什麼大不了的東西。小說有時寫，有時沒寫。生活過得平平淡淡，其實也無甚可記。

2

最初在台大那冬天冷煞、夏季悶爆的學生宿舍開始摸索寫作小說時，就已經注意到背景可能會是個麻煩。那時甚至會仔細閱讀評審紀錄。因此大學那幾年，小說習作並不敢嘗試投寄兩大報副刊（不論是發表還是參加文學獎），最初的舞台是旅台文學獎之類的小場所，或者大馬的什麼奇怪的文學獎。而我的台灣同代人紛紛登場了，在文學刊物上，甚至文學大獎的舞台。

也可能是由於自己的技藝並不成熟，我記得〈夢與豬與黎明〉的其中一個版本還投寄過全國學生文學獎，但似乎連入選都沒有，也因此才會發表在同學會那鳥不生蛋的期刊上。〈死在南方〉（原本是個遜得多的題目）的命運也相彷彿。比我小兩屆的陳大為鍾怡雯似乎順利得多，大為以〈治洪前書〉獲第十五屆時報文學獎評審獎時，不過大學剛畢業。而在台灣文壇以詩得大獎，這可能是首例，不似小說散文均不乏前例。

一九九三年以〈落雨的小鎮〉獲聯合文學小說新人獎時，碩士班都唸完了。當時的評審紀錄關於這篇作品的討論相當少，顯然大部分評委頗不以為然。有一位其時如日中天的中生代小說家對它表露了毫不保留的輕蔑（那些年，目空一切的此君在大文學獎評審席有極大的影響力），齊邦媛教授一貫對僑生鼓勵，也沒說出什麼理由。投了一票的東年說了句：「小說裡的雨下得太大了。」這篇小說借用了他小說的篇名，他還因此被某君酸了一句。

兩年後僥倖以〈魚骸〉獲時報文學獎短篇首獎時，邱妙津《鱷魚手記》獲推薦獎，但這位比我小兩歲的同代人已在巴黎自殺身亡了。這也是我最後一次參加台灣的文學獎。雖然技藝未熟，也許還未找到自己的路徑，但應該告別學徒生涯，畢竟年屆而立了。

3

我從來沒想過要當專業作家，從未認為可以藉寫作謀生——從諸多案例來看，那是可能性極低的選擇；唸大學時，甚至也沒想過會留下。焦慮了許多年，前途茫茫，鬱鬱寡歡。最有可能的未來是，畢業後回馬到中學教華文課，度過平淡的後半生——台大中文系的古典教育，對我毫無吸引力。也許那些年讀了太多反傳統主義的書。也許，感受不到老師授課的熱情，冰冷無情的距離，與及對時務表現出的迂腐，感覺所學對了解自己存在的情境無甚幫助。考慮唸研究所時，很想離開中文系的軌道，但也許勇氣不夠，走了一圈，又回到舊的道路。

如果那年研究所沒考上，可能就只有回鄉一途了。因此大學畢業後，寄過一批書回老家，多是那幾年從舊書攤搜來的。碩士班畢業前，又寄了一批，後來餵了內人娘家的白蟻。想說唸完這學位大概也差不多了，也受夠了這江湖烏煙，灰鵝新儒。

其時剛從清大文學所碩士班畢業的友人建議我去考該校甫成立的中文組博士班，我那時哪知那又是另一處水滸山寨，雨小風大人心雜（詳見敝〈不夠世故〉）。

但博士班一考上，又有姑且留下來看看的心情——又有一顆石頭可以蹲個幾年。

4

唸博士班修課時寫了幾篇報告，〈流離的婆羅洲之子和他的母親、父親〉、〈神姬之舞〉、〈中國性與表演性〉等後來都發表了。它們和所修課程不一定有直接關係，但自唸碩士以來，就已養成習慣，泰半課堂報告都盡力寫成小幅度修改後即可以發表的論文初稿。因為〈從大觀園到咖啡館〉的機緣（事見朱天心為《土與火》寫的標題非常誇張的序），在一場系內小研討會發表後，我把它寄給了朱天文。次年，在陳傳興老師的課上，他轉交一張匆匆寫在書腰之類的硬卡紙上空白處的便箋。便箋的主人說朱天文把我的論文轉給他看，而當事人建議把這篇論文收進由他主編，即將由麥田出版的「當代小說家」系列中的朱天文卷，作為附錄。便箋裡談到〈魚骸〉，也向我索閱陳老師向他提到的一篇馬華文學論文，應該是〈中國性與表演性〉吧。

之前我並不認識鼎鼎大名的王德威教授（我也一直沒學會拜碼頭）。後來王教授更給我在那個系列中留個位子。我自己倒沒那個自信，自覺分量不夠，「魯」了幾年，其間經歷喪父、生子、中風、地震、學校北遷……。〈航向中國的慢船〉和論文〈魂在〉都起草於流亡龍潭期間。勉強拼拼湊湊的寫了十數篇，書出版時，已經是新世紀第一年（二〇〇一）了。

倘使那幾年有這兩年的靈感與安定，至少可以寫它個五百頁吧。

研究所的學分修完後，就考慮找工作。那時與交往多年的女友結了婚，總該給人家個現世安穩吧。其時有兩間學校新設立，一在山一臨海。我都寄了履歷表過去，當時我對海有無邊想像。但東華從沒回覆。後來聽說有一個台大的「大咖」為他冷峭美麗的女弟子在那裡預留了個位子，恰好是現代領域呢。

5

我屢屢向朋友（雖然內人也說我其實沒有什麼朋友）稱述：大體而言，在台灣學術界，其實外文學界比中文學界對我友善些（在《中外文學》「升格」變得非常龜毛但論文品質沒變得更好之前，我的許多論文都在上頭發表），而王教授是前輩學人中對我最為客氣最為禮遇的。

多年前他一直希望幫我到更好的地方（譬如某研究院）去工作，他以為那地方錢多事少閒閒冷氣又強我蹲個幾年大概就可以寫出什麼鉅著來。但他好像對台灣學界的江湖不是那麼了解。

他最積極想幫我的那幾年，其實我非常痛苦：內人一直是外籍依親，依台灣一直沿用的民國初年訂下的舊石器時代的移民法，她不能工作。我們住不起都市。因此應該感謝年輕時在學界素以豔麗著稱的P女士把案子擋下，免得我南北奔波之苦。

倘若待在那一向自認最專業的研究機構，勢必要花許多功夫精進英語，被迫以英文寫論文。有位論文一向犀利的朋友C，同樣出身中文系，每回看到國內研討會他以英文撰著，問他時他都慣性的自嘲：「寫給老外看的。」而主辦單位且常故意安排那位特愛修理他的外文系的學術明星教授L來講評。L總是以英文老師的態度鉅細靡遺的挑他用詞文法上的毛病，針針見血。鈴聲響不止也停不下來，虐以為樂。

那樣的的話，寫論文就毫無樂趣可言了。

而且有那麼多學術前輩需要哈腰鞠躬，難保不會經常閃到腰，倘傷脊成駝就划不來了。當年王教授且以為我的論文集《謊言與真理的技藝》會得什麼大獎，書出版前即寄來賀詞（究竟純粹只是長輩的客套話——還是他畢竟不了解學界這蘆花遍布的江湖？），孰料反響還不如一顆颱風後從山上滾下來的石頭。

倒是呂正惠教授有一次跟我說：「我參加過很多學位論文口考，發現年輕人引用你的意見比引用我的多得多，有一陣子我真的很生氣！」說著瞪大了眼睛猛抽菸。

6

地震後給勵志作家整到必須無照駕駛南北跑。彼時沒有第六高速公路，山路蜿蜒曲折如蛇如鱔，有時開車開到幾乎睡著了，竟不知身在何處。那時也曾動念離去，和甫從美國回來的KK君一道去申請新加坡國大，王教授還為我寫了強而有力的推薦信呢。

但我知道自己並不喜歡新加坡，只怕也難以在那物盡其用的世界生存。雖然我大馬的家人都羨慕新加坡的高薪，喜歡它遠遠把馬幣甩在後頭的幣值，而常問我為什麼不到新加坡去而寧願留台。

約莫是地震後回埔里的第二年，大馬甫成立的N學院的院長H突然來訪，問我要不要回去當該院中文系的主任。H態度誠懇，但那時我已約略知道大馬華社的若干江湖惡習：當年參與大馬青年社時認識的一位唸歷史系的學長T，滿懷理想返馬，一心想建立一個機構來收集、整理華人的史料。努力多年略有規模之後卻被「老闆」（機構的出資者）以非常粗暴、羞辱的方式逼走。在華社，一向有錢就是大爺。

近年N學院動盪不安，連德高望重的K都被高層以骯髒手段逼走，講師也紛紛離去，學生人數驟減。妻說，「還好當年你沒有傻傻的去那裡，否則不知道要看誰的臉色過日子。」

當然，有時我會想，回去的話對寫小說而言說不定會比較好，貼近那裡的現實，隨時可以做一些訪查——細節不確定時，可以就近問問耆老。但這都是比較理想化的狀況。如果基本生活都顧不了（在大馬教書的朋友工作量都非常驚人），就什麼都甭談了。

7

不待在學院裡，不知道裡頭的鬥爭如此赤裸慘烈。

在這鄉村小大學十多年，至少經歷了三四波大鬥爭。

五色羽。香江鱷。威猛先生連環秀。

很難理解為什麼會這樣。

也很難理解為什麼有人竟敢以「我們需要自己的地盤」為由，背道而馳的堅持設立博士班。

明知招不到生，學校還把資源硬綁在那上頭。以為那還是顆石頭，不知早已風化為一攤絕望的爛泥。

而同事間課餘鮮少往來，大家都是土虱，相忘於江湖。

二十年的教改實驗，造成大學普及化，學生畢業後普遍失業。低能的官員想到的「頭痛醫腳撐、腳痛醫頭髮」的對策是：大學直接向職訓轉型。於是我們必須為學生未來的就業負責。教改人士說，「沒有不可教的學生。教不好是老師的責任。」石頭也該教出個孫悟空來，朽木嘛，該「陶塑」成土地公。爛泥可以養鱔魚。

學校也常公開要求（奉教育部的指示），老師必須「定期到業界受訓」。開一堆智障級的「智能」講座強迫進修。於是教書就更其無趣了。

大學M型化後，肥者連影印費都用不完，窮者老師要去當業務（別說學校沒有這麼要求我們）。哪天如被指派去植樹割草通水溝、接水管修電路開水肥車清化糞池，似乎也不是太過超乎想像的事。

說退休還太早。因此也未必沒有「如果中個樂透的話，就可以從這討厭的情境跳開」那樣非常小市民的妄想。

8

二十多年來，在寫作上找到自己的路了嗎？也許也還沒有，不過是對整體處境更為了解一些。對中原沒有幻想，不認同民國，不認同台灣，討厭「國家」這樣的概念。而「在台灣寫作馬華文學」無非是因為它最脆弱、最貧瘠、最無助，而我們多少還可以做一點事。

但論者多半會把我們比擬為二戰前馬來半島—新加坡那些自中國流亡南下、寫祖國題材的「南來作家」；或比諸一九四九年以後從大陸流亡來台的民國流亡者。以台灣的文學場域之大（相較於馬華文學），其實也不至於容不下（如果心胸不是蚱蜢蟋蟀般小的話）。況且，不論是無國籍華文文學，還是台灣熱帶文學，都可以為這崛起的中國陰影裡的民國尾巴的文學，提供一個不同的解釋向度。

然而工業化、資本主義這走向「進步」那無底深淵的單向車，在暖化、核災的陰影裡，我們渺小的寫作至多不過是海灘上小小的沙之城堡。在大浪、大雨來前勉強維持它挺立的姿態，如此而已。

9

年歲每跨入另一個十時，都會有諸多感觸。來台時未滿二十，無盡彷徨。近三十時在埔里教書，摸著石頭，邊教邊學。四十歲前後那些年筋疲力竭，很沒勁，勉強編輯了散文集《焚燒》，心情是沮喪的。而一轉眼五十就在眼前了。

對寫作，仍然沒有太大的野心——倘若有，也多半做不到了。轉瞬間老之將至，理當知命。

腳下這塊石頭或許比較大，一蹲竟然快二十年了。雖然因暖化的緣故，石頭表面已經濕到長滿青苔了。往好處想，有青苔可能就有蝦子。有蝦子說不定就會有想吃蝦子的魚呢。

二〇一三年九月三日，埔里牛尾

那棵樹

新紀元那地方，在這次之前我應該已去過兩次了，且都是莊華興載我去的。

第一次是二〇〇五年，應陳美萍之邀順道去做個座談，講了些什麼我忘得乾乾淨淨了。那時還是全家一起去，留宿一晚。第二天到董總出版部去買了不少董教總的出版品，華興還驚訝的問我：「他們沒有送你？」我笑說董事會裡說不定有許多我的「敵人」呢。當年燒芭事件讓許多老一輩寫作人今日心裡還有火。

第二次是二〇〇九年，應華興之邀，我帶著兒子到博特拉去做了「誰需要馬華文學？」的簡短演講，順便去逛逛。但到我寫這段文字時，我又不是那麼確定是否有再訪新紀元。如果去，多半也是只是為了買書，因為認識的人很快就離開了。

也許是把博大的某些印象混進這裡了。但我對博大的印象也只剩下——它有很多座佔地面積廣大的足球場，有水域寬廣的牧場，有不少牛；有大湖，湖畔有些枝繁葉茂結實纍纍的無花果樹，結的果看起來好像可以吃但應該不能吃的；似乎有一片果園，紅毛丹波羅蜜什麼的；除了多間回教堂還有間小小的老天主堂，那校園大到即使開車也要走很久。但博大給我印象最深的是，教室外牆上密密麻麻的冷氣機轟隆作響，學生上課個個穿著厚外套，打噴嚏流鼻水，宛如深秋隆冬。國立的，大概有用不完的電費。

而新紀元，一直都在那有限的空間裡，很多該分開的場所被擠在一起。我記憶力很壞，感覺上次見到的和這回看到的，空間的方位並不同。

也許是錯覺混淆進記憶裡了。

建在山坡上的幾棟毫不起眼的多層混凝土建築，造型非常標準，看不出有什麼特色。山坡被闢成三階地，每層都蓋了樓。整體空間一覽無餘，沒什麼綠地，沒有廣場，沒有水池。樓與樓之間的空地鋪著水泥，就是學生活動的空間了。樓的外部，就是路，停車場，上階山坡上疏疏的種了十幾棵疲憊的樹。另一階，高大的相思樹、鳳凰木、阿勃樂、結著紅色串果的棕櫚，與及別的什麼沒特別留意的常見熱帶樹種。

然而就在這第二階，近樓處，有一株樹看來非常精神。它被單獨框在一小塊綠地裡，樹頭插了個牌子，似乎受到重點保護。在研習營的空檔，我從二樓陽台往外看，它的姿態有一種古老的優雅，非常顯眼，也似曾相識。只見它雙幹胼長，瘦而高（一高一矮），椰子樹似的彎度向上延伸，高的那端有十多米吧。它們的葉子傘狀張開於樹梢，乍看之下有點像筆筒樹，也像棕櫚，羽狀葉。長而硬實的葉柄再分出細枝，細枝上有卵形的細葉，像咖哩葉而略長。仔細看，樹幹上有著魚鱗似的累累稜狀瘢痕亦如棕櫚，那是葉柄脫落後留下來的，幹身很堅硬的樣子。看來既非蕨類也非棕櫚，是一種我從來沒見過的樹。

我特地走到樹頭前去看那牌子，以為上頭會載錄那樹的植物學訊息，不料牌子上僅大大的寫著捐獻者的名字。

和我當年唸的獨中一樣，到處都是捐獻者（個人或公司）的名字。教室、大廳、甚至住宿的房間。一草一木，一花一石。華教的意志。

約莫是今年春天，老友張錦忠突然建議說去給新紀元雪中送炭。我們都知道新紀元近年來風波不斷，在華社知識界、抗爭界頗有聲望的柯嘉遜博士前些年被逼走後，教師不斷出走，學生屢屢抗議，那學校裡多半發生了好些我們搞不清楚的荒唐事。只知道它招生遠比不上有政府做後盾、有大量資源的拉曼大學，大概教師的薪水遠比不上國立的學校，行政上又發生一些奇怪的事。令人不解的是，董教總那些「民族鬥士」，搞個小小的學院竟然就搞到這樣雞飛狗跳，如果真的成立獨立大學，不是常常要有人跳樓？

錦忠說，新紀元的資源最少，也許我們可以幫忙做點事。

他在台北的某個研討會遇到新紀元中文系的主任伍燕翎，後者向他提及新紀元師資短缺，尤其是文學理論方面，學生就算有心也無處學，因而倡議辦個「文學理論研習營」什麼的。

於是我們很快的商議出主題，人選，各自的題目，整體的議程等。我們兩人可運用國科會的差旅經費，可幫新紀元省下一大筆錢。但過程中隱約聽到有人認為不該給我們這些「旅台的」提供舞台，我只能說有那樣想法的人真是搞不清楚情況而且明顯是蠢過頭了。在台灣，不是我吹牛，只需隨便撿些漂流木搭一搭，就是個營火舞台了，何必捨近求遠的跑到那風雨飄搖、是非不斷的小地方？

我自己也不曾參加過相關的研習營（而錦忠是箇中老手，幫國科會辦理過多次非常大型的研習營），只能用研討會來想像。提議以「為什麼馬華文學需要理論」後，我就決定以〈重返〈為什麼馬華文學〉〉為題，比較完整的去回顧及處理我和林建國關於馬華文學的分歧，也對他近年來（可能因為沒題目做）對我的多次批評做了個整體的回應。四月初我就寫了〈審理開端：重返「為什麼馬華文學」〉的初稿，也做好講綱的初稿。由於擔心這樣的主題過於個人化，也評估這麼一篇論文多半撐不了兩三個小時，因而只把它限定為一個小時，也就是我負責的三小時的第二部分。講綱的第一部分呢，則把在暨大多年的一門「文學理論與批評」上學期的課程內容——對文學性的探勘（從俄國形式主義最開始對「陌生化」的界定，一直到法國後結構的互文論），七月返馬前還補做了ＰＰＴ（簡報檔）。

為了做簡報檔而從相簿裡翻出許多二三十年前的老照片，屢經搬遷都沒弄丟的。那多與講題無關，但我自己看了則是感慨萬千。那是我年輕時為舊家及家人拍的照片，一個消失的世界的見證。而我要找的，則是那早無往來的昔日朋友的照片。為免研習營無聊，我因而想順便談一點「理論與友誼的故事」。

到了現場方知畢竟薑是老的辣，也知道錦忠為什麼把我安排在第一場而不是他自己。原來其實可以不必寫完整的論文，錦忠的簡報檔也是前一晚臨時抱佛腳做的。短時間裡談太多，學員除非程度很好，否則難免只是霧裡看花。也許仍需常規的課程，以正常的速度緩緩展開。而我報告的那個案，除非是對當代馬華文學論爭已有相當深入的了解，否則恐怕也只是看熱鬧而已，這從學員的反應中也可以清楚的感受到。因此我自己頗有徒勞之感。

而其他人在報告時，我幾乎都在昏睡。那幾晚都沒睡好，凌晨五時就突然醒來。魔術時刻，雞鳴拂曉。但分明只有冷氣機在喘。

但每一個清醒的瞬間，都看到她們非常認真的在講解著那些馬華小說與詩。

對面宿舍有位余老先生，以宿舍為家。他是第一代留台人，學的是絕學（聲韻文字訓詁），對養生之道也頗有研究，在台灣教書數十年，依然保留大馬國籍，退休後義無反顧的返鄉教自己故鄉的子弟，而他的領域一向最難找人。他要求錦忠和我最後一夜到他住處找他喝個茶（原本還想請我們吃日本料理，但我們婉拒了），說他有事要和我們談談。原來他是要遊說我們以他為榜樣，來日返鄉為故鄉子弟盡一份心力。

新紀元三宿，我們每天早上都走一小段路到學校對面的小吃攤吃早餐，喝咖啡烏，重新體驗那已漸漸忘卻的大馬的日常生活。雖然有的東西吃起來味道怪怪的，不如記憶中美好。

原本也給華興安排了一場，因研習營臨時改了時間，而他另有行程，沒法配合。但他仍趕在開始前請我們喝個咖啡。他說，那個放話說老柯帳目不清以逼走他的董總高層後來被老柯告了，法院已宣判那傢伙需賠老柯馬幣六十萬呢。

研習營結束後，去看一個賀淑芳推薦的新村。勞駕曾翎龍當司機，在高科技的協助下，歷盡艱辛找到目的地。大半天聽耆老講述他們親見或耳聞的歷史、走訪遺跡。那種種，有一天會走進我們各自的小說裡吧。之後，我們走很遠的路返吉隆坡，車過谷地，有一片山色讓我宛如置身台灣中部。

夜漸深，匆匆搭上巴士往馬六甲找我哥，他應允次晨親自載我返居鑾探望母親。而我和他上次見面已是四年前的事了。

在他家小庭院裡，樹都長得很大了，成了片小叢林。幾棵從台灣偷渡回去的巴掌蓮霧，和泰國蓮霧都結實纍纍，摘了讓我沖沖水現吃。他還種了胡椒、香筴蘭（Vanilla）、香蕉（還是tali蕉呢）、芭樂、釋迦、神祕果……及一大堆有的沒有的花草。水池藻綠色混水裡，那隻他塞紅包過關卡從沙巴帶回來的吉羅魚，已非常巨大，他說，蘇丹魚也很大隻了。池邊還有一棵什麼植物，像咖哩葉而不是咖哩葉的。他說他去年到台灣，看到朋友家門前種了一棵，正結著果，順手拔了幾顆帶回來，一種就發芽呢。

仔細看看，那東西我也種了好幾棵，說是台灣中低海拔的原生植物。台灣俗稱過山香、山黃皮的，芸香科、黃皮屬，與咖哩葉同科。資料上說那也是印度及南洋群島的原生植物，會不會是把它與咖哩葉混淆了呢？

然後我突然看到一棵熟悉的樹——羽狀葉斜斜的伸過來，樹身半倒伏，看來遭受過大風吹拂。不就是新紀元看到的那種樹嗎。

「這是什麼樹啊？」

我哥笑答，「那個啊，就是Tongkat Ali啊。」

但他亦不知其種屬。我也動念想帶回台灣種，猶如我花園有一棵長不大的、被凍結在苗齡的橡膠樹，是我多年前帶回種子育成的。

但他說，東革阿里的種子都在大芭裡，不易取得，也不易發芽呢。

二〇一三年九月十九日，在台灣的第二十七個中秋節

聊述

幾年前（二〇〇五），龔鵬程老師的愛徒說是要為他暖壽而向我邀稿，我寫了篇〈聊述師生之誼〉交差，隨即發表在馬來西亞《星洲日報》的副刊上。那說要出版的文集後來有沒出我不知道，因為我未曾收到什麼龔老師暖壽的文集，因此也沒機會觀摩別人如何「向老師致意」。去年偶然瞥見有位大馬同鄉在當地華文報的專欄裡說，我這文章寫得「刀刀見骨，毫不留情」。大意是說我連老師都這樣砍了，其他的就更不用說了。其實我的文章刊出後龔老師很快就看到了，也迅速在他的隨筆裡做了回應，箇中有句話說：「世間所謂知己、所謂朋友，內中多雜輕與妒。唯與老學生之間，縱有嗤評，倒還看得出些情意來，此亦可慨者也。」（〈遊之四種型態——兼答錦樹〉）（《星洲日報》「新新時代」轉載，二〇〇五年四月十七日）龔老師大概反而能從其中讀出一絲溫暖吧。年少得志、自視甚高的龔老師，給同儕的壓力一定不小。我也曾多次聽到他的好友、我的老師們在背後對他不客氣的批評。

但他的同儕裡，有一位曾對我多次談到對龔的佩服，稱許他為所遇台灣中文學界同代人中最聰明的兩個人之一。另一人是台大的周鳳五教授。兩個都曾是我的老師。

在我們中文系，能這樣心悅誠服、毫無反諷意味的讚美同儕不是件容易的事。而對我說這話的人正是呂正惠教授。而從對問題反應的敏銳來看，他的資質其實應該不比那兩位差；也許他始終保有一份台灣南部子弟的誠懇與謙卑吧。

中秋後一日（九月二十日）甫收到呂老師學生的電郵，邀我為「呂先生的榮退研討會和論壇」寫篇文章談談「跟呂師之間長年往來、相處、飲酒、求學問道的印象文章」。我因身體原因不能喝酒，性不喜交際應酬，和呂老師見面的機會並不多。近年更多局限在研討會，或碩士論文口試的場合，能談的「印象」其實很有限。但他一直對我很好，是中文學界極少數對我一直很坦然也很友善的老師輩之一。他也總是不吝於讚美我，但是是以「聰明」之類的詞語做抽象的讚美（猶如稱讚女孩「美麗」），而不及具體。我想他對我的論文的許多論點應該是很不贊同的。他也常笑嘻嘻的對旁人說：「黃錦樹常『批判』我！」

我認識呂老師是在清華唸書其間（一九九四年秋天後），但之前即已細讀了他討論台灣現代文學的兩本書，《小說與社會》（聯經，一九八八）、《戰後台灣文學經驗》（新地，一九九二）。前一本應該是大學時看的，因購於一九九〇年初，那是書買得少的年代，買了往往就把直接把它讀了，就像買了水果即現吃。其實我一直不喜歡呂老師的文學評論。我受不了他討論作家的態度和論點，受不了那赤裸裸的教派立場，總覺得他把作品給談死了。見了面，覺得他的人可是比文章好太多太多了。

碩士班時，曾寫了篇小論文批駁呂老師這兩本書，寄給了《中外文學》。其時中外的主編建議我撤稿，「太有針對性了」，他說。後來去考清華，研究計畫裡把那篇論文裡的批評濃縮為一句話：「呂的現代文學評論，信仰凌越了對象。」我想那研究計畫他多半是讀過的，讀到時也許會有些許不快，但他不會一直放在心上的。

多年後反過來想，呂老師那樣的論文其實也是他個性與人格的直接體現——一種散文式的人格，直白，好惡分明。他的論文論點很清楚，直截了當；沒有絲毫的猶豫曖昧、欲語還休；更別說狡獪的明褒暗貶、棉裡藏針；或指桑罵槐、項莊舞劍。當然，他也不會像我們那樣，有時會把論文當成一種快意的寫作來經營。

我沒修過、甚至旁聽過任何呂老師的課。在清華時，有一次想走進他的教室（忘了是哪個段落的現代文學討論課），竟被他硬生生從教室裡半推半拉的拖出門外。他非常認真嚴肅的對我說：黃錦樹，這課你不必來！

忘了是在怎樣的機緣下到過幾次呂老師清華的宿舍，對呂師母嚴厲的管制他喝酒這件事留下深刻的印象。屋裡到處是書不說，屋外走廊也擺著書櫃，櫃子上還堆疊著牛皮紙裹著的一包包書，看起來似乎都沒拆封。那是買大陸書還得經過香港的年代，我們都是文星、藝林的客戶。那時他在迷ＣＤ，花了許多心力和金錢收集。有名文〈ＣＤ流浪記〉，被他的好友、對我也很好的外文系的于治中老師虧為「自朱自清〈背影〉以來最偉大的散文傑作。」

我依稀知道那幾年他很不快樂，他和系上其他老師的疙瘩心結我完全不了解，也從來沒問清楚過。只是納悶：中文系這些中生代菁英怎麼搞的，在資源那麼好、課那麼少的地方，怎麼都看不出有什麼特別的創造力？怎麼彼此都有似乎解不開的過節？有時會聽到甲批評乙「古書讀太少」，乙批評丙「英文不好談什麼理論？」丙批評甲「義和團，關起門來做學問！」諸如此類的。

呂老師還曾送我他年輕時以為自己會去看而後來確定這輩子也不會看的阿多諾和本雅明的德文版文集各一套；那時我以為我這輩子有可能會把德文學起來所以接受了。幾年前確定這輩子不會去看了，就把本雅明送給了那時還不知原來丟書絕不手軟的暨大圖書館。但阿多諾還留在研究室搖搖欲墜的最上層鐵櫃，每次地震時櫃子就移出來一點。沒把它送走主要的原因可能是我取不到它，也怕鐵櫃突然倒下把我壓扁。

我到新竹時，一九四八年出生的呂老師其實和我現在的年歲差不多。但感覺相當頹廢，沒什麼衝勁，以致我多年來誤以為他那時就已經很老了。不知他那時還不到五十歲呢。修了兩年課，僥倖找到平生第一份工作，因為是在呂老師心目中的另一位中文系天才學者（也是他的老朋友）的手下工作，遇到種種麻煩事都不免向他請教。包括彼時暨大的高周門，及後來香港周的不斷找我麻煩，都會問問他意見，請他分析評估一下。他曾委婉的勸了句：「開會時講師不要講那麼多話。」一為保住工作，一九九八年初我就被迫草草提交論文畢業。論文的序「炸鍋」後，我就很少回清華了，也就很少再見到昔日的老師們。

但我和清華中文系的恩怨，血仇似的持續施加在我的學生輩身上，再優秀也甭想考上那裡的博士班。還好他們夠優秀，不愁沒地方去。

我離開後，又數年，聽說呂老師也終於辦理退休離開清華去了淡江，人也變得活潑快樂多了。碰面時，他還是會說些他對學術和教學早已失去興致之類的喪氣話。

這些年偶爾會拜託他來幫忙給學生的碩論口考。有的研究生我搞不定，也會勞煩他協助指導。近年有位句子全部打結的學生，經他一番調教後，竟然可以寫出一本文從字順的碩士論文，令我驚嘆不已。薑畢竟是老的辣。

同屬現代文學陣營，我們理應會有更多共同的話題，但其實不見得。彼此對作家作品的評價差太遠。對台灣現代文學的看法，分歧更深，大概都沒法說服對方。他對現代主義文學的解釋，全採盧卡奇〈現代主義的意識型態〉的進路，把它們一網打盡的解釋成是時代錯置的、帶著西化原罪的無根的文化產物，這和本土論者的講法十分接近。按照這樣的思路，只有現實主義鄉土文學是康莊大道，其實看不到文學自身的可能性，也不尊重文學本身。詮釋學的第一要義不是要我們嘗試耐心的傾聽作品本身的聲音，而不是踩著它狠狠的逼問諸如——「是受錯了教育，還是生錯了時代？」

我不了解為什麼以他的聰明要把論文寫得那麼單向度，而非辯證的開展？何以到了某個年齡，思辨好似被什麼石塊整個卡住了，只剩下唯一的地平線？為什麼沒辦法再往前一躍，以另闢新局？——當然，這一點我們都該自我警惕。

學術之外，我們之間的分歧亦復不少。

譬如，呂老師屢屢抱怨我對中國有奇怪的看法，有時甚至會半開玩笑的勸我為什麼不乾脆認同中國，那可以解決許多困擾。有一回我在淡江的某個研討會上發表論文〈旅台與馬共〉，呂老師擔任講評。他說讀了我那篇文章，他終於多少了解我為什麼那樣「奇怪」。但其實我也不了解他究竟了解了什麼。大概這方面我們關心的問題大不相同，要互相了解並不容易。

我也不了解呂老師為什麼必須那麼敲鑼打鼓的宣告認同中國，以致受到本土陣營的排拒。而他對自己被昔日友朋孤立又很在意。

也許他真正在意的是，政治或民族認同（或文學解釋）不同為什麼就不能繼續當朋友？友誼是不是應該能跨越這些界限？

呂老師在台灣老左圈、小左圈、統派圈及大陸那裡都有許多朋友，但那不是我熟悉的世界了。

去年見面，呂老師要送我一本大陸版《戰後台灣文學經驗》（三聯，二〇一〇），我說我有台灣版，他說：「這本比較完整。」然後鄭重其事的簽了名。這提醒我，這些年我出書是不是都沒有送他？其實我不記得有沒有寄給他。如果我判斷對方不會看，我是不會寄的。管他是什麼人。我就不曾給龔老師寄書。

最近偶然讀到呂老師深情的懷念顏元叔的文章（〈做了很多別人沒有做過工作〉《文訊》，二〇一三年二月號），承認他受惠於顏頗多。包括他對西方理論的認識、現代文學批評方法的以顏為師；承認他在台大學習那些年，除了中文系的幾位師友，「就屬顏元叔對我的影響最大。」在勢利的台灣學界已把顏元叔遺忘的年代，這頗有仗義執言的意味呢。

二〇一三年九月二十二日，埔里牛尾

拘謹的魅力

一九九一年九月我考進淡江中研所，其後兩年修了施老師幾門課，均屬現代文學和文學理論。《馬華文學與中國性》中的有兩篇論文的初稿（論王潤華、潘雨桐）是某門課的期末報告。有個有眼力的人幫忙看初稿是不錯的，哪裡發揮得好、哪裡寫得牽強，哪些書可以參考看看，這些提點都有助於讓論文更好。我在正規的課程中讀文學理論也是那時候，尤其是西方馬克思主義，施老師鍾愛的本雅明、雷蒙威廉斯、伊格頓，讀不懂的阿多諾等，絡繹而來。而修課的效應是慢慢出來的，我真正會寫論文大概也是碩論以後的事了。

那時正值大陸文化熱，大量的理論翻譯湧進，我們都貪婪的搜羅、一知半解的吞食，好像因文革而錯過學習的那代人。從形式主義到結構主義，及開始在外文學圈流行起來的後現代、後結構、後殖民、少數論述。有空檔時，我還會搭一個多小時的公車到台大外文系去旁聽相關理論課程，廖朝陽教授的、或李有成教授的、或陳傳興教授的，英文太差，注意力不集中過動症，都在那裡打瞌睡，或在書上空白處畫鬼，泰半有始無終。也趕時髦的在唐山買海盜版英譯的Foucault, Derrida, Julia Kristeva, Lacan和Jamesan, Terry Eagleton, Spivak等的英文著作或譯作，但好像沒有一本是讀完的。

彼時張錦忠在那裡唸博士學位，我們常常在課後讓李老師請吃印尼咖哩飯，汀州路那家店的肉都像過了二十五歲還想寫詩的詩人，頗有歷史感——大概已經重複煮了不知道多次，那雞肉都像罐頭海底雞了。

對我而言，修習施老師現代文學課的真正成果，主要展現在二〇〇三年出版的《謊言與真理的技藝》一書，在我淡江畢業九年後。關於台灣文學的部分，有的論點甚至是在與施老師的爭論對抗中形成的。研究所的課都要研究生輪流做口頭報告，以練習建構論述。但可想而知，那些報告大部分都很淺薄乏味空洞。我們期待的無非是每堂課最後半個小時老師的綜合評述。有一回，施老師評述朱天心剛出版的《想我眷村的兄弟們》（一九九二），頗稱讚箇中的〈我的朋友阿里薩〉是「很好的小說」，但還是用商品美學批判修理了一下那本書。我聽了很不以為然，幾年後就把那商品美學批判挪來「對付」彼時如日中天、不可一世的張大春了。之前，自己已發展出不同的解釋路徑去處理《想我眷村的兄弟們》，也因此我那篇朱天心論在語調、策略上均不無為作者辯護的意味。以對朱天心小說的討論為基礎，後來就可以不那麼費勁的去解密朱天文的《荒人手記》；而以〈神姬之舞〉及晚清—民國思想史為基礎，就可以無礙的倒過來讀胡蘭成了。

和施老師討論論文時，她常問我的一個問題是：「朋友裡頭，有沒有人可以和你討論論文？」我想她是擔心我「獨學無友而孤陋寡聞」吧。那時唯一可以討論論文的是林君。一般來說，馬華文學的情況還好，當代中文小說其實真的沒什麼人可以討論。以致後來我寄〈神姬之舞〉給林，他唯一稱許的竟然是參考書目做得好，令我納悶久之。

一九九七年杪，批判張大春的〈謊言的技術與真理的技藝〉初稿甫完成，即寄給施老師過目，希望她能夠提供些意見。其時我離開淡江已數年，人也輾轉南下至埔里討生活。然而一直沒有得到施老師的答覆。一九九八年四月，會議在紐約哥倫比亞大學召開。我緊張的宣讀論文後，人在現場的張大春即起而反嗆。李昂也在座，稍後她舉手發言，公開揹來施老師的口訊，大意是她姊姊認為我論文最後有點猶豫不決，應該大膽的做一個判斷——而那結論其實已呼之欲出。沒錯，初稿寫到最後我是有點猶疑，不知道有沒有冤枉了老張——那翻來覆去如空中飛人的炫技，究竟是謊言的技術呢？還是真理的技藝？是字外無字，還是別有天地？那些年台灣學界文壇幾乎無異辭的把他捧上此間華文小說的王座，以後現代主義之名。王德威也沒少稱許他，我的處境是很孤獨的。那篇論文用上了從施老師的論文那裡學來的所有形式分析、風格分析、意識型態批評的分析技巧。那也是場很費力很冒險的搏鬥，朱天心〈作家的作家〉談到這篇論文宣讀後傳回島內，「文學圈友人，便毫不避諱揚言非得料理這

紅衛兵不可了。」（《土與火》，頁五）

雖然，有的作者施老師甚推崇但我有點保留，包括被他譽為「（本土文學陣營裡）[1]真正有才華的小說家」的宋澤萊，施老師的具體意見我忘了。但我後來也寫了篇論文批評宋（我把它看做是一種典型的本土癥狀），這老兄火大的程度大概不下於老張，還寫了篇很兇的文章回嗆——我膽子不夠大，那篇文章迄今沒敢找來看。

唸淡江時，前衛版的《郭松棻集》還沒出版，上課時施老師給我們看的是校稿。她對郭推崇備至，但沒有提供什麼說法。但我們相信她的鑑賞力，自己也可以感受到那些作品和一般台灣文學名著水平上的巨大差異。多年以後，我嘗試找到路徑，從不同觀點寫了兩篇文章。〈詩，歷史病體與母性〉發表時，我離開淡江都快十年了。最近的一篇（〈窗，框與他方〉），離我淡江修課也差不多二十年了。

淡江期間，因修課之故，在施老師的影響下，也大量閱讀了漫天花雨般炫爛的大陸當代小說。西西鄭樹森為洪範編的那套六卷本的選集是個窗口，還有林白出版社、新地出版社出的個別作家選集。記得我認真準備過莫言，韓少功，李銳，王安憶，張承志——這後兩個個案後來在當時的材料和筆記的基礎上，連同離開淡江後多年收集的資料，寫了專論，似乎是「大陸新時期小說」課的紀念了。

聽施老師精準冷冽的文學批評，常遺憾那許多精采的意見並沒有形諸文字，後來多半也被學生們自然而然的吸收消化進各自的論文裡了。遺憾她論文寫得少，好些學術工程似乎都沒竟全功。日據時期那幾篇，幾乎篇篇都深具原創性，後來大概都被晚輩稀釋進學位論文裡。諸如〈日據時代台灣小說中頹廢意識的起源〉、〈感覺世界〉這樣絕妙的論文，把一些看起來不怎樣的小說，深刻的歷史化之後，竟煥發出豐富的意義，成了一個時代憂鬱的創傷病歷。在把理論消化進問題意識的同時，那樣的討論當然以深刻的歷史的同情為基礎。然而也可以清楚看出，〈日據時代台灣小說中頹廢意識的起源〉的最後一個句子：「這個問題，留待自稱是『悲哀的浪漫主義者』的龍瑛宗及其同輩作家去面對。」接著應該會有篇龍瑛宗甚至張文環的討論，可是沒有。她對皇民文學、西川滿、葉石濤應該也很有意見的。但都留白了。

一如那篇討論陳映真的異常精采深刻的〈台灣的憂鬱〉，以同代左翼台灣人的共感悲切，勾勒出日據以來受困於亞細亞孤兒的台灣小知識分子的精神創傷史，那彷彿可以繼承的憂鬱，幽靈般的徘徊在憂傷的台灣歷史裡。但這篇文字華美、語調沉鬱、迴盪著馬克思《路易．波拿巴的霧月十八日》裡那些百多年前的法國幽靈的論文，其實並沒有寫完。有一回施

1 這六個字是我揣摩語境添加的。

老師在課堂上談到它，說應該還有一節叫「拘謹的魅力」。但寫得意興闌珊，就不寫了。此後也一直未見續完。或許因為「陳映真」其實是出生於日據最後幾年的那一代左翼知識人共同的名字，寫來有幾分像自己的精神自剖，有不勝物傷其類之感。白色恐怖下被迫噤聲的左翼知識人，那陳映真筆下蒼白憂鬱、自我分裂的幽靈，或現身為郭松棻筆下陷於內在自毀的當代孔乙己（〈雪盲〉），均不免有多餘的人的自懺，也唯恐說多了多餘的話。〈台灣的憂鬱〉作為她精神上的準自畫像，空白處宛如猶有斷肢隱痛。

本土文學陣營裡的學者，縱使不是對現代主義有教條主義的敵意，也很少能有深切的理解的。身為現代主義的同代人，施老師對現代主義文學是真的懂的。從她的陳映真論、精簡的短文〈現代的鄉土〉、對郭松棻作品的高度評價、對宋澤萊早期作品的珍視，對自己兩個妹妹早期作品的分析等，都可以依稀看出，她對台灣現代主義文學應該有一套能自圓其說的精采看法，但一樣未能發展成系統的著作。這無疑是學界的損失。台灣學界真正有能力論述的學者，一直是鳳毛麟角。很多所謂的「學術論文」，其實不過是徒具論文格式的爛散文而已。

後來和一位待在知名國立大學任教、課很少，酒喝得多，但論文不多水平也還好而已的老朋友閒聊時，嘴裡冒著煙的他突然以略帶責備的語氣談起施老師的論文「怎麼寫得那麼少？」我說，我那些在私立大學教書的朋友，課都多得連日記都沒時間寫，哪來的美國時間寫論文？施老師人生最精華的幾十年都待在淡江那種老牌學店，應付那些看來不太有希望的、滿池吳郭魚似目光呆滯的學生都已筋疲力竭了，能擠出幾篇好論文，已經很了不起了。

但從施老師上課評述時不自覺的語調的微妙差異，從課程討論對象的取樣，也隱然感覺，即便以施老師的高度，她的文學之愛多少還是有點省籍情結的，雖然程度遠比那些正港本土派輕微得多。畢竟文學牽動的是很深層、很原始的情感（那有點像鄉愁），有差序格局，不足為奇。我們的台灣當代小說課沒有李永平，我判斷她對馬華文學的興趣並不大，這當然也不奇怪。

當學生時總以為老師的時間很多。我的幾篇小說也給施老師看過，後來曾順便請求她為我寫個序，但她婉拒了，直白的說沒時間重新看一遍。此後多年，我的小說集都不再找人寫序。我的體悟是，序這種東西，自己寫就可以了。一直到出版第四本小說集《土與火》，麥田當時負責其事的編輯覺得我名氣不夠，怕書賣不動，堅持要我找個名家寫個序——像個剛出道的新人那樣——一直要我去拗朱天心。還要搞個那時相當流行的、找一群死的活的、有的沒有的名人掛名推薦的愚蠢書腰，讓我深覺受辱。書腰推掉了，序卻曾經讓朱天心非常為難。這蠢事曾讓我對出小說集這件事覺得很沮喪，垂數年之久。但這都是些題外話了。

找指導老師時也問過施老師，為了一探「國學」的意識型態底蘊，我決定要做章太炎，她即婉拒了。但後來掛名的指導老師，竟是純放牛吃草。當官太忙。從來沒有對我說哪裡寫得不夠，可以再發揮；哪裡寫過頭了，哪個講法可能有問題，不妨再想想，某某某的哪篇論文、哪本書可以參考一下，讓我少走一點岔路。

施老師年輕時研究過楚辭學、漢代詩學，筆峰和思路均銳利。轉治現代文學是出於使命，那是戒嚴時代最不政治正確的選擇之一。一直到許多年後我方知道她不止是葉嘉瑩先生粉絲級的學生，也是魯迅弟子臺靜農先生的學生。雖然她在台大唸書時，在那風聲鶴戾、現代主義自轉似的發著幽暗的光的六〇年代，年逾六旬的臺先生因飽受白色恐怖的驚嚇，已禁語酒旗風暖少年狂多年。

我不是個馬克思主義者，也沒從施老師那兒學到多少馬克思主義。我是個不安分的學生，到哪裡都一樣；但我有自己的學術關切。能在那時候到淡江，是件幸運的事。之前之後，我沒從其他老師那裡學到更多。

二〇一四年六月二十四日荔月初稿，十一月二十五日補，埔里

銀色腳踏車

九月十六日，不是什麼大不了的日子。學校開學，而這第一天我就有課要上，還是大學部必修課。講義上周提前送印了。太久沒上課，兩個小時講下來，甚覺疲憊。午後睡了個長長的躺在深海底般深沉的午覺，被車子吵醒後對妻說，感覺好像會一直沉睡下去醒不過來似的。

不久，友人傳來馬共頭子陳平（王文華，一九二四—二〇一三）病逝於曼谷的消息。這位放棄武裝鬥爭後積極申請返馬掃墓的老人，最終也只能以近九〇的高齡含恨終老他鄉。去年我造訪泰南和平村，曾聽到退役老馬共憤憤不平的說，馬共裡的馬來領導人，返鄉可是受到英雄式的歡迎、受到蘇丹的接見致意呢。

雖然有點不近人情，也違華人的人情義理，但我認為他應該堅持不承認馬來西亞，也該堅持流放於這不承認他們的民族國家之外——死在他鄉往往是流亡者的宿命。這份覺悟早就該有了。

這天也是馬來西亞的建國日，也是新加坡建國之父李光耀（一九二三—二〇一五）的生日。

但這天發生了另一件對歷史而言微不足道的事。因遠在千里之外，事發當天並不知道。隔天方從臉書上知悉。妻看到的訊息，高中同學翁君「攀登南峇山，疑呼吸困難昏厥，送醫不治」，猝死於四十六歲之齡。

我們認真的盯著電子報上的照片，努力的辨認。他的樣子和過去確乎有所不同，黑得多了，臉好像也變小了，可能長期曬著大太陽吧。哪年結的婚？孩子多大了？都不知。將近二十年不見，如果在街上碰到，一時間多半也認不出來。也不知他何時當了工程師。

當年他經僑大到成大去念土木工程後，一南一北，就少往來了。前後期的同學紛紛畢業返馬後，他也回去了，據說並沒有畢業（也許是誤傳）。我最後一次看到他應是在一九九四年我返鄉時去買水果，發現他在幫他母親顧著水果攤，也不好意思多問什麼。他的孝順是眾所周知的，大學畢業了回家幫媽媽賣水果也不是什麼稀奇的事。看到老同學，他總是露出爽朗的、頗有道上兄弟看到朋友時那種清澈見底的笑容，但其實彼此間也沒什麼話題。

高中時常一起踢足球，身材高大的他經常擔任後衛或守門員。翁君不是特別用功的學生，成績似乎並不太好。當年我們可是搭同一班飛機到台灣的。記得在新加坡機場，一位打扮得頗為豔麗、似乎比我們略長幾歲的短裙女人為他送別。情人般依依不捨，彼此都紅了眼眶，入閘時女人在柵欄外頻頻拭淚呢。

約莫六、七年前，一位傅姓高中同學在台灣猝死，也是經故鄉的朋友通知而得知的。我們看報時竟然忽略了，小小一方社會新聞，載著老同學的死訊。報上說他操作飼料槽時不慎墜入槽內，被淒慘的絞死。說是意外，但看來更像是驚悚片裡恐怖陰謀的受害者。

傅君是我們班上公認最帥的男生，打籃球時球場邊常擠滿兩眼發光歡呼的女生，他有一位雙胞胎哥哥，聽說更早以前死於一場交通意外。傅君到屏東念農，據說後來娶了個家境富裕的台灣女孩，而後因故離婚。

有一年聽說他提了一皮箱錢返鄉投資，但可能都是些謠言。

其實高中畢業後我沒再見過他，和他也談不上什麼交情。高中時有一年不知何故夜裡借宿他家，瞧見他家裡客廳擺著四、五種果汁飲料（橘子水、龍眼水、黃梨水、玉米水……），置於約莫一尺寬尺半深兩尺長的長方體透明塑膠桶內，一時嘴饞，我向他要了一杯。再要另一杯。「真不好伺候。」在那燈光黯淡的客廳裡，他有點不耐煩的說。

高中畢業那年，有死黨建議我們幾個從居鑾一道騎單車到數十英里外的海邊去。只有我沒有像樣的單車，有人說翁君有一台全新的銀色腳踏車，很輕，鋁製的，看他肯不肯借。他毫不猶豫的說好。

那趟旅程最關鍵的一段是穿越一片大森林（保留下來的原始林），森林裡的路蜿蜒起伏，時有虎象熊出沒，必須在天黑之前穿過它，否則天一黑就麻煩大了。因此我們在大象村的友人家（整個旅程應是出自他的建議）夜宿，次晨在大霧裡出發，穿過加亨（Kahang）新村後，就進入大森林了。

那腳車很輕，上坡時需整個人站在腳踏墊上，用盡力氣左腳右腳輪流踩，踩到半死；下坡時速度快到完全煞不住，有多次我都覺得快要直衝進森林沼澤去了，而膽戰心驚。回程時，同行者臀部抽筋者不止一人。

最慘的是，我騎的那輛車子，銜接車座與車頭之間的桿子竟然被扭斷了。我忘了我們是怎麼回到居鑾的，似乎是一路攔順風卡車，因為那臀部抽筋的也騎不動了。

最尷尬的是如何向翁君交代？賠償嗎？我可是兩個口袋空空，否則何須向人借車？但翁君還是那副爽朗的笑，「不要緊，」他說：「我會把它修好。」

千萬個不好意思，令我這些年來還會想起那輛被我騎斷脊骨的銀色的新腳踏車，也有想過是不是該賠償他。如果向他提及，他多半還是那副笑容，也一定會說：「哦，你還記得？那麼久以前的事，我都忘了。」

幾年前，同樣一座低矮的山，一位姚姓山友心臟病發猝死於途中。他是我大哥的同班同學，其時不過五十餘歲。他的小妹也是我高中同學，大象村人氏。

二〇一三年九月十九日，中秋節，牛尾

煙雲

收到系上編印的《吳曉青文集——逝世十週年紀念》，一時竟想不起他過世是哪一年，也想不起他是哪一年進暨大中文系的。我幾乎把他忘了，我的同齡人，早逝的同事。還好鄧克銘主任寫的〈出版序言〉裡有一些基本資料，記敘述著他二〇〇一年二月進來，歿於二〇〇四年二月，得年三十七歲。

我們的專業領域不同（他研究道家思想，兼及六朝文學），很少聊天，也談不上有什麼交誼。系上有多位老師都是一九六七年生的，泰半都還比我大上好幾個月。但我是「老賊」，一九九六年就進來當講師了，搭上舊制的末班車，其後稀里嘩啦的畢業、升等。二〇〇一年他剛畢業進來，我卻已在這山寨待了四年多，有點「資深老賊」的意味了。

他在系上那幾年，我住學校宿舍（那時還規定只能住四年），每日上學前需幫稚齡兒子抓滿一桶蜥蜴、伺候他大完便擦好屁股之類的，他才肯勉強放行，其實也蠻忙的。但吳曉青其實更操勞。他很崇拜的那位引介他進來的新主管很器重他，授課之餘據說還讓他帶了五個讀書會（我們「老賊」是照例免役的）。年輕人求好心切，開新課、備課、授課、當導師、帶讀書會，據說都用上了十二分的力氣。沒日沒夜的用功，直到倒下送醫院一診斷，竟是癌末。腫瘤大到不必動手術了，醫生宣判，剩下沒幾個月了。那時他新婚不久。

那段最後的日子我並沒有去醫院看他，據說他最仰慕的那位長年一起喝酒、問學的學長也一直沒去看他。於後者，他是介意的，他在悲傷的等待著。以致臨歿有「不值得」之歎。當然這也只是聽說。我們都認為他是死於操勞過度。

我只和病床上的他通過電話，也幾乎說不上話，互相沉默得非常尷尬。我不會說「你一定會好起來的」、「要努力對抗病魔哦」、「說不定會有奇蹟發生」之類連續劇常出現的虛假的客套話廢話，也說不出「你就安心的走吧」那樣殘忍的話。不是沒想過要去看他，我和妻子研究過，見了面要說什麼呢？我的同齡人，一切都還剛開始，就被迫結束了。

最後他虛弱的聲音在電話裡打破沉默。他說，我不行了，系上以後都要靠你們了。

他故後我幫他代剩下的莊子課，其他的事，也幫不上什麼忙。

系上幾位年輕同事一道搭飛機到花蓮參加他的告別式，也見了冰櫃裡僵硬無言的屍體。年輕人的告別式真是悲淒可怕，一言難盡。

他剛進來不久，有一回我騎腳踏車載著孩子在校園的路上遇到他，他駕著新買的車，穿得整整齊齊，淺色線條長袖襯衫黑西裝褲，有幾分志得意滿，看來很珍惜這份工作，也許正要回家。我問他，聽說你都自己開車、翻山越嶺往返花蓮？

他說是的。

我說，那段路好像很可怕。多年前坐朋友的車走過一次，霧很大，嚇得半死。

他說，其實還好，開習慣了就不會覺得可怕。

哪天讓我搭個便車？我太太一直惦著要再去花蓮看看。

他爽朗的說，好啊，隨時歡迎。

那時我們遠眺暨大對面層層疊疊的青山，其間雲浮嵐蒸，是個陽光明媚的大好天氣。

但我們來不及成為朋友，雖然同事已兩年多。

動念寫這篇小文章時，竟只記得他好像進來沒多久就過世了，消失得像一陣煙。

二〇一四年十二月三日，埔里牛尾

火笑了

火

以前住在膠園裡，每次灶火裡的柴發出噗噗聲響時——如果撿的樹枝裡頭有熊蜂挖空做過窩，燒起來就很容易那樣，火從被蜂蛀空的洞口噴出來，藍幽幽的——母親就會說：「火笑了，可能有人客要來了。」

但我老家早就沒了，早已不再燒柴火。要不然，我這趟回家，也許前幾天火就灶口裡噗噗的笑了。但她現在連我都不太認得了。

言歸正傳。

我是大學時候才開始學習寫作的。

和李永平、張貴興、李蒼、張瑞星、溫瑞安、吳龍川這些中學時代就開始磨練寫作技藝的早慧文青不同，我的起步晚多了。我一九八六年十月入大學，第一年唸的是農，第二年九月轉入中文系，大概從那時開始摸索學寫小說。但我那時對小說的技術完全不了解，也習慣性的寫很多錯別字。

那是一九八七、八八年，有一篇很爛的小說叫〈劍客之死〉，好像還得了那一屆的旅台文學獎小說首獎，因為實在太爛我不敢收進自己的小說集。但同時我還寫了篇小說〈非法移民〉，好像是拿去參加同一個文學獎，因為另一篇已經得獎，它就只好落選了。雖然一樣寫得很爛，但因為珍惜那題材，所以後來經過很多次的修改，一直到一九九五年方定稿，發表，後來收進我的第二本小說集裡，雖然可能還不是很理想。

早期小說有的是處理我自己成長的經驗，但那膠林裡的恐懼並不那麼好處理，〈烏暗暝〉（一九九五）和〈夢與豬與黎明〉（一九九三）是箇中代表。兩篇都修改了無數遍，〈夢與豬與黎明〉最終發表於同學會的特刊，被各種刊物退稿，參加公開的文學獎也都不得青睞，自己也不滿意，因此一改再改。那時就充分感受到在台灣文學場域裡寫小說的背景負擔。

唸大學的那些年非常想家，與其說想念，不如說是擔心。膠林裡獨門獨戶並不安全，而我還有多位稚齡的弟弟妹妹，和漸漸老去的父母住在那裡。近年有一位對那環境熟悉的朋友開玩笑的對我說，現在要像你們以前那樣住樹膠園，需要一支軍隊來保護。

當然我也不知道那個舊家就這樣漸漸的消失了，因此我一直羨慕我那些哥哥姊姊，他們離家多年，返鄉後老家一直都在，一直到他們步入中年。可是對我（及弟弟妹妹）而言，離開意味著撕裂。那時我還很年輕，還不知道時間的力量這麼可怕。

二十多年過去後，我才漸漸知道，很多留台人離鄉赴台的背後，都有一個撕裂的故事，尤其是家境不好的。而留台人多數都是家境比較一般的，留學時都要刻苦度日，不是每年寒假或暑假都能回家。如果你很早談戀愛，如果你在家鄉有個情人，而她不願、或不能與你一道到台灣去，留台就像是個痛苦的成年禮，那種悲傷或許會延續一輩子。有的朋友留學時有家人猝逝，因怕影響他的學業，或因家裡沒錢支付他的返鄉機票錢，而不敢通知他，知悉以後就崩潰了。

有的人藉寫作抒發，但更多人選擇沉默，甚至原來有寫作的也突然放棄了，以沉默的硬殼把傷口封起來。那沉默也是很悲傷的。這可說是「文學性」背後的故事了，是強烈的情感經驗。

馬華文壇上叔叔輩的寫作人如冰谷和章欽也是橡膠園裡長大的，橡膠園的經驗在那一代華人來說應該相當普遍。甚至可以說，自二十世紀初期英國人把它引進馬來半島後，它成了許多華人成長記憶的重要部分。王潤華那篇我覺得不怎麼樣的散文〈天天流血的橡膠樹〉，在八〇年代竟然還獲中國時報文學的推薦獎。那時，那獎的聲望可是很高的。

以上是收進這本選集的第一篇小說〈大卷宗〉（一九八九）背後的故事。但這些話好像是另一本書的介紹。因為曾翎龍原先想重印我的第一本小說集《夢與豬與黎明》，那本小書出版迄今，剛好滿二十年。後來計畫的一個自選集，就叫《舊家的火》。〈舊家的火〉（一九九八）、〈土與火〉、〈火與土〉，也都是返鄉的故事，也都有火。火的記憶太深了，那是悲傷也是希望。最近的一篇叫〈火與霧〉（二〇一三）。這些小說和私人情感的關係密切，比較抒情，用的也比較接近散文的手法。雖直接來自經驗，但它的文學原型也許是魯迅的〈故鄉〉。那並不是文學模仿，而是經驗結構的相似。有些人必須離開最初的故鄉，永遠再也回不去。故鄉的火，只好移到夢裡。

危險事物

接下來談危險事物。

很多東西都是危險事物，譬如火，女人，敏感問題——五一三，土著特權，國語，皇室，回教，阿拉，馬共都是。

寫作有時也算。中國古代多的是文字獄，現代也是。一九五〇年後的二十多年內，寫作都還是非常危險的。一不小心就成了反革命，判的罪比強姦殺人還嚴重。寫作容易觸犯禁忌，社會的，或政治的。有個優秀的大陸學者，寫了一本書，書名就叫《害怕寫作》。他解釋說為什麼同輩出了一大堆書，他寫得少。他經歷過那個寫作是危險的年代，也見證了父母的恐懼與絕望。一九五〇—一九八七年的將近三十年間，在台灣，寫作也是危險的，如果你的思想和政治當權者相違背。但台灣的危險當然遠不如大陸，即使坐牢也沒大陸那麼久。李敖和陳映真都因為思想問題坐過牢，但陳映真不是因為他的小說坐牢。姜貴因《旋風》觸犯禁忌，但也沒到坐牢的地步。

有一本外國書書名就叫《寫作的女人生命危險》。對女人而言，寫作和婚姻、母職、父權等等都是衝突的。身為男人，這部分的負擔少一些。

我是離開馬來西亞才開始寫作的，在台灣以馬來西亞為背景寫作，基本上是安全的。雖然反智的本土派有時會看不順眼，認為我們不愛台灣，不以他們的方式愛台灣。然而愛應該有多種方式，就像熱帶水果的種類，你不能說只有榴槤才是熱帶水果，紅毛丹、芒果、波羅蜜都是。

但經典缺席之類的言談，對八〇年代的大馬寫作人而言還是危險的。

寫作有時即是火。

說來奇怪，〈大卷宗〉就已經跟個人經驗無關，全然來自對某個問題的思考——大馬華人的集體命運。一如〈魚骸〉。而一九八九年暑假過後，我就進入大四了，面臨人生的重要抉擇。

最近看紀錄片《下南洋》，讓我想起大學時代讀過很多華人史的資料，菲律賓西班牙人對華人的大屠殺，印尼的紅溪慘案、一九六五年的大清洗，馬來半島華工的歷史等等，都很受觸動。那讓我去思考華人問題。

接下來就是可能讓我在馬華文壇為人所知的得獎作〈M的失蹤〉（一九九〇）。我自己也覺得寫得不好，但那篇小說用後設技巧反諷的處理的，其實是郁達夫在一九三八年答南洋朋友提問的〈幾個問題〉中提出的假設性的回答：只要出現一個大作家，寫它幾部具有南洋色彩的小說，南洋文學就成立了。就在之前一年，我寫了自己的第一篇馬華文學小論文〈馬華文學的困境〉，結尾就引到郁達夫的〈幾個問題〉。換言之，〈M的失蹤〉是馬華文學經典缺席的小說版，經典缺席在這小說裡表現為大作家的缺席，作者的缺席。

〈魚骸〉（一九九五）是我迄今為止最有名的小說，比較鈍的讀者的閱讀眼界可能就會被這兩篇小說給擋住了。〈魚骸〉、〈大卷宗〉裡都有馬共，但早已超出馬共的視野，而是企圖從一個更廣泛的視野來看華人及華人文化問題。但我在台灣作為新秀而為人所知，是早兩年的〈落雨的小鎮〉（一九九三），這篇小說的主角不是人物，而是雨，是落著雨的小鎮。那時我人在淡水，淡水就是個落雨的小鎮，冬天尤其冷得要命。離鄉多年，早一年的〈錯誤〉，也已是個回不了鄉的回鄉故事。那是一九九二年，馬華文學「經典缺席」之年。

〈魚骸〉與其說是馬共的故事，不如說是在處理華人、華人文化與中國之間的悲劇關係。骨頭與祖國之夢，情欲，罪惡感，骸骨迷戀，離鄉與自我流放。

〈魚骸〉談的人不少，但我也注意到那些談論者竟然都沒興趣去查一下小說中關於龜甲的敘事。如果是我寫論文，我一定會去查。小說中引述的「大龜四板」真有其物，我的引述是陳夢家的《殷墟卜辭綜述》，這本書我大學時在台大總圖書館滿是壁癌霉菌的地下書室翻閱過，南洋陸龜的龜版出現在殷墟這事給我留下了深刻的印象。河南是大部分南洋華人真正的原鄉，福建兩廣都是中原移民的後裔。

我碩士論文自己摸索研究章太炎，為了弄清楚章太炎為什麼反對甲骨文，我花了些時間去了解近代以來的甲骨發現，及甲骨文考釋的歷史是怎麼一回事。一九九四年寫完碩士論文《章太炎語言文字之學的（知識）精神譜系》，同年畢業，考入清華大學。〈魚骸〉寫於一九九五年，也就是說，我的碩論是〈魚骸〉的背景。我的第一本學術著作完成的那一年，同時出版第一本小說集。碩論正式出版已是二〇一二年的事了。

〈魚骸〉以台大中文系為小說的舞台，故事的主人公抱殘守缺，我的中文系老師大部分都是那樣的。但如果沒有他們那樣的專注，也許更一事無成。但我唸大學時對我的老師非常不耐煩，認為那是精神的萎縮。對留台前輩只關注本科的學術，而對自身的南洋根源沒有留下反思的遺產，也頗有微詞。因為對中文系的死氣沉沉不滿，尤其是作為國學基礎的聲韻文字訓詁之學的不耐煩，在學術上則追蹤至晚清的章太炎。他是近代小學體制的創建者，但他是真正的革命家，也是魯迅、周作人的國學老師。而台大中文系，是戒嚴冷戰的產物。在台大中文系擔任二十幾年系主任的臺靜農，是魯迅的學生，年輕時也是個很好的鄉土小說家。但自從魯迅的好友許壽裳在台大宿舍被暗殺後，他就悶在詩（私底下寫的舊體詩，不發表，抄了送給年輕美麗的女學生林文月）酒和書法裡了。那酗酒、疼愛美麗女學生的傳統，一直延續下來（近年還有自命風雅的酒黨），那好酒的風氣，據說也透過返馬留台人傳到大馬來了。台大中文系的悶，也許從許壽裳被打死那一刻就開始了。那是個喪鐘。從那一刻開始，中文系就變成黑白的了。文學院的沉悶，華人史的曖昧，這一切一切，都以我那時能掌握的文學的技術壓縮進〈魚骸〉這篇小說裡。而小說裡異色的光影，引渡自前一年（一九九四）出版的朱天文名著《荒人手記》。

〈猴屁股，火與危險事物〉和其他七篇都是以馬共為主題的小說。為什麼是馬共？對我來說這問題比什麼是馬共更為根本。這問題有點像多年前一位朋友針對馬華文學的提問——

著名的為什麼馬華文學？

其實馬共的處境和馬華文學有相似之處。我幾年前在一篇文章做過這樣的類比——受困，盆栽境遇——受困於一個窄小的牆內，像罐頭裡的沙丁魚。如果要突圍，必須超出馬華文學的視野來思考馬華文學——也就是，超出馬共來思考馬共。猶如馬華文學單憑蕉風椰雨、方言土語、熱帶故事是不足以讓它在現代中文文學的戰場裡找到位置的，它必須更激進、更全面的調動世界文學的資源，甚至開展出完全不一樣的敘事形式。我自己可能只是走出一小步而已。

〈猴屁股，火與危險事物〉原題〈全權代表的祕密檔案〉，是一篇狂想曲，這種寫法，馬共陣營裡的馬共小說是不可能出現的。

台灣讀者大概純粹在看熱鬧，有個台灣學生曾經問我，這篇小說純粹為了嘲弄余秋雨嗎？那有什麼意義？小說中調度的互文，她大概只認得那個寫《文化苦旅》的余秋雨。馬共將是我們大馬華人文化之旅異常苦澀的一章。馬共史研究者潘婉明寫過一篇文章，從史學的角度說我錯置了人物。李光耀回憶錄裡的馬共全權代表是方壯璧，但這篇小說裡發瘋了的全權代表叫lighter，打火機。但你們應該知道，馬共第一任總書記叫萊特，是個越南人，他是馬共悲劇歷史的怪異開端。他是個三面諜，服務於英國、日軍、蘇聯，因此經由他的多次出賣，馬共初代的菁英就被捕殺殆盡了。以華人為主的馬共，竟然由一個越南人領導，這看起來很奇怪，但也許不是那麼奇怪——馬共建黨時越南國父胡志明就是監督人之一。那是在第三國際的支持下成立起來的，馬共的歷史也離不開第三國際和中共之間的角力。

但小說畢竟是小說，歷史裡的全權代表從方壯壁被置換成萊特——張錦忠說的沒錯，小說原就是置換的藝術——因為歷史裡的萊特天生是屬於小說的——他天生就是小說人物——陳平的回憶錄說萊特被他們幹掉了。但我的小說需要他。小說裡瘋掉的、有著建國夢、被老李buang pulau的萊特，為我們演示的是不同的故事。他代替被他遺棄的同志們吃苦受難，和大公猴爭奪母猴。這是文學能為歷史做的事。

有兩篇是用了台灣最著名的左翼作家、自詡為魯迅的繼承人的陳映真的篇題，也有幾分借用了他的筆調——在陳最好的作品裡，憂鬱耽美，情欲狂野的流淌，充斥著死亡和痛苦的反思。〈淒慘無言的嘴〉、〈山路〉都刻意在陳映真式的舞台裡展演馬共的幽閉劇場。Osman China 和Hor Leung（何浪）、劉漢這幾位投誠馬共高層都是有名的案例，前特種部隊、韓素英的前夫Leon Chamber那本討論特種部隊的書也提供了很多非常具體的資料。叛徒，情欲，謊言，責任，舊情，一切的一切，都化成了煙雲。

我嘗試用各種各樣的手法、戲劇型態來思考馬共遺產。有時是鬧劇，如〈如果你是風〉，中國革命文學有一個重要的類型被稱做革命＋戀愛；有時是略帶奇幻的故事，〈追擊馬共而出現大腳〉則是藉由馬共離題的帶出「大腳」——跨入另一種敘事類型，反諷的思考了大馬漢學的問題。但這系列的「馬共小說」的真正開端是〈當馬戲團從天而降〉和〈森林裡的來信〉。前者調度一個跳躍，一個可能的時間，也是個可能的空間。

歷史往往是如此，很多事是不能說的，太過悲傷，甚至可能太過黑暗了。想像也許可以稍稍迫近那灰暗的領域。

對馬共，我其實是有不少疑問的。馬共是否曾經有過建國夢？我最近看到的一本馬共書連這點都否認。是否考慮過推翻馬來皇權？大概連談都不敢談，太危險了。

譬如我在那篇〈山路〉提出的，馬共自身有沒有發展出自己的〈論持久戰〉、〈論繼續革命〉、〈論馬來亞的民族問題〉，即便和平協約簽訂了，如果馬克思主義是信仰、理念，即使放下了槍桿子，是不是也該以不同的方式繼續下去？也就是說，是不是該轉型為社會革命？諸如對種族政治、貧富不均的持續挑戰；參與生態保育、森林保護，對資本主義的抗爭——換言之，已成灰燼的革命（大量的馬共回憶錄都不過是燼餘錄）有沒有可能重生為火——對國家不再有威脅的馬共，在為人民服務的前提下，有沒有可能重新讓它重新變得有點危險？

二〇一四年五—七月（本文為本人二〇一四年七月二十八日在吉隆坡書展，《火，與危險事物》推介禮上的發言稿）

沉重的沒有

七月二十八日我在吉隆坡推介有人出版社為我出的小說選《火，與危險事物》，做了PPT，怕自己亂講，因此寫了講稿，叫〈火笑了〉，也已於日前發表於《東方日報》（八月二日和八月四日）。「火笑了」是客人來的預兆，也許是歸鄉的遊子，但也可能是不速之客。但我母親的意思多半是前者。理解到後一個意思的存在，是我離鄉多年以後的事了。

今天講的，是〈火笑了〉的另一個版本。它的一種複寫。

〈火笑了〉談的系列小說，從〈夢與豬與黎明〉、〈烏暗暝〉、〈舊家的火〉、〈槁〉一直到〈土與火〉、〈火與霧〉。王德威教授多年前就指出那是魯迅〈故鄉〉式的寫作。但我們有必要重寫魯迅的〈故鄉〉嗎？而且是一再的重寫？我在《烏暗暝》的序〈非寫不可的理由〉裡其實也解釋過了，經驗世界一直在發生激烈的變動，甚至變故，我找不到其他回應的方式——但遺忘是更多人會選擇的方式。有些細節——甚至是無關痛癢的——我不想把它忘記，只好封存在小說裡，在真幻之間。散文太透明了，寫時反而多顧慮。

那時可能還沒看到張愛玲那句話——自己覺得非寫不可的，多半是讀者不喜歡的。不過我一向不太管讀者喜不喜歡就是。

魯迅的〈故鄉〉是個句點，但我的〈故鄉〉是連串的逗號。魯迅的故鄉只剩空屋，回去賣祖宅，但那房子基本上還在。但我見證的其實是一個世界的徹底消失，每個人都有的基本舞台，家的瓦解。如此徹底，最終房子燒掉了，成燼餘的廢墟。那是我當年離家時再也想不到的，有一天會「無家可歸」，滿滿童年記憶的地方雲散煙消，樹也砍掉了。

另一個關鍵是父親的死亡。

我父親是個工人，也是個小園主，一個微不足道的人，一輩子都沒離開過他出生的小鎮居鑾。

他和那一代大部分中下階層的華人一樣，割樹膠維生，甚至大半輩子都住在橡膠園裡。其實我們都不耐煩住橡膠園，沒辦法和同學朋友互動，買個東西、看場電影都很麻煩。雨季時更慘。因此年輕人一直叫著要搬離。他是唯一的、堅定的反對者。一直到一九九四年，所有的人都走了，他只好跟著搬遷。之後開始渾身不對勁，生病，三年後就過世了。

到他死前，我才突然發現，我們全家竟沒有人尊重他的意願，沒耐心嘗試聽聽他自己的想法，沒有人嘗試從他的角度看問題。兒子們和強悍的母親聯手，把他連根拔起，他只好頹然倒下。

樹林住太久了，他也長出了根，成為一棵不堪移植的老樹。

那是我們家三十年來第一宗死亡事件。因此對我而言猶如一場大地震。

上一宗是我出生那年，我祖父過世。我幼年時會天真的揣想，說不定我和祖父之間有什麼隱祕的聯繫，在那一死一生之間，是一場怎樣的神祕交換呢。

初一十五，逢年過節，母親常要我們拈香拜拜，嘴裡默念祈求祖父保佑。以致有一回，我的一位哥哥騎電單車出了車禍，人被摔到數十公尺外，安全帽都裂開了，但人竟然沒什麼事。母親相信是祖父在庇佑。我們十幾個兄弟姊妹，能平安的長大，沒學壞，多半也是祖父有在保佑吧。

沒有兄弟的父親，他的父親是不是也扮演了部分兄長的角色呢？

死去的人埋了，活著的繼續自己的生活。

我們又能怎樣？只好把這死亡當做禮物接受下來。*人真的是會死的，那是我的第一個體會*。但這不是份容易理解的贈禮。

魯迅的文學也是寫在父親死亡之後（但我們其實開始得更早）。〈《吶喊》自序〉裡魯迅即沉痛的寫到他父親的病以至亡故，他的被迫離家、長兄為父的承擔起一切。因此以魯迅為開端的中國現代文學，也可以說是父親死亡之後的文學。但中國文學畢竟有深厚的祖產，即使父不在，也還別有繼承，魯迅的老師即是晚清—民國的國學大師章太炎。馬華文學什麼累積都沒有，就只有冒著煙的廢墟——我們必須繼承那沉重的沒有，那欠缺。

〈如果父親寫作〉是這故鄉系列的終點之一。猶如〈烏暗暝〉、〈舊家的火〉。《猶見扶餘》的另一個書名就是《如果父親寫作》。最後的家土是另一個書名。

就像《南洋人民共和國備忘錄》有另外幾個書名——那年我回到馬來亞，森林裡的來信，您撥的號碼是空號，當馬戲團從天而降，尋找亡兄……

自《刻背》後，我的小說集書名都是複數的。

《土與火》，火與土，第四人稱，另一個。

想像有那樣的一本書，有多個封面（及題目），除了其中一個之外，都摺在裡頭。理論上任何一個被摺進去的封面都可以翻出來，而把原來的封面摺進去。像手風琴那樣多皺摺。

為什麼〈如果父親寫作〉呢？

我父親大概生於一九三二年，屬猴，日軍侵入馬來半島時十一歲，一九四二—一九六〇年間，也就是他十歲到三十歲那近二十年間，是馬共活躍的年代。居鑾是有名的黑區，他的少年朋友多半有人投身游擊隊。換言之，馬共的故事是我父親那代人的當代的故事，不是我的。我寫的所有的馬共故事其實都是如果父親寫作，但所有的如果父親寫作只能是作為兒子的我的寫作。在馬華文學裡，我必須成為自己的父親，才能再度成為兒子。

這讓我更困難也更深刻的思考寫作的問題。

為何寫作？如何寫？為何重寫？如何重寫？如何複寫？

不斷的回到開端，重新出發。

而散文是另一個關鍵詞。

（本文以為二〇一四年八月十二日晚在台北信義誠品《猶見扶餘》新書發表會上準備的一頁講辭〔約一千字〕為基礎補寫而成者。新書發表會只講了那一頁的小部分。）

散戲

母親的日記

家裡書櫥裡找到一本當年寄回家的《日本名家小說選》（楊夢周譯，註記購於一九八八年八月五日，即大二暑假時），裡頭收了夏目漱石隨筆式的小說〈書信〉。〈書信〉開篇即提到，有兩個法國小說家先後用了同一個技術要件——發現一封信——來開啟小說，而〈書信〉這讀起來很像是散文的小說，它的樞紐也是一封信。夏目反省說，那相似、甚至同樣的文學程序，其實經常發生在我們的經驗世界裡，因此它和許多人的人生故事有直接的關聯，就和吃飯穿衣那樣是自然事實。所以那手法的相似不能說是襲用。那毋寧是人生的一部分，人生的摺痕。

日記其實也是類似的物件。它們都在訴說個人的祕密。

母親的喪禮辦完後，子女們整理她的遺物，意外的發現未曾上過小學、應該是不識字的母親寫下的若干個句子。在一些廢紙片上，或在她孫女遺棄的小學練習本裡。有的是純粹的習字，抄寫報紙上的句子。有一張紙寫滿所有兒子媳婦女兒女婿內外孫的名字，大概她一開始即以兒女的名字為練習，那是她最深的掛念。有的句子並不完整，大概是某些關鍵字想不起來，沒頭沒尾的突兀中斷了。

之所以說是日記而不是札記，原因在於，母親註記了詳細的日期，年月日，星期幾，那佔了不少篇幅。最長的一則據說是寫著她對某個離婚媳婦的連串抱怨。這一則我還沒親眼看到就被撕掉了，也許是某位姊姊「為尊者諱」了吧。

完整的句子有的寫著她的願望，希望哪個孩子回來看她；哪個孩子哪天回來看她，她很高興之類的。有一張字條，寫著每個孩子過年給她多少紅包錢；但最觸目驚心的是，寫著哪個孩子跟他借了多少錢，但沒註記還期。哥哥們看了不禁驚叫：我們都還了啊。

大家這時都想起，常被晚年的母親問到哪個字該怎麼寫，被要求一筆一畫寫得大大的給她看；而她最早的日記寫於二〇〇九年，但以二〇一一年為最多。二〇〇九年杪她中風，此後就沒能恢復到原來的狀態，而是一直壞下去。其後數年，在大腦逐漸退化中，在一步一步失去自己的生命終途之旅中，勉強以漢字寫下零碎的想法，那是她與自己的生命搏鬥而留下的斷簡殘篇，缺乏細節。諸如：

二〇一一年三月十三日星期日
明天起做一個快樂的人 年二月初九

二〇一一年三月十六日 星期三
金錢買不到親情

二〇一一年八月二十一日星期日年七月廿二日
今天四姑姑來我家我高興
七月廿二日我孩子

二〇一一年八月二十二日星期一年七月廿三日
我沒有朋友很孤獨

因住得遠，我一年至多還鄉一趟，有時甚至數年也沒有一趟。

或許是出於什麼神祕的直覺，二〇〇九年我動念攜子返鄉，純粹是投重男輕女的母親之所好（因此被妻子唸了好幾年），帶兒子回去給她看一看、抱一抱、親一親、摸一摸。那是我最後看到她完好的樣態，幾個月後她就中風了。雖然不算嚴重，但也許復健做得並不是那麼積極，或因腳多年積累的靜脈曲張、風濕等宿疾，以致走路非常喫力，行動範圍就被禁錮在家屋之內。發病前她還能騎著腳踏車到處跑，買買東西、找找朋友什麼的。

其中的轉捩點據說是因為賣地。原屬於她名下的一小片土地，卻賣出一堆官司，人歿後官司還在。姊姊說，她因被發展商告而驚恐、而多日難眠，腦血管就爆了。官司的始作俑者（我家的肚腩冠軍出的餿主意）卻一直置身事外，沒事人似的，麻煩事由他弟弟、我最小的哥哥承擔去。

之前每年拿到年終獎金我都會挪出一部分寄回去，但賣地之後她就要求我們別再寄了。從兄姊口中拼湊得來的是個我並不認識的母親，把錢看得很重，甚至懷疑長期照顧她的子女意圖不軌。探望得少，她抱怨孩子不孝；探望得勤了，又懷疑子女別有所圖。這令我懷念當年那總是為錢發愁、打滾在貧窮線上，因而異常勤奮的母親，她和我們幾個較尾端的孩子相濡以沫的日子。猶如我懷念那塊被她賣掉的漂亮的地，平坦以致一覽無遺，在那裡工作，用目光即可遠遠的相互照應。那裡有太多我們共同割膠的回憶。

也許大半輩子窮，窮傷了，鬱結成病。也許那是腦退化的徵狀之一，疑神疑鬼，得到的錢大疊留在手邊，每日掏出來細數；還有她數十年收藏的金飾，東藏西塞的，怕女兒媳婦竊取。後來卻被一位印尼女傭摸走，不告而別。以致她逝世後，只留下大量空的盒子和單據。與舊衣服為伍的，最珍貴的原該是那些我們不同時候留給她的異鄉的生活照，一本本厚厚的相簿。讓她想念孩子時可以翻看。有些照片，身為影中人的我們自己都忘了。

那些日記，只有極少文字和我有關，譬如這兩則算是最完整的：

二〇一一年八月六日星期六
黃錦樹回來媽媽高興
媽媽看看

二〇一一年八月九日星期二　年七月初十
今天黃錦樹回家
媽媽看看錦樹高興
明天要回家今天錦樹
八月十日新加坡
年七月十一日

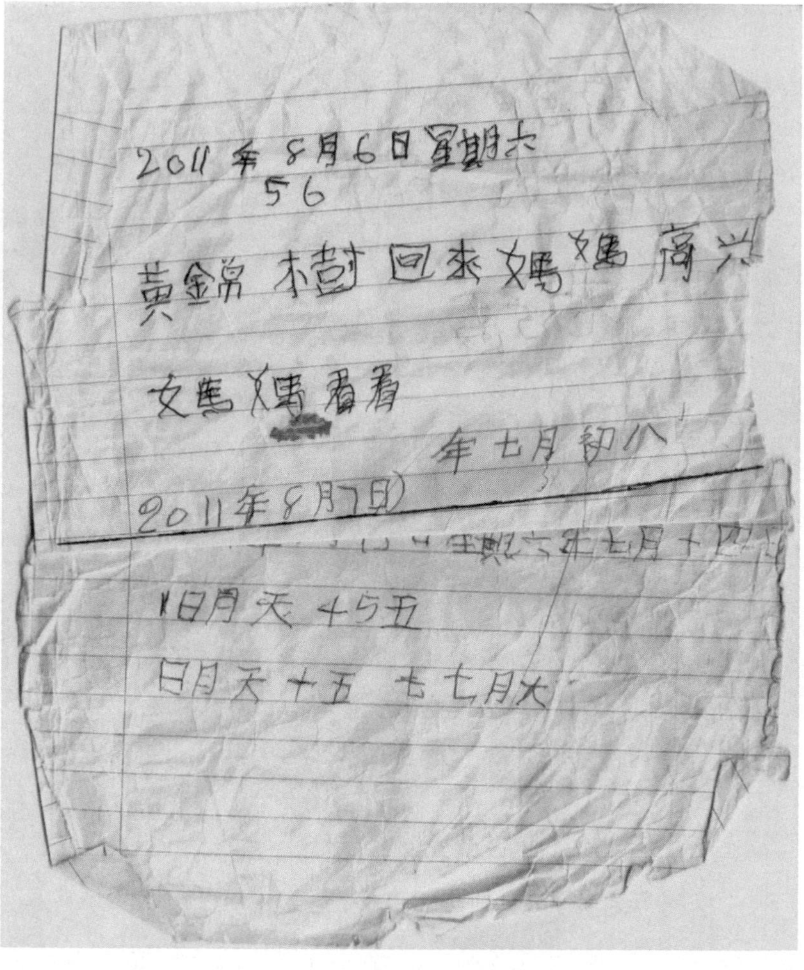
2011年8月6日星期六
56
黄金錦 本討 回来媽媽 高兴
媽媽看看
年七月初八
2011年8月7日
日月天 十5五
日月天十五 七七月大

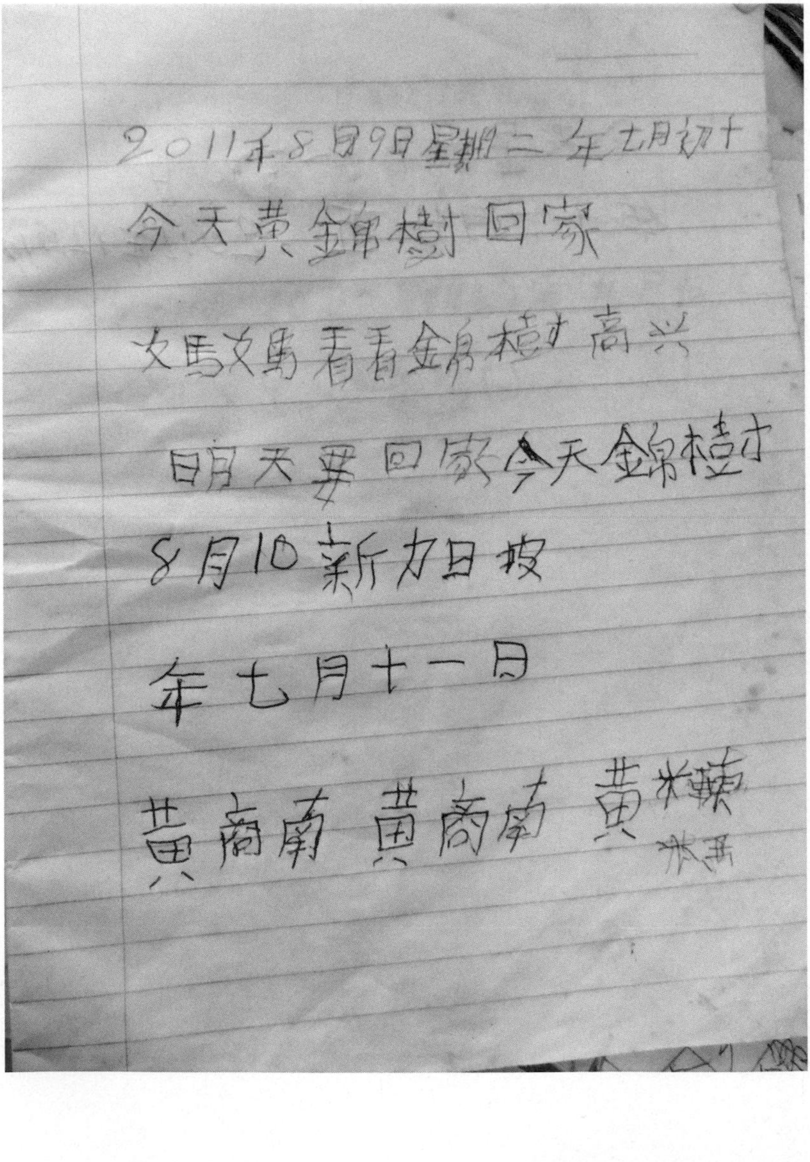
2011年8月9日星期二 年七月初十
今天黄錦樹回家
媽媽看看錦樹高兴
明天要回家今天錦樹
8月10新加坡
年七月十一日
黄商南 黄商南

有一種牙牙學語的拙稚意味，絕對的素人，筆畫也是，就像幼兒園或小學低年級孩子的練習寫字。字用得很少，句子每每單調的重複，且常見漏字、不合語法、錯亂剪接。但即使如此，在不足之餘，也會看到明顯的過剩，譬如「年七月初十」這農曆的標註。譬如寫孩子的名字應不必帶姓，自稱可用第一人稱之類的。這無疑是「活人書寫史」的活生生見證。誇張一點說，它或許也體現出馬華文學的基本困境——那是與一個龐大的符號世界艱苦搏鬥而勉強留下痕跡的殘缺的華文。

二〇一一年暑假我專程返馬探望她們，三個悲傷的女人。幾個月前二姊夫猝逝，二姊幸福的婚姻生活突然結束，還好很快從宗教那裡找到精神寄託。二嫂癌末病危，已經站不起來，生活無法自理。幸虧有強悍的小女兒，雖已為人母、帶著三個稚齡女兒，還能全天候的照料她。母親中風後恢復中，暫住三哥家。那時她頭腦還清楚，但對從印尼嫁來、非常能幹的三嫂產生種種誤會（中風前兩人曾經情同母女），關係十分緊張。

我待的時間很短，因為返鄉其實蠻無聊的。翻到我該年八月回鄉時寫的零碎日記，我八月四日抵達新加坡，借住中學同學黃君的家，五日即搭他的車子回到居鑾，借住二姊家，當即借了機車去探望她。

我寫下：

媽有許多抱怨，把一個金戒指退回給我。人瘦了，更其衰老。牙齒所剩無幾，非常沒安全感。

八月六日。沒寫到去探訪媽媽，只寫到探訪二嫂，但一定先過去看了，因為有寫到想隨三嫂進園去而不果，而去了百貨公司買衣服，以及到處找公共電話擬打回台灣卻找不著，已經沒什麼人用公共電話了。一直逛到南岺山腳去，順道探望在那裡擺攤賣水果的三姊，問問家裡的事，聽聽她的版本。

八月七日。

去三哥家看媽媽……擬去巴剎走走，過舊橋走到二英里，在馬來甘榜裡亂繞。馬來人種了不少閉鞘薑。到巴剎時發現包包不見了，瘋狂回去亂找。裡頭有護照、記事本、車票，找不到麻煩就大了。且已忘了（去時）走的是什麼路。繞了一個多小時，回到三哥那裡，發現包包在那裡，媽說她在等我繞回來。放下心頭大石。

猶記得那時心裡的恐慌，重複的走過每一處疑似走過的地方，在馬來人的村莊裡反覆繞來繞去，仔細瞧有沒有掉在哪裡路上。越過幾道木板橋，照面是榴槤樹低矮的垂枝，掛著一顆顆炮彈狀多銳刺的綠果，沉墜墜已接近成熟。閉鞘薑枝梢開著朵朵清麗的白花，花心帶著一抹黃。一處林子中有房子似舊家，鐵皮、木板牆、五腳基，年輕的馬來女人側坐在門洞裡輕輕搖蕩著紗籠床，哄著孩子睡覺。

如此亂逛，難免引來不少懷疑的目光。已是異國之人，護照如果掉了不知有多麻煩，少不免要趕去吉隆坡台北駐馬辦事處補辦證件，買的廉航機票又不能延期。

一身汗重返時，母親淡定的說：「我看你物件放這裡一定會回來拿。安怎去阿呢久？」（怎麼去那麼久？）

因為覺得無聊，對母親反覆的抱怨感到不耐煩（那時她懷疑同住的兒子媳婦意圖謀其財），八月八日遂北上吉隆坡，一晤有人出版社年輕作家群。因自己沒出書，從台灣帶了多本黎紫書的《野菩薩》分送給他們。

九日一早返居鑾，黃昏又去看母親。她頻頻喊頭暈，腳軟，虛弱而悲傷。問我明年何時回來，我說八月。九日我就假道新加坡回台灣了。

其後三年的暑假，都藉到吉隆坡開會的空檔回居鑾探望母親。也都來去匆匆，頂多逗留一夜，有時只待數小時，明顯感覺到她的退化。二〇一二年七月五日夜裡返鄉，「媽已不太認得我。」她盯著我看了很久，次日早上才把我認出來。二〇一三年七月十六日午，「母親衰老甚多，一再喊頭暈，物件（不知放去哪裡）找不到。」十七日，「早上起來，母親竟忘了我是她兒子還是孫子，一再問我到底是兒，還是孫。」

但我凌雜的返鄉日記其實沒多寫母親，而母親被空白淹沒的日記當然再也不見我的名字。

今年七月二十七日返家，母親緊緊抓著我的手放在她心口，目光凌厲，看不出還認得出我。哥哥說，誰來看她都是那樣的。之前還會打人、咬人呢，照顧的印傭飽受凌虐。但她已失去說話能力，喉頭有時會發出野獸般的淒厲嚎叫，眼神驚慌。

早兩個禮拜返鄉、被母親拉著要她陪伊睡的妹妹說，那幾個不眠之夜母親一再驚醒，恐慌的囑咐她關好門，說外面好像有陌生人在走動。身為女人的恐懼。好像回到住在膠林裡時時刻刻戒備著的暗夜，烏暗暝。多年的憂懼成傷，即使結痂了也還是會痛。

摔斷腿，開刀後，就更加速退化了。終致耗盡力氣，撒手迎來生命的句點。

不知是〇九還是一一年，有一次她突然問我：還有寫故事嗎？大概久不見我在大馬報刊發表文章。五哥每看到我的文章，會特地把副刊撕下留給她。

年輕時得文學獎，她是高興的，不迭的稱頌。我還曾特地捧著沉重、金燦燦的銅製雛鳳獎盃回去給她，讓她放在神檯下的櫥子裡當擺飾。小說出版了，也會帶一本給她當擺設。

唸個博士學位，她也是高興的，頗引以為榮吧。畢竟兩代沒讀到書。她也曾說過我們的成材是她此生最大的成就之類的話。也曾因此把我的存在作為她多子的重要辯護。我是她的第十個孩子。我之前有九個，之後還有四個。兄姊們資質均佳，但除了重點栽培的大哥，和讀書的意志特別堅定的小哥之外，其他七個都被犧牲掉了。

她的自辯我深不以為然，〈如果父親寫作〉即是個抗辯。

葬禮

依母親清醒時的交代，她要請福建的師公，還要同時做功德；要依福建南安的禮俗，因此勞師動眾的從蘇坡請來這八個人的道士班子。

四代大母。六支招魂幡，四個亡者的名諱。但其中有兩支是「失其名姓的」，你不得不佩服道士們，這樣也能超渡。超渡是一種謀生之道。最胖的哥哥說：如果不做，萬一他們來討呢？

恐懼。愚昧。

一命，二運，三風水。只有風水有利可圖。

葬禮套餐。

掛軸上的諸仙，四隻眼的、三隻眼的，騎龍騎鶴的，都古裝打扮。那些法器、道袍、道冠，都遙指古代，一如那想像的陰間，都是古代世界的投影。三百年前。五百年前。一千年前。劍是雄兵的時代。那是過去，來不及隨時代更新的，想像的諸神諸仙和死後的世界。道士披上黑的或華麗的道袍。酡紫，嫣紅，不知是綢緞還是塑膠製的；繡著許多鳳鳥祥雲。頭戴蜜餞色的塑膠髻。

道士且唱且舞，有時還像雄雉那樣旋轉狂舞，恍如有神降臨。

服色與順序嚴格區分了輩分、尊卑。當然是男尊女卑，男先女後，男左女右。於是不斷的跪、拜；三跪三拜、四跪四拜；上香。聽不懂的喃喃唱辭，隱約有一個敘事來填充時間，亡魂過了一山又一山、一殿又一殿。喧鬧的鼓、鈸，幽咽的二胡。道士時而高喊「囝來！」，「查某囝免！」。絕對的父權中心。

一向重男輕女的母親，也許最愛看的就是這樣的大戲。鬧熱！於是那個多年難解的謎突然你懂了——何以要生那麼多小孩——尤其是男丁，不就是為了這一刻嗎？兒子的隊伍就可以站兩排，加上女兒、媳婦，黑衣服的就五排了，再加上藍衣服的內外孫、綠衣服的曾孫們，就是個相當浩大的隊伍了。一如大多數墳頭橫批寫著的：丁財兩旺，最世俗的期望，多子、發達。身為兒女，怎能免於這場最後的孝順大戲？

但其實沒什麼觀眾。

「燒香請老母來喫！」道士喊道。供品上蒼蠅紛飛。

（醫生說，力氣耗盡之後就是臥床，有的可以躺上一兩年。

妻說，她外公外婆就是那樣，一直昏睡著，再也沒醒過來。

銀髮姑姑說，如果吊水，還可以活一段相當長的時間。

不能走，活太老就沒意思。比母親還年長一歲、頭髮猶黑，還有能力割膠的二姑說。）

於是重複的跪、拜，三跪九叩，出殯，安置靈位。燒紙錢，庫金，轎子，車子，電話，靈屋——紙紮的江南大院，有庭台樓閣，但南洋的房子早已是另一副模樣。金山銀山，燒掉的卻是她賣地的錢——她預留一大筆錢來包辦這一切。

我可以想像她微笑著坐在一旁觀看的樣子，猶如她身體還健康時參觀他人的葬禮時，頻頻呼喊：「精采！精采！」「足好看！」

第三及較小的孩子們，長年陪她在膠林吃苦。割膠、撿柴、載香蕉莖、倒餿水、擔驚受怕……因此對她依戀很深，有一種近似革命情感的連結。但精明的母親把這一切生活窘局，歸咎於父親的「袂賺」（不會掙錢），丁旺但無財。於是一直以來孩子都心向著她，長期接受她的論述，從她的眼光看事情。其實也一同吃苦的父親即被刻上失敗者的烙印。他於是隱退到邊角上，沉默的咀嚼自己越來越黯淡的影子。

即便是葬禮，她要求給自己的規模也遠大於父親當年。即使人不在了，強烈的補償心理仍一直延續著。

盛大的一場戲，可惜主要的觀眾同時是我們這些演出者。四代大母的子孫。

對兒子強烈的愛，根深柢固的男尊女卑，都讓她的媳婦吃盡苦頭。

但母親其實也愛笑，當她心情放鬆時。

即使是不怎麼好笑的事，母親開懷大笑的樣子，會讓你看了會自然跟著笑，就好像那其實原本就該是件很好笑的事。

不笑是你的損失。

道士要求隨著高喊：發啊！興啊！旺啊！

興和旺恰是我大哥二哥的乳名，母親最愛的兩個兒子，早已旺成富豪。

但他們已成年的兒子並不成材，財旺丁弱，寵溺之故。

反而是自私的二哥美麗的小女兒成長成幹材，有條不紊的總攬喪事的大小事務，那是這場葬禮大戲唯一令人欣慰之事。歹竹出好筍。

孝子們不吃素，嗜肉，一如往昔。燒豬、大包、糯米雞、咖哩雞。

中風。糖尿。肥胖。最年長的兩個孝子已無法跪拜，只能端坐椅子上，拿著香發呆。

於是最卑劣最歧視女性的四子常跟著喝斥：「查某嘜來！」（女兒莫來）

拒絕守夜，但抱著香爐速速離去，以搶先奪取來自死者的風水之類的利益。

樹倒猢猻散，他嘴裡一再重複叨唸。

是的，住得遠的好處是，不想見的人可以多年不見。以後也不會再見。

道士歡快的數著大疊鈔票。新鈔，有一股濃烈而逼真的錢香。那迥異於紙質低劣如廁紙的金紙銀紙。

儒家古訓：生事之以禮，死葬之以禮。祭之以禮。但我自己在台灣的家不拜神，無祭，彷彿化外之人，異教徒。且隻身返鄉奔喪。

前幾年返鄉，母親認真的要求我從家裡的香爐分些灰過去，好安個神位。和我一樣留在台灣的弟弟就是那樣做的。我知道她非常在意香火。那是漢人男尊女卑的論述基礎之一。

但我從小就不是個聽話的兒子。

對我而言，死了就是死了，形神俱滅。

我完全不相信道士那一套。行禮如儀，不過是拿香跟著拜而已。壽終老死，理所必然。鋪張不過是便宜了殯葬產業，有時還對生者造成莫大的生存壓力，在台灣看多了。那又何必呢？

但死者其實不曾完全死去。在姊姊妹妹的某個神情，笑容，眼角，說話時的某個動作，還可以看到母親依稀歸來。猶如五哥發現自己越來越像那我未曾謀面的祖父，他留下的唯一照片，是衰老的遺容。他們都以另一種方式活在我們身體裡，肉身的記憶，遺傳。

最後的儀式：把那盛放在餅乾桶內的「庫金」灰燼從橋上連著鐵桶擲入河內。儀式前母親最自私的兒子再度嗆姊妹們：查某嗲來。

淺淺的流水。河上淺灘有數隻流浪狗垂首覓食。他說，聽朋友講，橋下沙裡藏著隻千年老鱉，有桌面大，顧河的。

禮竟。道士喜洋洋的與孝子們逐一握手，「如果哪天還需要什麼服務，別忘了打我手機。」

節葬。節用。

那鋼鐵的架子、木頭鋪面的橋，二〇一一年我迷不知途時反覆騎機車哐噹哐噹的經過，驚慌的尋找我以為遺失，但其實並未遺失的，異國之人的身分證件。

妹妹感嘆說，回來沒幾天，感覺卻好像過了很久很久。

是的，漫長如二三十年，我們離鄉日子的總和，壓縮。卻又好像十九歲時做了個離家的夢，醒來時青春已逝，父母俱亡。

留在家裡的一本高中時代的相簿，是我早已忘卻了的，但扉頁有我當年飛揚跋扈的字跡。

裡頭曾經喜歡過的女孩都老了。花期已過。結子或不結子。

我們身上都有了枯枝敗葉，疤記，癭結。

於是就像楊德昌電影《一一》結束時，那稚齡孩子在葬禮上唸給亡逝的奶奶的信的結尾說的：我覺得自己也已經很老、很老了。

二〇一四年九月六—九日，埔里牛尾

永遠的舊家

這一張照片，多少年前拍的？

照片已泛黃自不待言，倘不是高中那幾年接觸單眼相機後拍的，便是大三那年暑假返家。不管是何者，都已超過二十年了。

雖然鐵皮屋頂已鏽蝕得很厲害，但門前那棵土芒果樹還那麼小。某年返鄉，我還依母親的要求爬上去，持鐵鋸矮化枝條。前方的空地還那麼大，光溜溜的。在另一張照片裡它長滿了草。左右側都該有間寮子才是。芒果樹的前方，也即是照片右前方框角處，也該有棵老楊桃。或許拍攝的時間還要更早些。

芒果樹的右方，過了路，有一排木箱。木箱前是棵人高的木瓜樹，木箱的後頭，是可可樹。木箱是儲放可可果讓它的果肉發酵的地方，而廣場的空曠則是為了可以曬曬可可豆。那是種可可當副業的年代呢。

五腳基上的是母親。右手拎了個木箱，左手也許拿著掃把吧。看起來似乎還年輕，也許比現在的我大不了多少歲。

奇怪的是，五腳基是平常停放機車和腳踏車的地方，怎會如此空盪盪的。安安靜靜的白日，上學的上學，上工的上工。父親也載著膠片或可可或其他他種的瓜果上街去了吧。

母親身體後方柱子上安著神龕，是玄天上帝的神位吧。再裡頭，靠牆長凳子上，兩顆安全帽向左側張著口。

舊家早已不在。父親也病逝十多年了。我離鄉的日子已長過居鄉。

近年每返鄉，母親必問說，當年我拍的那些照片要不要帶走。伊自知年歲老大，在逐一散去身外之物。

關於舊家的照片

最近因為一場關於「理論與友誼」的演講需要做power point，而去翻舊照，翻出多幀舊照，順手掃描了post到臉書上去，為的是與分散在遠方的家人做些情感上的聯繫。裡頭無非是舊家，那時尚在世的父親，少年時代的弟弟妹妹，母親，三哥，姪女、外甥等。為免當事人尷尬，我只放了一小部分，也避免放正面的照片，即便是父親的遺照。其實這些照片都在〈如果父親寫作〉的故事的外邊。

我是第一個為家人留下影像紀錄的，最早的照片應該是拍於我高一還是高二那年，迄今接近三十年。其後留學台灣，每返家必拍照，一直到舊家不存在了為止。

最開始用的是向大姊夫借的一台canon單眼相機，只有標準鏡，但解像力相當好。那些年按了不少快門，因零用錢有限，沖了底片而沒洗出來的一定更多。

多年來那箱底片一直跟著我搬遷，也不知道毀損得怎樣了。

畢業那年到新加坡短期打工，賺了幾百塊，僅夠為自己買一台相機，但好歹借來的相機可以奉還了。但我的裝備一直沒有升級，進入數位時代更只用傻瓜相機。拍照一如初衷：不過是為家人留下一些紀錄。

隔了二三十年回望，有的照片光影還真不錯，令人懷念。但彼時那環境是日日生活於其間、像空氣那樣的自然，沒料想舊家會毀，也沒想到一家人會散得那麼徹底。死者已矣，活著的也少相互聞問。

父親過世後不久，故家毀於火，像我一樣深感失落的想必也大有人在。

一切都將消失，此曾在，如幻夢泡影。

二〇一二年六月二十二日，埔里牛尾

鹹飦[1]

在台灣多年，有時懶得做菜，就會煮一大鍋鹹飦，可以連續吃許多餐，和滷肉功能相彷。煮鹹飦用的是炒菜鍋（閩南話稱之為鼎者），冬季時的用芥菜，切成吋許長，蝦米絞肉或五花肉絲爆香了，加入芥菜炒一炒，加點水煮一會，可以讓它少一點苦味。稍煮軟，倒入數杯洗好的米，加點醬油和鹽，拌勻，加水至剛好淹過拌好的米和菜，鍋蓋蓋著小火煮上個二十分鐘左右，水收乾後就是一鍋鹹飦了。火候控制得宜的話，還會有一層漂亮又可口脆脆的鍋巴，鍋巴裡常會嵌著帶著焦香的蝦米或菜葉。

它的相鄰形式是鹹糜——瘦肉粥。

年少時在馬來西亞膠園裡的老家，母親就常煮鹹飦，用小柴火慢慢把水燒乾。老家的鼎巨大，一鍋飯可以餵飽許多口。鍋巴既大又厚，有時單吃鍋巴就飽了。那樣的一鍋飯，只要配上四分之一個鹹蛋，或蝦米辣椒，或者一碗沒加什麼料的冬菜湯，或蛋花湯，就是一餐了。

多年以後方了解，那多半是最節省也最省事的一種吃法。煮鹹飰不是非得芥菜不可，有時用豇豆（俗稱菜豆）、芋頭，甚至南瓜。講究的話還可加些蠔乾。有時水燒乾後我還會鋪上一層臘腸、臘肉，升級成豪華版。

但老家不曾用上南瓜。對我而言比較傷腦筋的是，夏季南瓜飯極易餿，有時甚至無法留到隔餐，可能是水分太多了。芋頭飯在大馬茶餐室裡也常是肉骨茶食的配飯。

在家鄉，我吃過最可口的鹹飰其實是我祖母煮的，伊晚年舌頭退化，所以口味較重。伊愛用的是老豇豆，煮熟後軟爛，和飯和在一塊，有一種獨特的香味。小學六年級時我還是唸下午班，放學時到她那兒牽腳踏車騎返樹膠園，她常會留飯，就說飯已煮好了，是鹹飰。我常忍不住一口氣吃上好幾碗。

祖母慢火乾煎的老菜豆我也很喜歡。伊牙齒不好，青嫩的菜豆根本咬不動，而且膨軟泛黃的菜豆很便宜，菜販有時乾脆整把送給伊。伊常年清晨到巴剎撿菜葉魚鰭魚肚蝦殼，混在一起剁碎了餵鴨子。菜市場裡的人似乎都認得她，還會親切的喚伊「老婻」。那年代，那種

1 Kiâm png，台灣的線上《教育部閩南語常用辭典》（http://twblg.dict.edu.tw/holodict_new/default.jsp）四十四個和鹹有關的辭彙，有鹹糜鹹魚鹹卵鹹菜而無鹹飯，也許鹹飰在台灣已失傳。閩南語「飯」應寫做中古漢語「飰」，華語仍讀做fàn，閩南語讀做png。此寫法從黃翰荻文章習得。二〇一四年十二月二十三日補。

裝束，一看就知道是唐山下南洋的那代漸漸凋零的老人。

在伊那裡，我們吃的蝦子都只有尾部那一截——從蝦殼裡剝出來的。但花蟹價賤時伊也會買上幾隻，燒得美滋滋的。

但我和伊一塊住的日子並不長，溫馴的小哥和伊住最久。偶爾見面，還會聊起一塊躲在濕冷的床底下壓低聲音偷吃芒果青的往事。

伊長年寄居在小鎮內的一個小角落，一間霉濕的違建，像童偉格筆下那種地板會出水的房子。緊急狀態時被迫搬出膠園而借住的豬圈地，逢雨必淹。某年淹大水，方被孫子強迫搬到另一處稍微新的社區的中古屋。

我們小時，我強烈的感覺伊不喜歡我們這幾個排行中間的、幾乎可說是多餘的孩子，只在乎兩個最大的孫子。對我們相當嚴厲，時而近乎苛刻。

有一年伊的長孫從台灣畢業返鄉，伊特地做了碗香氣四溢的肉蒸蛋。用餐時，大哥一直叫小哥和我吃啊，但那道菜我們連動都不敢動，因為祖母惡狠狠目光時時巡遊在我和小哥之間，我們連看都不敢看一眼那道彷彿發著亮光的菜。只有趁伊起身，轉身去灶上端另一道菜時，火速用湯匙挖一大塊，埋在白飯下方。伊回桌時認真的望了一眼那多出幾個大洞的肉蒸蛋，又瞄一瞄我們的碗，有幾分懷疑，但在長孫面前一直是個慈祥祖母的伊，也只好低著頭默默的吃著自己的飯。

如今肉蒸蛋已是我自己的家常菜，小孩也還捧場，但我吃起來當然已沒有當年的滋味了。

小學五年級即輟學的五哥，打工夜歸常發現門被反拴了，叫了被斥罵，還是不肯開門，後來只好去睡巴剎。如果被警察驅趕，就只好摸黑走進遠在膠林裡的老家。

我們稍大後，倒明顯感覺到伊態度的改變，似乎比較知道疼惜了，甚至寵溺，容忍我們頂嘴。

長大後猜想，守寡多年的伊多半是對母親常把某些不大不小的兒子丟給她照顧（以陪伴伊的名義）心裡是相當不滿的，一方面又心疼兒子負擔重。

祖母高壽，活到九十二歲。因此晚年的時間很長，年過九十還身體硬朗，頭腦且十分清楚。我高中時常聽七十多歲的伊笑笑的說很想回唐山看看。祖籍也是福建南安的伊年輕時和祖父一道南下，之後即不曾返鄉。伊返鄉心願最熾的那些年，最疼的兩個孫子，其實都已賺了不少錢了，開著最新的進口轎車。而伊定居新加坡的最寵愛的女兒也相當富裕，女婿在新山且有大片土地。

我問過母親，為什麼沒人肯帶伊返唐山？母親說，伊年紀那麼大了，萬一旅途中出了什麼狀況，誰要擔那個責任？那些姑姑，沒一個是好惹的。

一直沒人願帶伊返鄉。目不識丁的伊無法獨行。父親自己也不曾出過國門，也沒多餘的錢。

大三那年自台返馬。闊別三年，伊看到我很高興，笑得裂開已經沒什麼牙的嘴，拉著我的手，說我回家時和離家那天穿的衣還是同一件，稱讚我惜物。還想塞錢給我，好讓我買書或吃的。說伊那些在新加坡打工的外孫見面都會五十、一百（馬幣）的給伊，人老了沒用什麼錢，根本花不完。伊常說伊連自己的「老嫁妝」（壽衣）都早就備好了。

一九九七年，獨子的死亡幾乎讓伊心碎，伊和個性強悍的媳婦的矛盾再無緩衝地帶。父親故後母親一度丟下祖母，遠赴沙巴大半年，投靠她最疼愛的長子，但兄嫂都各有事忙，據說也只有菲傭有空陪她，相對無言。

次年，祖母過世。死前數月伊被憤憤不平的女兒接去新加坡照顧，直到奄奄一息才坐計程車急奔返鄉，說伊堅持要死在自己家裡。一扛進門就斷氣了。

那年我自己也大病了一場，無力返鄉奔喪。

幼時的印象：她每年都有好幾回，滷一隻烏溜溜香噴噴的鴨子，笑嘻嘻的坐火車南下新加坡去探訪她女兒。

多年以後，當了廚師的五哥還盛讚祖母家常菜的火候。伊煎的魚外脆內嫩，我也一直做不到。

今年八月底母親過世，距祖母的過世也有十六年了。十月我隻身到廈門走走，行程在母親過世前就定下了。主要是想趁休假之便，看看為他的祖國貢獻最多的陳嘉庚在廈門的投影，包括廈門大學和集美中學（集美是許多海外閩南籍名人的母校，如大馬華校族魂林連玉、台共張志忠），也想順道到祖籍地看看。廈大和集美建築都很有特色，從據說是陳嘉庚設計的主建築部分來看，這位「祖國的財神爺」（偷聽到的導遊的話）不止是個大老闆，還很有美感能力。

抵達集美後時近黃昏。從機場出來，是位河南大哥開的計程車。他說他離家兩千里南下討生活多年，不會說閩南話，也好些年沒回家了。

從住處走出來沒幾步，就看到有一間老房子在整修，好奇走近一看，赫然是曾被李光耀吊銷公民權的南洋大學的大功臣、南洋富豪陳六使和他哥哥陳文確的故居。房子不大，雙層小洋樓，陽台小而考究。走進一看，廳、房均有逼促之感，天井擺了台鏽黑的大型膠絞——橡膠加工過程中需靠著它把膠片輾薄、塑形——那機具比過去我父親那台大得多。逐個房間看過去，一些日常用品，一個陰暗的小房間裡一個老人在看著螢幕小小的電視。沿著窄仄但作工考究的樓梯走上去，原就不寬的迴廊被建造中的巨幅浮雕給吞噬得幾不能容足。主陳列室有一些複製的舊照、文字解說，概略的敘述了傳主的一生。但因為還沒正式開放，沒有遊客；又值秋日黃昏，更有股難以言喻的蕭瑟落寞。

而行人開口皆鄉音。

信步走進一家生意清冷的餐廳，坐下，菜單上赫然就有一樣食物叫「咸飯」。送上來時一看，是芥菜炒飯。有點像，但太鹹，太油，太黑，太多醬油；但真的有這個食物的名字，我還以為母親隨口叫的（譬如我會把某道菜喚做「沒有得選擇」、「為什麼這麼好吃」之類的——逗女兒的——我迄今想不起後面那道菜煮的究竟是什麼了）。

後來走了一趟泉州，好多餐廳菜單上都有「咸飯」。也是芥菜飯，和母親的做法類似。母親的祖籍永春，也屬泉州。那和父親的祖籍南安，從地圖上看非常鄰近。但她和父親都在馬來西亞土生土長，畢生未曾踏足中國。不知是她從外祖母那兒，還是從小寄居的義兄那兒習得的。那看來確是窮人的吃法，就像客家人的梅乾菜。（祖母會製梅乾菜，也會釀酒，蒸年糕、芋頭糕、蘿蔔糕。伊的腳有點變形，出生於清朝末年的伊幼時纏過足，但晚年時挑擔挑重仍步履快捷。）

在泉州住了一晚，參訪了唐代古剎開元寺。原想順道去上個香。值大門在整修，此路不通。只好從東側門繞進去，看了唐代古塔，漆雕佛像，弘一法師紀念館，南宋古船骸博物館，翻一翻陳列的學術雜誌，回頭時就忘了。雖然再度經過大殿時，有看到一位瘦削的老嫗握著大把香虔誠跪拜。清風中，煙飄得凶猛。伊藍布袍、挽髻，嘴裡急切的喃喃自語；那音聲、形貌、衣著，讓我不禁多看了一眼，幾乎錯覺伊即是我的祖母。那話語，依稀是向神明抱怨媳婦兒女的種種不是。

開元寺最早的捐助者竟也是個姓黃的，嘉話傳說中有「紫雲」，此後有的黃姓宗親就以「紫雲」做泉州郡望的代稱，幾天後我在金門就看到許多掛著「紫雲衍脈」堂號的古宅甚至洋樓。

兩天後逛廈門大學前去了趟千年古剎南普陀寺，進門時想過也許到裡頭燒個香吧。但爬了一趟後山，大汗淋漓、走到腳軟後，又意興闌珊了。

我想即便是我已過世的祖父母，多半也未曾踏足名聲如此顯赫的古剎，更別說是我父母。那就算了吧。即便有魂，也不會選擇回唐山吧。

母親還健康時，我們每回返鄉，都會依她的要求燒一大把香，從戶外的天公土地公一直拜到家裡頭的大伯公、唐番土地神（唐山帶來的土地公）、祖先，依序一支兩支三支的分插在香爐裡。我永遠搞不清楚順序，也不知道什麼神要幾炷香。

或許她深信孩子能平安歸來，多半是有諸神和祖先在庇佑吧。

當年離鄉，她不知從哪裡的寺廟求來一些紅的綠的符，要我們帶著。剛開始離鄉的那幾年，甚至還會時不時託弟弟妹妹給帶符來。剛開始我還會遵囑收在皮夾裡，不知哪年開始，就隨便丟在抽屜裡了。和母親的情感上的連結，也彷彿漸漸變鬆了。

母親頭腦還清楚時，有一次問我，有沒有拜祖先？她說（方法）很簡單，只要從老家的香爐裡分一些灰到（我那裡）新的香爐裡就行。其他的兄弟都是那樣的。是擔心身後的香火，還是希望來日可以庇佑我們這些遠在他鄉的兒孫？但我唯唯諾諾。拜與不拜，都隨俗。而我太太是更為堅定的無神論者，從不拜拜，因而在村莊裡常被誤以為是基督教徒。

原本想去祖籍地南安一行，也上網訂了房間。但網上訂的泉州的旅舍太可怕了，簡直就是「西夏旅館」——沒有電梯，行李得自己搬上三樓；房間裡燈光黯淡，雙人床頭且擺著各款包裝華麗的衛生套及保證神效的「印度神油」。它位於一道古老寬大的水渠邊，水面且有人划著小舟。旅舍與水渠僅隔著一條難以會車的窄路，單是步行到巷口就要耗上十分鐘。從旅舍徒步往返走一趟開元寺後，我的左腳說什麼也不肯到南安去了。

從集美搭長途巴士到泉州，不到一小時就到了。問司機，泉州到南安，差不多也就是一個小時，距離相仿於埔里到台中。今非昔比，高速公路消弭了崎嶇山路造成的遠隔。那些在南洋方言群裡詳細區分的縣——永春（母親的祖籍）、安溪（姑丈的祖籍）、南安、惠安、同安（「表姊」的祖籍）……原來相距都不遠，都是相鄰，都是「位喻」（metonymy）。相似與不似。相鄰與相近。隱喻與轉喻。症狀與欲望……。根據我所謂的「愛的邏輯」（〈《刻背》新版附記〉），其實不必踏足南安了。如果說是代替他們返鄉，那就未免太矯情了。

鹹飾和咖哩的起源或許在功能上是相似的，都是處理剩菜的手段。我在集美吃到的，就很像剩菜炒剩飯。但不是每樣剩菜都適合做那樣的鹹飯，老菜豆和芥菜確是最適宜的，成品最沒有剩菜剩飯的殘敗感。

寫到這裡，突然動念上網一查，百度百科赫然有「閩南鹹飯」詞條，「闽南咸饭是福建一带的汉族风味名点，属于闽菜系。」從它羅列的材料（蝦仁、干貝）來看，卻比我吃過的講究得多，還真的頗有餐館名菜的架式，豪華得認不得了。

二〇一四年十一月十九—二十四日初稿於廣州旅次

母雞和牠的沒有

兒子通報說，「那隻黑母雞好像死了，戮牠也不會動。」只要是晴天，餵雞、撿蛋都是他每日的家務。讓小孩有機會撿雞蛋，是我們養雞的主要目的之一，而公雞的職能是扮演自然的鬧鐘。三隻雞，一雄二雌，都是從菜市場買來的，彷彿是從一聲「刀下留雞」中被解放出來。小孩都會說，牠們的哥哥姊姊弟弟妹妹爺爺奶奶都被煮來吃掉了。我們日常桌上的菜餚，也少不了牠們的親戚朋友。

我到雞舍去，黑母雞果然還待在雞舍裡，眼半睜，果真不動。牠生蛋專用的雞舍，原是讓雞雛住的，所以空間不大，讓一隻黑母雞塞得滿滿的。兒子原以為牠在生蛋或孵蛋。原期盼夏天牠可以孵出幾隻小雞來。前幾天還一直下著蛋，前天發現牠沒乖乖守著蛋，而把留給牠的四顆在殼上寫了日期的蛋，也撿來吃掉了。死了，僵了，至少有一天了吧。下了大半天的雨，所以沒人留意雞寮裡發生的事。猶記得昨日牠還生龍活虎的在檳榔樹下覓食。大概不會是禽流感……感冒總該拖個幾天，這是猝死、暴斃。莫非是食物中毒？吃了發酵的餿水？死雞塞在雞舍裡，得硬拖才出得來。用鐵鍬撥一撥，雞身上沒看到什麼外傷。就地在樹下挖個洞，埋了，搬幾顆大石頭壓上，省得被食腐者挖開，難以收拾。

幾個禮拜前，牠兩度被潛入的流浪狗咬傷屁股，咬掉毛，露出血淋淋的傷口。我和孩子還費事的幫牠塗了幾回紫藥水，讓牠免於生蛆潰爛，傷癒後還生了好多顆蛋。

更早的時候，約莫在上一個冬季，向友人要了幾隻鴿子雞的幼雛，一雌二雄，打著燈養著。因為禽流感的通報不斷，讓我們猶豫了好久。好不容易養大些，有一回涉世未深的母雞把頭鑽出鐵籬笆，被房東不承認的愛犬房大毛拖去生吃了。兩隻公雞只好相依為命。一回刮風，吹倒雞寮鐵皮門，房大毛又生啖了一隻。

這中間我養過兩隻竹雞，耳誤以為是珠雞，也是穿過網眼過大的鐵籬笆，失蹤了。大概也是便宜了那些流浪狗。兩隻小鵝，剛換毛，圍籬沒關好還是被撬開，總之一奄奄一息一失蹤。

心憐公雞形單影隻，動念為牠娶妻，也為了撿蛋。先是向鄰近民宿買了一隻，對方開價五百元，說因為是鬥雞。抱回來了，取名「五百」，卻越想越覺得貴，隔日即抱回去退貨。還好，原來不慎抓到的是隻未成年的公雞，買雞時只有男主人在，他老兄顯然也不辨雌雄。改向菜市場買了隻快要下蛋的，二百元；即那隻黑母雞。後來又多買一隻，二百五十，是隻光頸黃母雞，更其壯碩。為牠們取的名字（以價錢命名）不被妻小接受。兩隻母雞的體型都比公雞高大得多。小孩都覺得公雞很幸福，有兩隻碩大的老婆，早晨的啼聲好像更清亮了。

有一天，發現公雞胸著地，站不起來，好似背脊骨被踩斷了。我為小孩編了如下故事：有一天，牠想跳到光頸大老婆背上，但牠實在太矮了，不慎滑了下來，不巧母雞又後退一步，「咔喇」一聲硬生生踩斷了牠的脊背。

鴿子公雞歿後，反過來倒必須為兩隻母雞到菜市場買隻老公。買了隻和黑母雞同品系的公雞，熟識的雞販很客氣的親自送過來。次日我們即把牠嘶啞的啼聲翻譯為：「我好幸福喔喔喔……」

「不必被宰不必生蛋又有兩個老婆喔喔喔……」

但這隻幸福的公雞一直令人感覺怪怪的，常常無事使勁搖頭擺腦，好像決心要摔掉雞腦裡頭的什麼似的，一股「若有所思」的神情；每踏出一步，都要仔細看看地上，再高高抬起雞腳，慎之又慎的踩下去，好像是在地雷區長大的，看過不少同類「一失足成千古恨」。我向雞老闆陳述說，「你那隻公雞怪怪的，走起路來步步為營。」

每回遇到雞販，都會問我「母雞生蛋了沒有？」都說沒有。他總是疑惑（公雞似的表情）說，「怎麼會，差不多應該開始下蛋了啊。」我只好讓小孩去給母雞最後警告：「再不生蛋，我爸說他會掐死妳老公哦。」不久，黑母雞率先開始下蛋。蛋比一般市售的雞蛋小些，但蛋白濃稠，蛋黃黃澄結實，確是好蛋。給小孩吃，允稱上品。一顆蛋打散了足夠攪拌出一鍋稠稠的蛋花湯。但小孩一直吵著要看母雞帶小雞。

撿了大概二十來顆吧，有一回再去撿蛋，發現黑母雞伏在雞窩裡，不肯走開，只好讓牠孵去。想說就算孵，也不過二三顆，沒什麼大礙。接下來的故事姑引小二的兒子一月間的作文〈母雞和牠的「沒有」〉：

我們家ㄧㄤˇ了兩隻不生蛋的母ㄐㄧ。有一天，有一隻母ㄐㄧ開始生蛋了。我們開始去ㄐㄧㄢˇ牠的蛋，煮來吃。有一天母ㄐㄧ開始ㄈㄨ蛋，不給我們ㄐㄧㄢˇ。我爸把母ㄐㄧ抱起來看，結果是沒有蛋。第二天我爸又抱起母ㄐㄧ，結果還是沒有。於是我爸說：「原來母ㄐㄧ在ㄈㄨ牠的沒有。」

二〇〇七年四月五日

附記：

偶從舊檔裡撿得此舊文，雖然這題目我還記得，但內容（購雞種種）細節許多都忘了，散文還真的有「備忘」的功能。最開始應是《自由時報》的邀稿，但如今也只在網上查到《星洲日報》轉載的出處。其時兒子還唸小學，如今已是高二了。那時住的還是租來的房子，而今搬家也五年了。

另一隻孵不出小雞的母雞，也經常佔著雞窩孵著牠的沒有。為了成全孩子看母雞帶小雞的心願，一天傍晚，我上市場買了兩隻小雞，趁著夜晚雞眼不能視物，塞進那隻空孵的母雞發燙腹下。次日我們一睡醒，就發現母雞興高采烈的咯咯咯帶著小雞，在園裡各處掏開泥土找蟲給小雞吃。

二〇一五年九月十八日

卷三：江湖

沒有查禁

——我那既被禁又沒被禁的新小說集

今年十月，我在台灣聯經出版公司出版了小說集《南洋人民共和國備忘錄》，旋即聽說在馬被軟性查禁——早在十月十六日即從大馬友人處接獲訊息：

□□□□（某大書局）原本想做這書的促銷（即多進、賣便宜），但又怕敏感，就循例去問內政部負責官員。該官員第一天說沒問題，只是不鼓勵促銷。於是（某大書局）就跟聯經下了普通的量。（大概一兩百本吧）打算低調賣就好。怎知第二天該官員打電話勸說不要進這書。有可能是□□（某大報）登了兩天的書訊，其中內容讓內政部改變了初衷。

兩個多月後，聽說書店普遍看不到我的書。我很好奇後來到底怎樣，有沒有相關報導、輿論界的反應之類的，於是再度問大馬的朋友。朋友告知：

內政部又沒正式頒布禁書令，只是海關明言在先不讓書進來，書局也就不進書，既沒進書，自然就沒有退書。換句話說，沒有白紙黑字，也沒有事實發生過，更不會有人承認，怎麼報導？

如此看來，有關方面運用高明的行政技巧，讓這本書進不了國門。既造成事實，卻又不必背上查禁小說的惡名，以免引起過度關注。

對我來說，被查禁其實可說是與有榮焉，可讓它立即蛻化成某種意義上的經典。公開被禁其實更有意思。禁令本身還可以拿來做廣告（在境外做成書的腰封，印成紅色的馬來文咒語體）。

在法的面前。門衛說，沒有文字禁令，但你不能進去。

抵達之謎。

查禁會讓它變成流亡文學。「沒有查禁」的查禁亦然。單就這一點，它就比馬華現實主義更為現實主義，也更為「本土」——被負面認可；這也可說是我的「文學性的奇幻之旅」

重要的一站。

當年《刻背》出版，我就以為會被禁（開馬哈迪的玩笑），也以為過境新加坡會被找麻煩——小說把那頭老獅子損成那樣——然而十多年過去了，什麼事也沒發生。我正慶幸這些人都不讀中文書。

這回當然和陳平恰好在九月過世、他屍體返鄉問題被大馬政府反應過度的處理成政治問題有某種關聯。《南洋人民共和國備忘錄》在那樣的背景裡，成了代罪羔羊。

否則，這二十多年來，爭辯「我方的歷史」的馬共回憶錄不知道出版了多少種，哪有聽過被禁的？

還是說，容許「紀實」，但虛構是被禁止的？境內出版是可以的。如果在境外，就不得返鄉，一如陳平的遺體？不管前者還是後者，就馬華文學與國家的關聯來看，都是有象徵意義的。

在馬共的視域裡，虛構是不容許的（即使寫小說），敘事不容超出經驗的平面（分析見我的〈在或不在南方〉）——因此對官方來說，那就無傷了。再怎麼記敘也只不過是失敗的歷史。虛構則可以開展「一種從來沒有發生過的歷史」，甚至是圖騰與禁忌；它或許可以直逼文學的起源，法的起源（德里達，〈在法的面前〉）——馬來西亞民族國家的法，馬共內部的法、「不容許虛構」的法。

生前被禁止返鄉掃墓、死後也不容歸葬的陳平，這位馬共永遠的總書記，無疑被大馬政府判決了流刑。那和平協約實質上是不對等的。有的禁令並不會公開形諸文字，但它在官僚系統裡被快速傳遞，並被嚴格的執行。他依法提出的返鄉申請因此一再被技術性的阻撓、拖延、駁回，門衛們當然知道老人最禁不起等待的，死亡的黑暗將快速掩沒他。泰國將是他永遠的流放地，他不知道自己的追訴期是沒有時效限制的。那永遠有效的追訴，讓他在大馬國家的法的門前，被禁止進入，即使成了一具遺體。這已是個殘酷的歷史判決：沒有赦免。

依遁「紀實」的法則的寫作是對抗不了它的。「紀實」只能讓遺體如其所是，不能讓它開出花來，更別說結果。

依我原定的計畫，這書今年初夏就該出來了。書稿（含序的初稿）二月中旬就給了出版社。雖其時還有數篇未刊，也都投出去了。小說從三月至七月間密集的刊登，至初夏也發表得差不多了（其時另一本的也「超前」刊了幾篇）。

依我原來的計畫，它的出版應該還要比陳平的逝世早上大半個月。不管早還是晚，這書注定會和實存的馬共發生纏結，但沒料到是以這樣的方式。

陳平逝後不久，大馬有朋友原擬募一個「如何讓陳平屍體返鄉」的小說集，但我其實對陳平的興趣不大（最近還是寫了篇「讓（流亡他鄉的老左）屍體返鄉」的〈祝福〉）。對我而言他也沒那麼重要，不過是那歷史悲劇之一員。小說原本就該超出歷史，比歷史更弔詭也更雄辯。但這書被阻止返鄉，就無奈的讓它變成陳平屍體的一種隱喻了。

在我看來，馬共與大馬民族國家做歷史解釋上的爭辯，勝算並不大（歷史解釋權一向掌握在當權者手上，經由意識型態國家機器不斷的灌輸、再生產），而新一代對這歷史包袱的興趣不大，覺得它百害而無一利。它唯一的出路是經由文學的想像辯證，而寄生在文學史裡。

而「南洋人民共和國」是我送給馬共老鄉們的，一個不存在的想像國度，一個異托邦。

最近讀到香港作家陳雲（他爸和我一樣是第二代大馬華人）短文〈南洋〉，有言：「這年頭的人，已不知中文有南洋之名」，「人文地理的南洋，已焉消逝。」（《新不如舊》，頁七）這當然只能說是「香港觀點」（對中原讀者而言，只怕更其如此）。陳氏以一九五六年的「南洋大學」為「南洋之名」的頂峰，而我這本小書，也算偶然的再度命名了「人文地理的南洋」。

我年輕時也不喜歡「南洋」這辭兒（那時國家認同還很強），覺得它太中國中心，也太過異國情調。但最近發現它或許有意想不到的功能——它似乎可以命名一種流亡的狀態。這指稱，或許恰恰超出了民族國家視域，指涉了我們憂鬱的南方。

二〇一三年十二月十四日，埔里牛尾

我們的新加坡

對我們這些在柔佛出生、成長的人而言，新加坡就像是馬來半島的一部分，即便它在一九六五年獨立建國了。這兩個民族國家的歷史太短淺，對老一輩而言，生命史裡有相當部分兩地是相連的，那是難以抹滅的記憶。對我們這些兩地建國後出生的人來說（譬如我出生於一九六七年，只比新加坡共和國小兩歲），因地緣的關係，新加坡感覺仍像是柔佛的「境內」。

我們南柔長大的華人孩子，幾乎是看著新加坡長大的，雖然不見得了解它是怎麼從馬來世界裡掙扎出一條自己的道路的。從小，我們聽的廣播、收看的電視節目，都是來自新加坡的。因此新加坡推廣的講華語運動，其功效遍及柔南——譬如我完全不識字的母親也是透過電視連續劇學會說華語的，菜市場裡男男女女普遍也會說音色粗硬的華語。但或許也因為如此，我們的馬來文比中北馬的同鄉差多了。那樣的環境，讓我們有機會依賴華語，雖然它在新加坡的處境很奇怪。但那時我們並不知道（也許也不怎麼在乎）李光耀把新加坡歷史悠久的華文教育系統（不只南洋大學，更致命的是全部的中小學）徹底拔除了。因為我們有相對可以依賴的華文教育，咬牙苦撐的華文獨中。但新加坡的價值觀，說不定也潛移默化的影響了我們。

中學以後，每年新加坡國慶，我們甚至都會收看李光耀的國慶華語演說——一問之下，好些柔南同鄉竟都有類似的經驗。長輩們也都在看，仔細的聆聽，雖然談到他關掉南大就一肚子火。可是相較於馬華公會那些腦滿腸肥的「代表華人」的商賈，每次看到報章載錄他們的言論都一陣痛罵。反對黨的格局卻又往往被大馬族群政治的現實逼到死角，看了唯有嘆息。

那些演說的具體內容現在不記得了，印象中必然會涉及這那島國生存境況的分析，從地緣政治的宏觀視野。舉凡政治、經濟、教育、軍事……李的邏輯非常清楚，咬字清晰，沒有任何虛華的廢話，實實在在的為自己國家的未來做生存分析。在我們的中學時代，那可能是一場深刻的政治教育。高中後期我也在書展裡買到過李光耀的演講集，泛黃的中譯本，紙頁光滑的英文本。多年以後，即使到了台灣，還是會留意李光耀的國際政治判斷，漸漸知道他是兩岸三地的資深傳話人。譬如在八〇年代末，李光耀就曾建議李登輝盡快和中共談判。那是台灣名列「四小龍」的風光年代，其時經濟起飛，「錢淹腳目」，不可一世。但李光耀說，台灣的優勢只有二十年，之後就沒有籌碼跟人家談了；確實，懷抱本土之夢、拒絕與中國接軌的台灣，這十多年來全面停滯崩落。對大國的恐懼卻有增無減，殷殷盼望的「遠親」美國日本根本幫不上忙。而中國從病貓重新翻身為猛虎，輪到他們「錢淹腳目」了，不止亞洲的野生動物被他們吃到全面絕種，非洲象的牙和犀牛的角也都岌岌可危。

從那些演講裡對馬來西亞政治的批評，可以更深刻的了解種族政治的實質——土著政策下，華裔人才的外流，是一個不斷迴旋的主題。演講裡清楚的召喚——如果馬來西亞不要你，來新加坡吧。那至少是個安慰。每日上下班時間長堤上的景觀（現在多半也還是如此）——那騎著電單車、開車的人龍，日日往返於新馬，只為了謀生。我們的親戚裡，幾乎家家戶戶都有人過著那樣的日子。在工廠裡，或做磨石（裝潢）、廚師，有的在那兒租房子。上焉者領取新加坡大學的貸學金，畢業後就留下了，成為那裡的白領。後一種情況最受家人期盼，尤其星馬薪資與幣值的差距越拉越大。新加坡提供了一個活生生的參照，為什麼幾乎同時起步的兩個民族國家，各方面的差距那麼大？

小鎮的書店沒有像樣的書，而吉隆坡對南馬來說又太遠了。高中時為了買書，有數度週末搭火車南下。那緩慢、走走停停——有時一停好久，好似睡著了——單軌，以致老火車需讓到旁邊去，待南下或北上的快車慢吞吞的通過。車行到終點，到丹絨巴葛那老舊的、殖民地時代土黃色的火車站。轉一趟車到百勝樓，那裡有幾家中文書店，賣許多泛黃的大陸書。多年以後我才知道，那些書店老闆多是昔年南大畢業的孤臣孽子，在華文教育漸漸死滅的島上，賣著讀者越來越少的中文書，像苦行，像守夜。最近有一回重返，有一家書店的舊書已堆滿到人都走不進去了。

高中畢業後等待留台的那年（那時新加坡還沒承認統考），故鄉經濟不景氣，我也曾和同學一道到島上打過短期工（觀光簽證有效的兩三個禮拜內）。在一間家具廠內，用釘鎗協助把那些廉價家具組裝起來。手拙的我，不知道廢掉多少半成品。負責工廠的邋遢年輕老闆，知道我們是準大學生，態度非常客氣。常請特愛加班的我們（加班的薪水可是一．五倍呢）吃消夜。但他有個壞習慣：常常後座的人還沒坐好，車子就逕自發動開走，需即刻大聲把他喊住。

多年後，我們昔年高中同班的留台人（都是南馬人）有多位畢業返馬後，輾轉落腳新加坡。在那裡謀生，買了房子，生小孩，甚至入了籍。有時路過新，會找他們敘敘舊。閒聊時比較住過的三個地方，對新加坡免不了有許多抱怨，無非是工作壓力太大，生活太緊張，而且感覺沒保障，好像隨時可能因業績不夠理想而被炒魷魚。他們也會懷念馬來西亞的生活，然而是過去的，悠閒而治安良好、生活步調緩慢的。會懷念台灣，但已是退休後的想像了。他們普遍覺得在新加坡不快樂。但那也許只是我主觀的感覺。

約莫十年前，一位學界退休的長輩，更是經常開著「馬賽地」到大馬打高爾夫球，就在昔日殖民地官僚的俱樂部裡。這位昔日的留台人也懷念台灣，懷念台灣的生活步調、人情味、熱鬧，較佳的學術氛圍。

在廣播或電視裡，常聽到此間政客名嘴羨慕新加坡羨慕得不得了。羨慕它的房屋政策、公積金制度；羨慕它的高所得，它的競爭力。甚至還羨慕它的語言政策——最近更聽到某昔日的政治金童大聲嚷道：「死抱著母語有什麼用？早就該全美語教學了，否則怎麼競爭過人家？你看印度人都當上微軟總裁了！」

父親出生於新加坡的王安憶對新加坡的語言處境有通達的看法：為了凝聚共同體，它需要一種共同的語言，殖民遺產是最便利的選擇，它可以避免民族間的衝突與憎恨，更可以讓這島國快速融入大英帝國殖民擴張造就的廣大英語世界，那幾乎已是「現代世界」的同義詞了。這是務實的選擇。為了生存，代價是犧牲掉詩意。母語、古廟、古墓、記憶、方言，都是詩意情感的核心。而近代以來，新加坡一直是馬來半島華人文化的重鎮，有著重重的累積，但很可能在不斷加激的現代化中，被剷除殆盡了。但它也許是義無反顧的追求「進步」的發展中國家共同的未來——徹底的管理、徹底的數字化、徹底的理性化，剷除一切可能妨礙進步的多餘的情感。李光耀意志下的新加坡，可說是東南亞土生華人有史以來規模最大的一場政治實驗，功過都有待更長時段的觀察，方能準確的評估。

一九六三年被冷藏行動逮捕的那代知識菁英，那被強迫犧牲掉的一代人，如果不是已過世，也都垂垂老矣。那被抹除的可能性，倘若成功的是他們，今日的新加坡會是怎樣的一副模樣，大概只有賴於小說家的想像了。

昔年讀《新加坡古史記》，對其中有一段記載印象很深。在新加坡初開埠的年代，柔佛州原始林裡的老虎常常在夜裡游過柔佛海峽，到獅島上去襲擊摸黑早起的工人。吃飽後，再悠哉的游回馬來半島遠古的雨林睡大覺。如果是母老虎，多半還會給孩子帶早餐回去。從史料來看，島上的民眾非常驚恐，因為此類事件「時有所聞」。用白話來說，就是「經常發生」。從馬來半島老虎的觀點來看，開埠後人口（潛在的「食材」）集中。而這種用兩條腿行走、反應遲鈍（很靠近了還沒聞到山大王的臊味）、跑得慢（哪比得上狗）、不太會爬樹（遠不如猴子）、身體軟軟的哺乳動物，應該是既好吃（不若穿山甲有討厭的鱗甲、四腳蛇有韌皮、烏龜有殼）又「手到擒來」的美食。

將近兩百年過去後，馬來半島的野生老虎早已瀕臨絕種。雨林被摧毀殆盡，從無邊無盡的橡膠園，到更其單調鬱悶的油棕園，僅存的老虎在盜獵的夾縫裡提心弔膽的過著苦日子。別說吃新加坡人，馬來西亞人都不太敢吃了。如果老虎的阿公阿嬤會講故事，談起祖先們游泳到新加坡吃人的光榮故事，境遇慘過病貓的後輩多半會認為那是天方夜譚。

二〇一四年二月十四日

華文課

台灣國高中的國文課，我們那裡（馬來西亞）叫華文課。台灣小學中學裡的國語、國文課，都是標準的民國遺跡，是一九四五年日本戰敗退出台灣後，中華民國重返台灣推行的、重要的再中國化政策之一。

在現代民族國家裡，國語文課一直是認同的戰場（毫不奇怪的，日據時代台灣殖民政府認可的國語是日語；馬來西亞的國語是馬來語）。馬來西亞的華語文課是仿照民國的體制而建立的。早年的課文甚至有直接挪用民國—台灣者（譬如我小學的華文課本裡就有吳鳳的故事），只可惜關於這課題，一直以來沒有詳細的學術研究。

當年在馬來西亞讀書用的華文課本，家裡沒保留下來——誰家會收藏這種準消耗品呢？年深日久，讀過哪些課文泰半都忘了。而我又沒教過台灣國高中甚至小學的國語文課，實不敢置喙。但從大學回望，還是有幾句話要說。

幾年前我為了某個研討會，做過近年來大馬華文獨立中學高初中幾個不同版本的華文課本的比對，唯一的收穫是一聲感嘆：近年那些華文課本竟然由董教總高層委託、外包給大陸的學校，從對外漢語教學的角度去製作。因此極端重視語法，根本漠視語言背後的文化根基，及在地的文學情感經驗。

重點就是這兩個。語言不只是語言，如果不以過去積累的經典為背景，它就貧薄而沒有深度厚度。如果漠視在地的文學情感經驗，就會忽略掉華人在星馬藉由華文體現出的生存搏鬥。簡而言之，華文課裡必須體現多重繼承：古典中國文學（最精華的部分，詩詞）；現當代中國、台港文學、馬華文學。

華文課原是場長期、深入的文學角力對話，在古今、南北之間，以學生的存在場域為地平線。

近年返馬，書櫃裡偶然找到一本老《華文》四上（高一）課本（一九七三年初版，一九八九年再版，這是我小妹的用書，扉頁還有她的署名。我唸高一是一九八三年，用的是同一個版本。），那被遺忘的選文讓我吃了一驚。我特別欣賞的是以胡適〈文學改良芻議〉、蔡元培〈中國新文學大系總序〉為開篇的設計，這是非常有見識的，以文學革命的現代文化史開端為基點，回望古典中國文學。多年來在大學上課，最感慨的是學生連〈文學改良芻議〉都沒讀過，且普遍不知道《胡適文存》是值得，且有必要一讀的。如果把那些統統都看成殖民文化，就不只是愚蠢了，簡直是反智。

印象中我們那年代，高中時文言文的篇章就變多了，白話多要求自習。

從這四上課本選文也可看出，那些多半來自中國的老一輩教育工作者確實是用心良苦。也許南來文人都有幾分流亡者的孤臣孽子心緒（他們的身世裡都有國破家亡的酸辛），而寄希望於異邦新苗。這些最低限度的文言教材（很多人中學以後一輩子都沒機會再接觸古文），都經歷了新文化運動嚴酷的汰選。對於當下的華文讀者而言，提供的是個語言和情感都提煉得無比精緻的對照。既可以陶養品味，也可以做為寫作時反思對抗的背景。

彼時真正值得一讀的馬華文學確實如鳳毛麟角。多數淺白直露，甚至叫囂，無餘味，文學眼界水平其實不見得比用功的初中生高。如果是近年，我會推薦溫祥英〈清教徒〉之類的作品，一如我對台灣大學生沒讀過賴和的小說會覺得不可思議。那是在地寫作人和他的生存境遇、甚至和中文對抗的產物。澀，甚至苦澀，恰是它的本色。但那和周作人散文的澀不是一回事，後者優游於浩瀚的傳統資源，而前者近乎徒手搏擊。

但如果課文只著重本地風光，少了那古中國文學千年的富麗綺靡作為潛在的背景，對文學與語言的想像只怕是易流於單薄，甚至粗鄙、貧乏。但如果只偏重中國文學，卻難免欠缺只有在地文學能調度的，生於斯的深刻共同情感了。尤其對於生活在南方的我們，北國的生活經驗畢竟是不同的，華語在文學裡已有了不同的命運。

但印象中我們讀過魯迅的〈故鄉〉、〈藤野先生〉、〈孔乙己〉等名篇，及徐志摩〈再別康橋〉、朱自清〈背影〉之類的散文名篇。經過數十年的淘洗，現代文學能留下來的其實也不多。魯迅被徹底政治化後，他作品裡的沉鬱苦澀即使中國讀者，也難以體會了。沈從文的《從文自傳》（比單薄的《邊城》耐讀多了）及若干短篇、張愛玲的〈中國的日夜〉（甚至整部《傳奇》）、陳映真的早期小說，白先勇的《台北人》，王禎和〈嫁妝一牛車〉、郭松棻〈草〉都是該有的，即便是作為課外補充。文學畢竟是深刻的情感經驗。

眼下台灣的民國屋頂正在崩垮中，實質上國文已經是華文了。會不會有一天變成台文呢？我不知道，但如果那樣，一定是個悲劇。

對大馬華人而言，各自的方言是母語，華語也是。即便有不知哪裡畢業的語言學者說華語不是華人的母語，那也不算是外語。方語與華語之間的可譯性遠大於與外國語之間。與其說這是分類上的問題，不如說是母語概念本身就是含混的，情感的，並不嚴格。

漢人的社會生活普遍都深深受血緣（同姓，宗祠）與地緣（祖籍，出生地，方言）制約，即使是想搞造反也還離不開這典型的漢族框架（譬如福佬沙文主義）。星馬華人歷經維新與革命的洗禮後，好不容易藉中國民族主義的跳板稍稍跨出各自方言群的小圈圈（早年連墓地都依方言群而分，福建人的墳地是不葬廣東人的，依此類推），以華語為集體的共約數，因而華語乃成為華人共同的母語。對我們而言，這是華文的地緣政治背景。它是免於

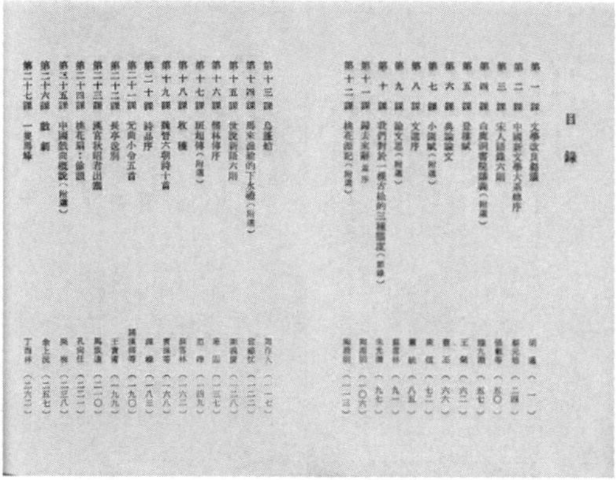
目錄

第一課	文學改良芻議	胡適	（一）
第二課	中國新文學大系總序	蔡元培	（二四）
第三課	宋人語錄六則	張載等	（五〇）
第四課	白鹿洞書院講義（附選）	陸九淵	（五七）
第五課	登樓賦	王粲	（六二）
第六課	典論論文	曹丕	（六六）
第七課	小説賦（附選）	[illegible]	（七二）
第八課	文選序	蕭統	（八五）
第九課	論文忠（附選）	[illegible]	（九一）
第十課	我們對於一種古物的三種態度（節錄）	朱光潛	（九七）
第十一課	歸去來辭並序	陶淵明	（一〇六）
第十二課	桃花源記（附選）	陶淵明	（一一三）
第十三課	烏篷船	周作人	（一一七）
第十四課	[illegible]（附選）	[illegible]	（一二三）
第十五課	世說新語六則	劉義慶	（一二八）
第十六課	儒林傳序	宋濂	（一三七）
第十七課	班超傳（附選）	范曄	（一四九）
第十八課	秋　殤	[illegible]	（一六二）
第十九課	魏晉六朝詩十首	[illegible]	（一六八）
第二十課	詩品序	鍾嶸	（一八三）
第二十一課	元曲小令五首	[illegible]	（一九〇）
第二十二課	長亭送別	王實甫	（一九九）
第二十三課	漢宮秋昭君出塞	馬致遠	（二一〇）
第二十四課	桃花扇：餘韻	孔尚任	（二二一）
第二十五課	中國戲曲概說（附選）	[illegible]	（二三八）
第二十六課	戲　劇	[illegible]	（二五七）
第二十七課	一隻馬蜂	丁西林	（二六二）

一盤散沙的黏合劑。華語說聽起來沒有方言親切，對只活在方言裡的人而言，難免會有一種翻譯般的陌生性，甚至有種機械感（譬如在新加坡）。但它胸襟開放，容許各種鄉音進駐，讓它聽起來既熟悉又陌生。它不像方言那般狹隘、排他，它有一種素樸的現代感。雖然，它的母體是中國北方官話，是受過北方民族數百年殘酷的洗禮過的。

華文課不是門簡單的課，文學、政治、文化、歷史都在裡頭。

華人是一種現代發明，華語華文，我們的現代文學當然也都是。

二〇一四年八月十八日，埔里

我們的民國，我們的台灣

住久了你會發現，台灣真是個奇怪的地方，不只因為它長期籠罩著民國的蜃影、紅色中國的陰影；飄蕩著期待「穢土轉生」的日本殖民帝國，和繞著整個地球維護自己國家利益的流氓帝國「米國」的幽靈。

我們這一批十九歲負笈台灣留學，之後就留下來工作、定居的大馬華裔，年過四十之後，在台灣的日子就長過在馬了。而且後者基本上凍結了，但居台的日子還一直累增中。身為寫作人，不管住多久，你還是會被歸類為「馬華」，即便你努力想脫掉那一身也許略嫌土氣的衣裳。

不止如此，如果不是乾脆當你不存在（管你寫什麼，「恁爸」沒興趣看。）我們最常被問及的問題之一竟然是——為什麼不以台灣為背景，重新再出發？為什麼不寫台灣？如果政治意識強一點，甚至會直截了當的指控——你腳踩台灣地、吃台灣米、喝台灣水、曬台灣太陽，怎麼還老是寫馬來西亞？言下之意是，你不覺得可恥嗎？被歸類為「懷鄉文學」，被愚蠢的質疑「窠臼」算是客氣了。

晚近我委婉的回答是「我的寫作本身就是台灣經驗」，嘗試把它問題化為「台灣文學裡的馬華文學難題」。後者，台灣文學本土論述的大老邱貴芬聽了即回應說，「我覺得你說的那些都不是什麼問題」。看來似乎是我們自己的問題。

然而邏輯上，台灣本土論者最引以為豪的鄉土文學，不也是一種懷鄉文學嗎？差別在那裡？所以我認為對我們而言，鄉土文學論中的鄉土／都市區分只怕不是最根本的，更根本的區分是我們的鄉土／你們的鄉土（我鄉／他鄉），二者的差別既是時間的，也是空間的。三〇年代馬來亞的左翼文士借用中國的理論資源總結出來的此時此地的現實論，適足以概括之。彼時此時此地論的攻擊對象「僑民文學」，即是南來文人以中國經驗、以中國為背景的寫作。五〇年代的台灣的反共文學，所謂的外省懷鄉文學，也幾乎是同一回事（這種異時異地雷同現象的結構性問題，我在〈無國籍華文文學〉裡曾申論過）。此時此地論當然是政治的、情感的，早期左翼文學視寫作為即時的抗爭武器，那樣的強調無可厚非，也有助於讓在地文學找到自身的位置（時下常言的主體性）。但如今竟被調度作為一種排他性原則（譬如老朋友莊華興也用同樣的邏輯來批評我這個離鄉的人——「離鄉太久，對大馬的現實已不了解了」），是不是過於欠缺反思？文學的良窳和那有關嗎？——但這顯然不是他們關心的事了，因此更多人會進而選擇對我們的作品視而不見。但視而不見還是比愚蠢的胡說八道好。

我來台灣次年政治解嚴，又一年蔣經國逝世。在本土化的巨浪中，我們的「僑生」身分的正當性也備受質疑（被認為是來佔便宜的，彼此都不知道那是大國冷戰布局的小螺絲釘），那也刺激我們反思自身的身分處境，也嘗試抗拒那樣的身分歸屬，抗拒民國的中華文化說辭。但那時並不知道，僑生這舊時代的身分標誌，關涉的是近代中國複雜的歷史糾結——民國的流亡，國共內戰戰力懸殊的延長賽，冷戰，馬來西亞民族國家種族政策的詭計（讓那些受獨中教育、「麻煩」的、忠誠度可疑的華裔子弟到美國卵翼下的孤島去受反共的中產階級教育，避免對紅色中國產生傾慕；再用不承認他們的大學文憑讓他們返鄉後吃盡苦頭——連考個本科的證照都很喫力）等等，甚至也必然被捲入台灣島本身族群認同鬥爭裡。「僑生」的結構位置和外省人一樣，不是台灣的僑生，而是民國的僑生。我們一開始就被卡在台灣／民國的夾縫裡，即便主其事者有其特殊的政治考量，無可諱言的，我們仍是受民國中華民族主義廣大而破敗的屋頂的庇護（相較於馬來民族主義的踹離），而得以受高等教育，甚至進而成為作家。也許會對諸多民國的遺留物習以為常——繁體字、注音符號、國語、國文、國學、民國紀元、民國國旗、國歌、國慶、國父、釣魚台、南京……。但如果你繼續留下，留得夠久，或許就幾乎難以避免的被拉進民國—台灣南明般尷尬的境遇裡。不可能迴避孤島化後的民國創傷，殖民經驗給予台灣的自主想像。或許將同時感受兩種悲情：民國的悲情，台灣的悲情。

我們的民國，這樣的表述難免是誇大其詞，即使已從巨人變成侏儒，它還是擁有可觀的象徵資本，它的子民還有四海一家的想像，甚至「無名目的大志」。我們的台灣，則更幾乎是僭越了。「我們」晚近的歸類也許近於「外配」（外籍配偶）——李永平、張貴興、張錦忠、高嘉謙莫不如此，但我和我太太比較特殊，「互為外配」。來自大陸、越南、印尼，大部分出身窮困家庭，千里迢迢渡海嫁進沒有台灣女人願嫁的弱勢家庭（底層的——收入低的，老的，甚至殘病的——大馬華社近年也是如此），生育新台灣人，並支撐起鄉下最基礎的勞動力，譬如採茶、割茭白筍，種地。也許受到加入WTO的衝擊，在我居住的農村，最年輕的本土勞動力，是平均年齡六十以上的阿公阿婆。而今大部分年輕人都去唸大學（管它程度多差——一種台式平等），而唸了大學，誰還願「降格」務農？偶有，一定上報，因為稀罕。

即便是不計在台北唸書的日子，自一九九六年南下埔里以來，也已經十八年。這十八年裡，台灣發生了許多事。解嚴後，「民國」幾乎被凍結，台灣更其台灣——理論上它應該更民主，更自由，百無禁忌，在文學領域幾乎就是如此。然而，台灣民眾的薪水也就幾乎停在那個時刻。自李登輝「戒急用忍」的兩岸政策之後，希望走自己的路的台灣，面臨了國際政治現實的嚴酷考驗。歷經政黨輪替，「愛台灣的人」情感上得到充分滿足之餘，談不上有什麼特別的收穫。外交上走不出去（徒花天文數字的美金——誰不看大國臉色？），經濟上也找不到新的出路（如何繞過崛起中的大國近鄰？）。更何況，獨立建國並不符台灣最依恃的靠山美國的利益（只怕難免於戰火）。既無法拋棄民國這一襲破舊的袍子（那是中共容忍的底線），又受不了民國這對他們而言污穢染血的緊身衣。

兩黨制，結果是互相扯後腿，各自為己方的政治利益纏鬥，而讓這艘船完全看不到未來。政客的短視，立法院的毫無效率，行政系統的全面癱瘓生鏽，讓它早已被遠遠的甩在亞洲四小龍的後頭。

但每每看到新加坡大學[1]的世界排名遠在台大之前我們都很不以為然。新大？有冇搞錯？不過是擅於技術上滿足西方的評鑑標準。但不少愚人因此鼓吹中華文化區也該用全美語教學——以便和世界接軌——英殖民時代的馬來亞，不是因此才努力創設以華文為教學媒介語的南洋大學嗎？台大和新大的國際排名差異，不正是當年李光耀滅掉南大（現在的南大是

1 有一位囉嗦的臉友一再指正我應該用「新加坡國立大學」，而不是「新加坡大學」，簡稱時應用「國大」而不是「新大」，因為「名從主人」。本文裡用的是舊稱，「國大」對新加坡人而言是準確而熟悉的簡稱，對我而言則不是，聊備一註。

新大的山寨版）的理由嗎——沒錯，就是用「學術評鑑」。但近年台灣高等教育也用愚蠢的新加坡方式來爭排名了（如果你用全美語授課，一個學分算成一．五學分），鼓勵論文用英文發表在「國際學術期刊」，論文發表且一定要匿名外審——於是一切都被形式化。學術的新加坡化，而拋卻實質的優勢。因此我們年年被「評鑑」搞得不勝其煩，思考問題不如滿足官方要求的數據重要。台灣所有有根基或沒根基的「南洋大學」，都努力向新加坡大學轉型，雖然百分之百排名還是遠不如人家。

但在這裡，至少努力就有機會出頭，不必被種族固打制擠到框外。文壇整個把我們略過去、書賣不動？沒關係，還是有出版社肯出版，顯然文化理想還在，也許還撐得下去。這裡文理工商醫的底子都比馬來西亞深厚得多，這樣高平均水準的大學教育可能也是全世界最便宜的。每聽年輕人抱怨，我都建議：不妨出去走走，不管好壞，比較一下。文學上更是如此，除了東南亞華人對台灣文學高度尊重之外（這一定程度的拜僑生政策之賜），其他任何地方（包括台灣最仰望的美國和日本），台灣文學都被附於中國現代文學之後，它都處於漢學的邊陲線——比馬華文學好一點。馬華文學在邊線的外側，它好歹還在內側。

當然，台灣真是個奇怪的地方。在百業蕭條的年代，詐騙業一枝獨秀，甚至有能力技術輸出，反正被抓到罪輕得很，不見得會坐牢。殺一人也不會被判死（〈殺一人真不判死！男童割喉案二審仍無期〉中時電子報http://www.chinatimes.com/realtimene

ws/20141007003610-260401），法官一般對凶手很慈悲，如果是初犯又有「悔意」，或者殺人手法太「輕」（〈女大生遭灌瓦斯死亡／法官稱「輕手法」殺人 判兇手免死〉《自由時報》二〇一四年十月八日http://news.ltn.com.tw/ news/focus/paper/819811），殺幾個人也不會被判死（道歉就算良心未泯？惡男四度殺人　檢認有悔意判無期https://tw.news.yahoo.com2014/10/15），如果你有「悔意」，因為死人沒有人權需保護，活人才有。殺人不是不可以，一次殺一人就好，而且手段要溫柔，被逮後要深具悔意——流淚、道歉、下跪、允諾賠錢——誰犯罪被抓不是玩這一套？有的乾脆叫老媽去跪。那不是變相鼓勵「非法正義」嗎？但冤獄也時有所聞。動物保護法保護動物，故狗咬人沒事，人咬狗就會被告。受保護以致過量繁殖的獼猴侵門踏戶，你也不能動牠。反對設賭場，但地下賭場無處不在。各地方拒絕設紅燈區，私娼卻遊蕩於賓館酒店之間。自詡為美食王國，原來它的底子是餿水油和飼料油。華人的聰明奸宄，在這島上一覽無餘。

鄉愿，重男輕女，血緣和地緣關係仍主宰著社會關係，逢事關說（從小孩唸書，到立委的官司）。男女分手時把女友亂刀捅死，幾乎每週都會發生。頻繁的程度一如詐騙，幾乎可說是台灣特色了。一如台式民主，台式交通習慣，台式法院，台式過街老鼠總統。

貪污？台灣還抓得到，馬來西亞簡直就是國家分贓體制的一部分了。立法院霸佔主席台耍流氓、打架？在英國人留下來的體制裡，早就清場、抓起來了。臉書上人人在罵馬英九總統，如果是馬來西亞，內安法令之後有煽動法。在馬來西亞，公共政策無從監督，公務員佔人口比率之高世界第一，效率之差大概也是名列前茅。

近年此間年輕人在鬧世代革命，高喊世代正義，凡事怪政府，「政府為什麼對不起年輕人？」喧騰一時。我有次忍不住感慨：有個政府可以抱怨已經很不錯了。抱怨其實隱含著期盼，表示政府其實還是有希望的——即便相當微渺。然而來自馬來西亞的我們，面對種族政治，早就習慣什麼事都自己來了。人生苦短，很多事都不能等，等它垂憐你可以等到老、等到下輩子。

馬來西亞經驗（或許加上新加坡經驗）讓我們凡事有得比較。半年前大馬大選，同鄉異常興奮，好像政黨輪替指日可待（這多半還是受到台灣政治變天的刺激），甚至一些數十年不曾聯絡的朋友都來聯絡，要我表態，但我異常冷淡，不全然因為已是異鄉之人。年輕時我們都細讀過楊建成的相關著作，知道大馬的選區劃分的詭計（劃分的結果是，華人選票好幾票只抵馬來人一票）。更何況，大馬的憲政結構，國會之上還有由各州蘇丹組成的統治者會議，必要時可解散國會。換言之，大馬的政治體制不是什麼虛君共和（別天真了，朋友們），而是以封建制為民主制的鑄鐵屋頂。最高元首由統治者會議選出，權力不下於泰皇。那整個即是大馬民主體制防止翻盤的煞車掣，它的背後就是主要由馬來人組成的軍隊警察，基本目的是維持馬來至上的優勢。靠選舉處理不了它，沒有人會輕易讓出到手的優勢。除非是革命，但革命太難，而且一定被種族化。閒聊時，大馬的年輕朋友認為台灣問題比大馬問題複雜多了，但我的看法正相反。兩岸、統獨，都不過是歷史的陣痛。連每年花多少天文數字的國家預算養那九個皇室，自建國以來，身為國民你也無權知道。更何況，還有那碰都不能碰的伊斯蘭教。在大馬，非回教徒連阿拉都不能呼喚。

李光耀長期以來從地緣政治的整體視野對民國—台灣命運的觀察（最終被大陸統掉是必然的），迄今猶被本土論者嗤之以鼻。但二十多年前他對李登輝說台灣的優勢最多只有二十年，卻不幸而言中了。那時的台灣「錢淹腳目」，南方智者的諍言，當然被當成屁話了。台灣被譏沒有國際觀也不是一天兩天的事了，連可能直接影響它命運鄰國都沒興趣多了解。國外的災難，最關心的就是裡頭有沒有台灣人，運動賽事只要台灣選手一出局，那比賽好像就結束了。如果沒有台灣選手參加，就好像停辦了。不想依賴大陸而轉向東南亞投資的「南向政策」，但竟然對印尼、越南的國土民情、排華歷史一無所知。排華時誰管你是哪裡來的？「Taiwanese」的標籤就免於挨揍？會不會太天真無邪了。這常識原本看電視就該知道的，但如果你只看台灣的電視節目，可能就不會知道。

小國的夜郎自大（自認為是亞洲中的先進國，僅次於日本），自我想像的大國的老態龍鍾，反應遲鈍（譬如其國籍法，竟然沿用民國初年的，對移民的輸入極為不利）。僵化至極的會計法，疊床架屋、多如牛毛的法令，讓它遇到世變時，調整起來總是慢半拍。

統一或分離的歷史進程，甲午戰爭留下的歷史問題，持續本土化過程中的歷史暴力，我們也許都將共同見證民國的日落。俗話說，計畫趕不上變化，但這座島的種種政策實在看令人不出有什麼長期的計畫。恐共教育深入骨髓。先見每被譏親共，或干涉內政，將來的台灣，是蛻掉民國這老舊的硬殼，自我重生為民主國，還是被北方大國一口吞下，那只有等待時間的裁決了。習於後見之明，也可能是另一種習性。

從雙十國慶動手寫這篇文章，假油事件一路延燒。從混油（我家赫然有一瓶用掉一半的沒有花生的花生油），到餿水油（愛在外頭吃炸雞排的青春期兒女一定吃了不少），飼料油。我們常買它們的食品的大廠味全，竟然是家大詐騙集團。前些年台灣媒體每譏笑大陸專生產黑心貨，山寨仿冒，無所不用其極。如此浮現的事實是，華人的唯利是圖大概都一樣，當金錢成了唯一的價值信仰，還有什麼是不能賣的。華人的聰明奸宄苛刻，到哪裡都是一樣的。那一直是華人移民的生存資本，遇強則屈、有洞則鑽，遇弱凌之，也幾乎是一種天性了。大馬政府反正不管（官員們有更重要的事要做，比如：搞錢），即便有，也沒人知道。

詐騙（聰明，極具表演天分，快速吸收新資訊），酒駕撞死人（膽識過人），屠殺分手女友（愛妳入骨），處處工程弊案（不吃可惜），關說（法律不外人情），鑽法律漏洞（有漏洞表示法律不完善）……有些東西一直反覆出現，就像信仰那樣牢固，必然有其深厚的社會基礎。

一道吃餿水油、飼料油的台灣經驗，應該讓那些愛台灣、文學上有著強烈地盤意識的台灣朋友們，對我們產生一種革命情感吧？

雖然，寫到這裡，我也不知道這「我們」包含哪些人。

唉民國，對今日的台灣青年而言，豈不也是本該給老母豬吃的廚餘餿水油？可嘆的是，台灣的工業技術實在太好了，連大廚阿基師都吃不出來，活該全民當豬餵。不知道這令人尷尬的現代性該算是台灣性（本土論的關鍵詞），還是民國性？不論本省人還是外省人、外勞還是外配，其實我們一直都默默的吃著台灣製造的、本土的飼料油餿水油，沒查出來的一定更多。

二〇一四年十月十三日，十月十七日修補

江湖上那些研討會

半個月前，在台北某紅樓舉辦的一場研討會上，一位擔任我論文講評人的老師輩、著名的馬克思—盧卡奇主義者A，在往返幾回論辯之後突然宣布散會，放下麥克風朝著我發飆：「只有你們右派不會教條，只有我們左派才會教條是不是?!」連續重複了兩次。我原本以為他是開玩笑的——以往，他如果不同意我的意見，或想批評我，一定是一邊笑一邊說，帶著幾分開玩笑的意味（用笑來稀釋不滿），未曾板著臉——因此我當即凝視著他的臉。只見那張臉蒼白猙獰，雙目圓睜，露出幾許凶光，嘴唇微微發抖，看得出是頂認真的。我坐在他身旁好一會了，可並沒有聞到酒味，應該不是酒後失言，倒像是憋很久了，終於忍不住。看我盯著他看，他還憤憤的補了句：「我對你已經很客氣了！」於是我只好「落荒而逃」，臨走前朝他丟下一句「你失態了。」

「不要那麼沒風度。」

嘲諷的是，前一場研討會我擔任講評討論的一篇論文，主題是現代中國第一代馬克思主義者瞿秋白的假面，不料竟親身經歷一張假面血淋淋的撕開。而前不久，我還應他的愛徒之邀寫了篇散文〈聊述〉，稱讚他的雅量、愛才、仗義執言等美德（雖然也不客氣的批評他學問四十多歲時即遽然停滯）。這次研討會是那篇散文刊出後我們第一次見面，我也有點忐忑，他會不會在意我對他的批評。事前也和友人私訊說，這次見面是個驗證。事實證明，A是在意的，而且非常在意。當然我完全可以理解。如果被寫的是我，我會絲毫不在意嗎？或許也不見得。

私底下的話變成公開的言論，雖然是大家都知道的事，還是不免有幾分難堪。感慨的是，〈聊述〉開篇引的另一位老師的話（在策略上，那是引來做預防針的），說世間所謂朋友知己，「內中多雜輕與妒」，或竟不幸而言中了。

事後，A的愛徒電郵緩頰，說她曾被A於酒後痛斥達數小時之久，而且有此際遇者不只一人。我告訴她我和她們不同，嚴格說來A甚至不是我老師，學問上我從未從他那兒學到任何東西，我們頂多誼在師友之間，休想對我來傳統中文系那一套。他又不是最近才認識我，這回他踩到我的紅線了。我問另外一個朋友，打個比方，妳能接受認識多年的朋友突然對妳亂抱亂摸嗎？

我的論文批評王安憶在《啟蒙時代》中浮露出的「意識型態天花板」，一如其《紀實與虛構》；現場回應時對某大陸年輕學者不客氣（關於王小波小說的文革反思），竟然會令一向對我頗為克制的A「翻桌」，怎麼說都是件令人遺憾的事。

（附記：後來見到一位和他很熟的學界朋友，說他其實一直都是那樣的，把研討會當成應酬取暖的場所，一旦你認真他就介意了，尤其別批評來自「祖國」的學者。可見我畢竟是局外人，太天真了。他之所會和學界中人處不來，看來也是事出有因。）

研討會是「今之舉業」重要的一環，也早已成了現代學術資本市場一種怪異的產業。自從台灣的大學也瘋排名之後，每逢研討會的季節，各校都搶著辦，好像大型水果展，香蕉、芭樂、巴掌蓮霧、西瓜、鳳梨、樹葡萄……。經費拿越多的規模「搞」越大，家家都要搞「國際」的，總要安插幾個日本美國歐洲學者。如果沒有魚，那蝦子也好。因此常見到香港、韓國學者及新馬同鄉，與及不知該算國內還是國際的中國大陸學者，以蝦子、螃蟹或「梭冬」（sotong，台譯花枝）的身分出席。

單是這半年，我自己就有四場（僅算有宣讀論文的）要出席。圈子小，朋友邀的，師長輩邀的，甚至學生輩邀的；有的早早就答應了，有的硬是半途插進來。江湖道義，魚幫水水幫魚，一不小心就超過了額度。寫這篇文章的時候，再過一週台中有一場頗為盛大的，十二月下旬台北又有一場。

對我而言，有時不過想趁機和朋友聚聚，逛逛書店而已。

我最早在研討會上發表論文是一九九一年（〈神州〉論文），迄今已二十二年。這些年也不知究竟參加了多少研討會。究竟有沒有學術上的實質收穫？坦白說，非常有限。發表論文時很難得到有益的修改意見。即使認真講評，聽者要不「左耳進右耳出」，就是明顯的不高興（如果是學生輩，倒是比較能認真的接受）。

會議論文長度一般要求一萬至一萬五千字，宣讀論文的時間十五分鐘左右。如果當真宣讀，一萬字都讀不完。但偏偏有人會呈交三四萬字的冗長稿子，唸不到五分之一鈴聲就響了。論文是現場發放的，匆促之間很少人有能力迅速看完並掌握要點（雖然大部分論文往往都很不怎麼樣，不值得細讀）。

更糟的是，有的論文是開會當場方交出，有的從來沒寫完，有的只有大綱現場發揮隨便亂講，有的是舊文的重組。會太多了，學者疲於奔命，要緊的是應付過去（我自己有時也寫得很不滿意）。討論？很多研討會根本擠不出討論時間。即使有那麼一丁點時間，也很少遇到有意思的問題。程度是個問題，怕得罪人是另一個問題，而很多論文也其實沒什麼好討論的。

講評（特約討論）是另一門學問，很多老前輩講評都不必讀論文現場發揮隨便亂講，反正沒有人膽敢質疑他，輩分就是一切。否則各種匿名審查落到他（或他的學生、朋友、黨羽）手上，結果可想而知。能犀利的切中問題、俐落的剝開來談的，絕無僅有。也不會過得太好。

應該要溫柔敦厚。

我平生遇過最「蝦」（瞎）的講評是二〇〇一年在政大宣讀〈中文現代主義？〉時。我的討論人咱們中文學界的C教授講了一堆廢話，「這位作者看來是外文系出身的，他的中文是他論文裡說的破中文，用了許多我們中文系並不熟悉的概念術語，讀起來像翻譯……」不針對論題，而就我論文的「可讀性」東拉西扯。等他廢話講完輪到我答辯，我只說了句：他的講評完全和我的論題不相干，我拒絕回答。而且接著他問我的任何問題我都不予回答。

另一場比較有意思的是一九九八年在美國哥倫比亞大學（我多年來唯一的一次美國行），由王德威教授召開的（主題我忘了），不設討論人。我發表批評張大春的〈謊言或真理的技藝〉，當事人在場（那時他仍是台灣文壇的天之嬌子），當場挺身為自己辯護。他講什麼我忘了，只記得他引述一本其時剛出版的新書《發現經度的人》，大概是說他小說的原創性猶如發現經度那樣的重大突破，不是我這種後生小輩、鄉村教師能理解的。說也奇怪，此後他的三桅船「大說謊號」就整個的遠離現代文學的水道，快速的航向老中國去了。

還有就是有幾年哲學界的朋友K在南部辦的每篇論文發表時間有一小時的研討會，那是唯一有可能好好討論的，但那樣的研討會場面盛大不起來，也不易「國際化」，累積績效。

大學時代常和女友到處去聽研討會，且不止於中國文學領域的。歷史學的，心理學的，社會學的，哲學的……反正那些研討會幾乎都不設限，有冷氣吹，還有便當吃。有時會很難得的看到學者們犀利的交鋒，但有的發表人是完全不能接受批評的，燃點很低，當場發飆。有的很混，多年以後遇到還是那樣混。

當時在台北，有隻熱帶魷魚被與會者指出，同一篇論文在那鮭魚洄游的季節依序發表於新加坡（或大陸）、香港、台灣的不同研討會，「一字不改，一魚三吃」。前年在故鄉的廢礦湖大學的一場研討會上與已然「德高望重」的此君重逢，明明安排了他講評的場子竟然直接把時間開放給現場討論，且以主持的權力早早結束會議以便吃茶點，令人印象深刻。

以中文相關領域而言，也發現學者們會有「類聚」的現象，有某些人幾乎總是同時出現在某些研討會，互為講評主持發表，有時也互相掩護。一旦被逼問急了，主席就會用特權把會議提前結束。

年輕時印象最深的是，有一回龔鵬程教授發表論文，講完後鴉雀無聲，半天都沒人敢問問題；另一次則是他老兄問了不同場次的與會學者好幾個「第一頁的問題」，還當真個個擊中要害——連第一頁都沒寫好。

當時的感想與其說是「這個人怎麼這麼厲害」，還不如說是，「這些人怎麼這麼弱」。

當時就該發現我們這江湖的部分祕密了。

二〇一三年十一月二日，埔里牛尾

讀中文系的人

1、後（post）乾嘉學風。沼澤

這幾年來在學術實習的場合上發表的大部分是現代文學方面的習作，因而選擇這樣的題目和題材對於熟知我的朋友們也許不免會覺得納悶，容或有解釋的必要。隨俗而言，這或可以說是遵循了王文進所長在我們初入學時屢屢以「身教」倡議的「逆向而行」；但其實完全也可以不那麼媚俗，我有我自己的理由。

題目中的「語言文字之學」有其反諷的意味。對於章太炎來說，那是一個始終不曾跨過去的門檻，他在它面前止步；而我們恰恰身在它已成風氣之後，弔詭的是，門檻依然是那道門檻，只是我們的位置和章太炎不一樣，「在另一邊」。身在中文系，不管情不情願，都必須去面對它，它業已體制化為一門學科入門的必然要求。

我的問題意識有它可以追溯的根源。一是中文系四年痛苦的「小學」教育。那是杜其容老師在臺大的最後一年，她口才一流，說解精詳，擅於系聯；卻由於絕對的嚴格而在系上造成歷史性的恐怖氣氛。在觀念上她認為不曉得辨別、聆聽、發出中／上古聲韻就不可能也沒資格閱讀古籍，因而嚴格守門。遺憾而又不幸的是我宿慧不足，不論聽之以耳還是聽之以心，都無法辨識那遠古的逝去的聲音，而舌重目乏，而俯耳就當。那也是龍宇純老師主掌臺大文字學的倒數第二年，由於不能掌握他昂貴、文字表達之難以破譯不下於現代主義者七等生的《中國文字學》文脈中不斷爭辯著的內在敵人，而索解無由，靠背過關。張以仁老師的訓詁學和聲韻學有極密切的內在聯繫，因而氣氛也相當恐怖，只是恐怖的方式頗不一樣。正式上課前在學長姊的「口述傳統」中早已核對了山雨欲來的氣象預報；而三堂課逐節點名，也有效的制約了蹺課的季候風。經常是讓秀麗端莊的女同學在黑板上以端莊秀麗的字抄寫沒有標點的古書段落（有學長姊筆記的免抄，忠實度幾達百分之百），我們的工作是以新式標點離析上下文。在無盡的標點符號練習曲中，我們小心翼翼的拿捏古人的情緒，跟隨老師在一本新文豐出版社盜印的大陸訓詁學教科書上仔細的校對簡體轉化為繁體之後留下的盜版形跡。考試的結果總是不出所料的——歷史性的哀鴻遍野，在集體的依傳統方式尋求緊急補救之後，讓我們得以滿身污泥的低空掠過那一片不堪回首的沼澤地。而在那本印得很爛的

《訓詁學要略》中，我卻也發現了一些有趣的事物：王念孫的《釋大》、程瑤田的《果蠃轉語》、章炳麟的《文始》——如果不把它當「訓詁學」著作，倒可以讀出些許中世紀鍊金術的詩學趣味來。同年旁聽周鳳五老師的文字學，聽他口頭註解《中國文字學》、補充龍書沒寫出來的部分、比較近代各文字學大家的說法；從而在「一家之言」之外重新認識了許多問題，也為我們離析出龍書中主要的內在敵人——唐蘭。在裝飾趣味極濃卻又老是描不像的古文字的辨識和試描的過程中，重新感受「識字」的樂趣。有一回周老師提到：

> 我們今天能在這裡研究文字、聲韻、訓詁學，都是章太炎的功勞（大意如此）。

而第一次認識了這個學科被時代隱姓埋名的近代祖宗。老師形容章太炎的學問「比天還大」。小子不勉，而談天何妨鄒衍。

2、稠密。無用的

四年的那樣的知識氛圍中，大學裡頭的小學教育幾乎以不言而喻的方式向我們宣告：學院內外存在著嚴重的時差，前者指涉向遠古的過去，後者是我們身體所在的時空。而教授們慣於以畢生的記憶向我們顯示古中國知識的稠密，那種稠密絕對的與他們的年歲有關；卻也已然成為某種歷史實體——西方漢學家難以穿透它的稠密而把古中國的歷史／文化發展理解為一種凝滯的存在樣態。五千年的時間沒有可見的體積，卻經由層累的知識而讓我們具體的感受到它異乎尋常的密度和重量，它像黑洞一般可以扭曲時間、含納所有可能的差異、共時化所有歷時的變化、吮吸所有向它投入的意識——它既是讓富有文化使命感的傳統中國知識分子駝背的包袱，也是他們引以自豪的祖產。而我們面對著那麼龐大的一塊陽光也穿不透的化石叢林，似乎難免於提前衰老；甚至有的還人格扭曲以致偏執的把祖產的龐大幻想為自己的偉大，而天人合一，物我不二，即超越及內在，而自以為掌握了本質，可以無視於世界的現時變化。那似乎是作為信仰的文化給予信仰者的變態的報償。

在聽覺、視覺和時空的錯亂中，在前台北帝國大學沉悶的院落裡，竟有一股說不出的憂鬱。找不到一個寄身於斯的理所當然的理由，似乎也理所當然的找不到理由。在中文系大而無當的漫無邊際裡，也不容易找到焦點；在自詡為文化傳燈人的講台上的教者們帶著自矜、嘆息後繼無人的歷史退化論式的「中文水準低落」的循環咀嚼聲中，更隱然察覺他們業已含蓄的宣告他們是全然不可能被取代的——因為我們本質上的「後生」，因為時代的急遽變化而我們很難完全避免被捲入，因為我們不情願完全拒絕這個造化給予的時代。

在知識苦悶的歲月裡，到過政治系、社會系（所）、人類系、外文所、歷史系……去聽課，也考慮過以他系為棲身之地，以抗拒中文系上古時間的腐敗吸力；也花過一番功夫在大馬華人史、文學史上，從而宿命的品嘗了人文學科在這個半邊陲島嶼的青澀。

大學的最後一年，除了歷史系黃俊傑教授誇張自滿的「史學方法」、錢新祖教授豐饒曼衍的「中國思想史」之外，也到人類系旁聽黃應貴先生的「社會人類學」和謝世忠先生關於東南亞少數民族的兩門課，有限的認識了長期被大中華文化和政權漠視的邊緣族群的艱難處境和文化創造力；而黃先生的課所展現的學術上的嚴格是我在中文系未曾見到的，躲在講堂一角跟著讀了許多全然陌生的材料，獲得不少啟發。他要求學生準確的掌握每一個被（學者）運用的概念，去理解它、準確的表達它、合理的質疑它；掌握論述者的理論前提以便徹底的了解他何以如此論述及判斷它的有效性；帶領我們到許多陌生地去做知識的漫遊探險，以充分的體會「嚴格」究竟是怎麼一回事，以理解知識生產的（入世的—實踐（praxis）的）意義。課程總結在他個人對自己二十多年來的台灣布農族研究的反省上，竟繫以人道主義者常見的無力感——對研究對象的困境沒有能提供多少實際有效的幫助——而舉《百年孤寂》終場的風沙漫漫為課程劃下句點，隱喻了知識的無用的沉重，學術研究與社會實踐之間的尷尬。

3、文化母體。別子為宗。雜交

身為中華文化的邊緣人，受華文教育——或者因為某種難以言喻的神祕初始情感——而帶來的文化上的中國傾向（Chinese Oriented，相對於政治上的東南亞傾向Southeast-Asia Oriented），某些（海外）華文作家把語言文字當成了信仰，紛紛提煉、實踐他們心目中的「純正中文」，在文學場域。他們甚至比中國境內的中國人更堅持「本質」，而在資源的尋求上無非是往溯既古（和所有中國歷史上復古論者採取一致的方向），古中國的稠密總不會讓他們失望；從而讓文化本質可以經由信仰的搜求、實踐而證明它是與身具有的存在。

古中國的歷史長期合理性向他們表明，（中華）文化的基本單位是它的語言文字，它像遺傳代碼一樣隱匿於該民族個體最幽深的內在，賴信仰以流傳。那難以勘測幽深是母體文化恐怖稠密的投射，義無反顧的搜索者鮭魚產卵式溯游而上，卻似乎陷溺於（精神分析——文化上的）戀母情結，而投入那原初的出處的初始封閉中。從老怪物辜鴻銘到李永平，莫不如此。不論是在中國之內還是之外的復古論—復古實踐在結構上都是一致的，作為文化單位之學的「小學」與及這門學術中最後的大師章太炎和他一生狂熱的政治實踐在時代轉型期中所構成的多重矛盾，恰可以作為理解前述（文化）憂鬱症的一個陰翳的個案。

由於志不在「述古」，了解便不是為了更緊密的擁抱大中華，而毋寧是一場為了告別的聚會；希望可以把屬於乾嘉的還給乾嘉，中華的歸中華；攤開「本源」的遮蔽，剝落它的偽裝，以讓現代文學和漢字得以合理的開展它們的歷史性。長期站在現代文學的立場，一直感受到來自古典文學代言人的體制的壓力，諸如視白話文為簡易，因而毋須研究，是以許多中文系所一直都把排拒現代文學（研究）視為無須反省的潛在共識。他們不會公開對現代文學發言，以免自暴其短；而面對這種陰險的暴力，勢不得不在他們迄今仍無法超越的祖宗身上，開闢一個戰場。

4、不肖子孫

選擇章太炎作為討論的對象也不全然是因為他的學術（雖然他的著作對我而言確是相當理想的「國學導讀」），也因為他是一個那麼特殊的大清子民、民國遺老；一個那麼特殊的時代形象。關於這點，太炎弟子魯迅的描述精采而簡約：

考其生平，以大勳章做扇墜，臨總統府之門，大詬袁世凱的包藏禍心者，並世無第二人；七被追捕，三入牢獄，而革命之志，終不屈撓者，並世亦無第二人：這才是先哲的

精神，後生的楷範。（〈關於太炎先生二三事〉）

魯迅對章太炎晚年的「漸入頹唐」頗不以為然，對於他漸被遺忘的革命形象卻至死念念不忘。他是擔心章太炎會被（自我及他人）包裝成一個不問世事的傳經之儒。不幸而言中——章太炎透過投身「殺頭事業」而實踐的「經世」，竟然被這詭譎的時代和他學術上的不肖子孫們粉刷成要命的「學隱」。究其實「有學問的革命家」是一個不可分割的整體；去除了「革命家」，「有學問」也就不這麼有趣了——因為那個時代「有學問」的人何止章太炎？去除「有學問」同樣要不得，在那樣的一個「盜鉤者殊，盜國者王」的革命時代，真真假假的「革命家」何其多，逞其私欲，各謀權位，而稱得上「有學問的」卻絕無僅有。這也是魯迅稱譽章太炎「並世無第二人」的「微意」：幾可說是「當世第一人」。

5、淡江。學術工業。死亡

淡水是座小鎮，也是座古鎮。龔鵬程教授的反叛姿態為台灣中文系的閉鎖注入一股罕見的新鮮空氣；淡江大學老師的年輕也易於溝通，削弱的權威給我們騰出一大片可能的表達空間。在施淑老師兩年的選修課上學得最多，初窺西方理論門徑，也在西方馬克思主義對人類文明的深沉焦慮中感受到辯證思維的理論魅力。施老師的頻頻告誡令我庶幾免於少年法西斯式的理性獨斷，對概念的庸俗化也深自警惕；而畢竟野性難馴，雖不廢準確，對於所謂的「嚴謹」卻略有保留。從本雅明（Walter Benjamin）那兒獲得重要的啟迪，更對美國式的體制化、僵化、科學主義邏輯實證庸俗反映論主導下的論文寫作觀念和格式頗不耐煩，一如施老師本身的實踐，即使是論文的寫作也絕不能廢棄藝術感性；所有的書寫在以文字表達這一點上是對等的，剔除了藝術感性的論文寫作的直接效果是表達上的平面化，而讓知性焦躁裸露，以偏執的型態宣稱它的真理性。自民初白話文獲得表達的優勢以來，它的表達前提也理所當然的成為表達的代價。語言表達中的詩性（古典的例子如杜甫以降的「論詩絕句」傳統，最豐富的始源是《莊子》、《老子》等）被狂暴的驅逐了。

漸漸的也發現龔老師大規模論文寫作蘊含的否定邏輯和操作策略其實並不難掌握，也逐漸意識到其中潛藏的危險性；也見到他的追隨者如何的把它完全技術化、輔以個人理性的獨斷和強不知以為知，而發展為一種自以為式的無堅不摧、妄想症式的把自己放大為自己想像中的英雄——複製的龔老師早年的形象——以為可以輕易的瓦解所有的論述、掌握所有的理論，而使得論文的寫作淪為自己的信仰和教條的重複嘮叨獨白。這樣的論文寫作是純粹後設性的，因為在他們對對象的刻意漠視中，他們徹底的失去了論述的對象，理性走到了它的反面，所有的言語文字都指涉向論述者自身。

探索了幾年，在大量、密集的閱讀中，漸次了解所謂的「學術研究」其實極易淪為體制之內模式化的機械性再生產。在一個固定的理論前提之下，以一套固定的研究方法和解釋模式，儘管材料的範圍可以不斷的擴大，研究的對象也可以一再更換，假使心靈上沒有成長，也只不過是一套既定方法的重複操演、一個固定理論前提的變相複述。如此仍然是術而非學，可以當一個有蒐集癖的博物學家、好奇的美食家、自以為式的角頭學究，而不足以稱說大師。廖平一生學術凡六變，愈變愈詭誕；王國維三變，平實而迭有創獲；章太炎二變，奇偶相生；詩人楊牧在詩藝的搜索之路上屢屢求變，在一次痛苦的轉型中，慨言：

> 變不是一件容易的事，然而不變即是死亡。變是一種痛苦的經驗，但痛苦也是生命的真實；而死亡何嘗是生命？雖然它是真實。（《年輪．後記》）

個體生命誕生於他人（母親）的痛苦，卻必須在自身不歇的痛苦中蛻變，以完成自我。研究和創作在這一點上，是否竟是共同的？

6、「謝本師」

不止曾寫文章質疑自己指導教授的理論結構，對於上課很混的老師也素來不太恭敬，這種「少年法西斯」式的作風確實需要做一點自我辯白，以免被好事者混同於時下的「青少年哪吒」。在這價值轉型的時代，聰明人不免易於進出新舊、中西，而各取所需。在這種情況下，任何的價值都不免是相對的，而且以具體的情境為行為的上下文。「師道」必須產生於師生的互動中，而互動又不一定是良性的。令師大國文系一夕成名的「師狼事件」可能是「師有事（需要？）弟子服其勞」的一個變態的現代個案。師無道，則無妨「謝」（絕）之。可以尊敬的老師當然必須尊敬，而糟糕的老師也沒理由任他誤人子弟下去。也是從醬缸中浸泡出來的醬缸論者柏楊把中國文化比喻為一個大醬缸未始沒有他的道理；中國人的老奸巨猾和裝模作樣如果沒有仁義道德做包裝也還不至於那麼無堅不摧。在這方面也許我們都該西化一點。那樣的批評襲老師實在是因為他的慣於「英雄欺人」——在心態上他一直以「大國手」自居，總是有意無意的把學生擺在「述者」的位置上，撰寫的每一篇論文幾乎都自我標榜為「導論」，希望學生能沿著他的思路為「大師」做注。在我看來，這種心態毋寧有點可笑，在認識論上也無非只是重塑了祖宗們封閉的「述古」結構；更要命的是在論文生產操作上的嚴重機械化，令他那中華帝國文化想像的內部早已有許多看不見的城市毀滅於天災人禍。我那篇他一直強調只能拿〇分的論文〈人隱沒於「寓復古於開新」中的〉，也只不過是以一個來自異鄉的馬可波羅的立場，苦口婆心的告訴自我想像為忽必烈的聾老師，所謂的帝國其實也只是您的帳棚的延伸和變奏，而「帳棚其實早已嚴重的漏水了。」千言萬語，無非只是強調，在學術的對話上，師生之間應該可以對等的。有所見必有所蔽，水遠山長，猶不知鹿死誰手。魯迅對章太炎的態度，或許可以參考借鏡：

> 古之師道，實在也太尊，我對此頗有反感。我以為師如荒謬，不妨叛之，但師如遭冤，卻不可趁機下石，以圖快敵人之意而自救。（〈與曹聚仁〉）

而今在商品化的社會裡，所謂的「學術」（研究？）也已嚴重的依循商品的邏輯在大量生產，在還沒有資格腐敗的年齡，希望還能保有一份極為有限、脆弱的真誠。而「師道」，似乎也只不過是商品標籤的一種；也近於各個角頭老大和他的小弟們建立在權力和利益之上的默契，只是多了層叫做「道德」的保護膜。

章太炎曾因夷夏之防而「謝本師」，周作人因章太炎晚年的「漸入頹唐」而「謝本師」，唯魯迅對章太炎始終執以弟子之禮，日暮之年對章太炎的早年形象猶反芻不已。

7、岔口

匆匆把論文初稿趕出來，談不上滿意，總之已寫到目前的認知極限，已盡了力。重要的倒是藉這個機會清理一下自己。雖不必像阮籍那樣痛哭歧路，在每一個道路的分岔口停下來仔細想想也是必要的，可以少走一點冤枉路。「門檻」是某種意義上的岔口，它置於出口與入口處，在我們進退之際。

8、規訓與懲罰

六月三號的碩士論文口試，令人印象深刻。兩個半小時的激辯，與其說是知識上的溝通與交流，還不如說是領教體制代言人的「規訓與懲罰」，也深刻的體會了傅柯「知識就是權力」的命題。當權力以知識的偽裝展現，同時夾著師道倫理、打分數的權力時，根本就不可能是一種對等的溝通；自我辯護被理解為抗拒，放棄自我辯護則是承認錯誤。權力關係從而優先於一切，權力位置先決的決定了他們不可能犯錯、不可能誤讀（那甚至是不可置疑的）；而學生之為學生，似乎就應該學習怎麼樣在體制下狗苟生存。這也許可以說是「破格」的代價吧。

在論文的寫作過程中，一直找不到可以討論的對象，也一直深以為苦。施老師拒絕指導的理由是對章太炎不熟，口考時很悲哀的乾煎了兩個多小時唯一沒討論到的也還是章太炎——我論文題目的主詞；令我不禁有對牛彈琴之感。無論如何，在禮貌上還是要感謝兩位校內外的口試委員——蔡英俊、高伯園教授，感謝他們讓我有機會深切的感受體制的權力作用，也感謝他們以具體的行動再次支撐了我對國內中文學界的悲觀看法；然而對我而言，真正悲哀的是：他們都比我預設的對象年輕得太多。

而今頭角嶄露，眼前來日方長；寧為異端，不做餘孽。是是非非，留予後人說短長。

9、差異

這篇論文的許多觀點龔老師並不同意，尤其是關於聲與形在乾嘉樸學及章太炎的知識系譜中孰為優先的問題、把經學問題扯進來、忽略了章太炎的五朝學等等；而最根本的問題也許不在這裡，而是在於我他和對於中國文化的基本看法的分歧，用他的修辭，我在精神上是延續了五四以來的反傳統思路；同樣用他的簡化修辭，他正是站在我的反面的、以復古為開新的傳統主義者。我強調在和「傳統」保持距離的前提之下以一個異文化的觀察者的立場去檢視它；而他卻是迫不及待的捲入了。我在論文中植入／埋下了許多他（們）無法接受也無法理解的差異，而那或許也正是我和「傳統」拉開距離的地方。一如在龔老「自其同者而觀之」的目光下，認為我對樸學「因聲求義」的論述也無非是普通常識，而忽略了我是把那似乎是客觀的純淨的方法擺在一個怎樣的理解脈絡（記憶的抹除、精神的逃逸路線）以讓它產生意義——也許，那意義對於傳統主義者而言根本毫無意義，因為那不是「傳統」的理解。至於聲／形的論爭，我也是以大量的章太炎的文字為依據，雖則那和龔老的文化想像建構《文化符號學》的核心觀點大異其趣。至於章太炎其他的學術領域（如龔老常指出的「五朝學」，其實還有諸如「先秦諸子學」、中國制度史等等）我為何不去觸及，理由其實也很簡單：章太炎把語言文學之學建構成「一切學術之單位之學」，認為「小學」是一切中華學術的基礎之學，而他個人已理所當然的通過了這一層「識字」的門檻，可以無礙的處理一些客觀的學術問題。我的著眼點並不在於過了門檻之後的種種，而是在於門檻本身——除非那特定的學術領域和他的「語言文字之學」中的語言哲學產生衝突——否則該學術領域便是共享著「小學」的理論假定，則可以存而不論。求同不如存異，我也懶得再徒事爭辯，況且老師也未必是對的。也許已經走得太遠了最近倒也常想起張之洞對廖平的勸勉與批評：

風勁馬良，去道日遠。

天下若有道，則無妨歧路分途，而各行其是。

10、致謝詞

要感謝的人很多。施老師可能是系／所上被學生剝削得最徹底的一位，常得為學生診斷他們呈上的不成熟文章的不成熟度，並給予他們迫切需要的鼓勵。也要感謝龔老師的寬諒，給予我近乎完全的自由去處理論文；深藏不露的周彥文老師對於「學術品格」的堅持與他對烏龜的特殊關愛同樣令人印象深刻，從他那兒得以學著從學術史的角度重新審視目錄學與文獻學，目寓古書版本而與樸學知識對象的歷史實在（Historical Reality）相遇，在難以言詮的氣息（Aura）中獲得情感上的震驚。和林建國的經常性討論每每從他異於常人的敏銳中獲益，也常承蒙他周濟理論資源。胡正之兄的多方關切和經援，及那一群可以一塊打牌、打屁、打混、論學的新朋友——陳世忠、胡衍南、王宏仁、陳明恩等，虧了他們，生活纔不會那麼無聊，總之和台北盆地的苦悶比起來是好得多了。在碩士論文的生產過程中，胡衍南幫忙第二章的打字及最後的電腦補充修改；陳世忠協助往返送稿和校對：胞兄黃錦河幫我打了第三章及處理全部初稿的排版列印工程。

也有幸結識陳明柔陶玉璞夫婦和他們豢養的不會捉老鼠的大肥貓；感謝劉叔惠借中古電腦，這篇「像鐵軌一樣長」的〈自序〉終於可以自己用電腦（以烏龜慢跑的速度）打出，遲來的進化也還是進化。其他未及列名的朋友請多多原諒，希望將來能將各位的大名補充進參考書目裡，以廣篇幅，以壯聲勢。但願在多年以後朋友們都能在各自的領域內各成氣候；異日相逢，交會互放的光芒。最後要感謝林玉珠小姐這些年來有耐心或沒耐心的陪我走過這麼一段怔忡徬徨、桀驁不馴、逢祖殺祖的訪道（？）留學歲月。

在這座三年宿息於斯、因日益畸形的繁華而減損古意的淡水，留下一部分自己，帶走一部分小鎮——以夢與記憶的形式。

一九九四年五—六月

不可能的祝福
——年度小說得獎感言

印象中這個獎我從來沒有拿過，因此要特別感謝賴香吟，其次才是感謝九歌出版社。因為如果不是賴香吟而是別的主編——譬如去年那一個，可能就連入選的機會都沒有。雖然我自己並不覺得這篇是我自己在二〇一四年發表的最好的小說，《印刻》發表的另外那兩篇，《聯副》上的幾篇，《短篇小說》上的〈在馬六甲海峽〉，也許都好一點；甚至二〇一三年發表的那七八篇，也沒比較差。不過我自己也多年沒看年度小說選了，以前為了上小說課，會在那門課的最後兩次上課時間，以當年出版的新的小說選來做教材，逐篇檢視。但好幾次，逐篇細讀了後，都覺得那主編該抓去槍斃。簡直亂選一通。

那門課我好多年沒開了。

誠如我在〈感言〉裡寫說，我有多年沒寫（當然也就沒發表）小說。二〇一二年中旬發表了回應賴香吟《其後》的〈嗨，同代人〉及回顧自己大學時代摸索之路的〈馬華文學無風帶〉之後，突然找回小說的感覺。那時陸續寫了幾篇小說，離開文壇多年，崛起的新人已不只一個世代；好像魯濱遜從荒島回到城市，不知道那天是星期幾；不知道各報副刊的主編是誰。於是我用臉書問駱以軍要電郵，發現熟人都退休或離職了，還好大部分新當家都蠻客氣的，尤其是聯副的宇文正和中時人間的簡白，還有《短篇小說》的江一鯉，這兩三年，我在這幾份刊物登最多。很感謝他們。但也有刊物不用也不講一聲的，後來就不敢投了。

回到這篇〈祝福〉，所有中文小說的讀者一看題目都會認為那似乎是在向魯迅致意。但如果要說致意，頂多只是歪斜的致意。我在某地方說過，這是我的馬共小說的收尾之一（插一句：馬共對我而言是許多不同符號的轉喻）。我在〈得獎感言〉中說，我們和魯迅的幽靈還有帳要算。

一九三〇年後的幾十年間，南洋左翼知識分子都是魯迅虔誠的讀者，有不少人寫起雜文來都像魯迅的鬼上身。但南洋左翼的歷史本身是悲涼的，在英殖民時代，革命青年動輒被「遣返」中國，即便那些人是南洋土生土長的；到中國之後，反右文革時很少能免於被指控為間諜、被懷疑是帝國主義的走狗的——而留在馬來西亞的，除了那些被迫困守森林的之外，為了生活，許多老左都面臨陳映真小說〈山路〉的情境——和資本主義生活方式，甚至價值觀妥協；但政治和文化上都還非常親中。有的成為很富裕的商人，但革命受挫留下的傷害幾乎被忽略了。我嘗試用小說的技術，把這一切都絞在一起；因此我曾在某場對談中對一位青年朋友說，面對那悲哀的歷史遺產，這祝福當然是個不可能的祝福，一如寫作對他們而言幾乎是不可能的。

祝福各位。

二〇一五年三月十二日，台北·紀州庵

沒有位置的位置
——花蹤馬華文學大獎感言

去年底，有人出版社的朋友說要推薦我角逐本屆的「花蹤馬華文學大獎」。我想如果那能讓《火，與危險事物》多賣幾本，「角逐」看看並無不可。有人之決定出版《火，與危險事物》，雖不乏文學史意義，但我總覺得高估了我在大馬華文閱讀公眾中的被接受度。

這些年，大馬華文青少年文學的閱讀人口有顯著的成長，但那似乎和馬華文學關係不大。靠政治熱情支撐的那幾十年（那時並不要求我們非常在意的「文學品質」）過去後，馬華文學的讀者大概只剩下同為作者的那批人（品味好惡分歧學養參差的文青或老文青。自古文人相輕，能相互欣賞的大概也並不多），即便在台灣，也很難吸引讀者。在國內，它不只競爭不過舶來的台港純文學（及汪洋般廣大豐饒的世界文學），也競爭不過武俠、科幻言情小說、連環漫畫之類的通俗讀物。一直都是那樣的，看來未來也不可能有多大的改變。即便對大馬華文讀者而言，也有「為什麼要讀馬華文學」的問題（這可視為「為什麼馬華文學」的另一種再問題化）。也就是說，馬華文學的困境之壁比我們想像的堅固得多（更衰的是，有的局外人還以為它和馬華公會有什麼關係）。我們窮盡一生的個人努力，也許終究還是改變不了馬華文學的實存窘境。雖然，花蹤的獎金對年輕寫作人還是很實惠的鼓勵，即便是在馬幣大貶的年代。

大馬本土論者有個講法也許部分是對的，用華文寫作，永遠不可能寫出跨族群雅俗共賞的大馬「國民文學」（譬如夏目漱石之於日本文學）；沒講對的部分是，在可見的將來，用馬來文也不能——即便馬來文以國家的力量強行佔據了華文、印度文的社會溝通功能。在最壞的情況下，方言母語也會在強勢語言裡哀嚎，讓它不純，在國文裡抽搐，那是文學的天性。族群分化，分歧的國民想像，一直延續著的不平等結構（雖然我不久前還讀到某大馬本土華語語系論者高調的寫道，種族問題早已過時），造成了我方的歷史與我方的文學的必然分殊，文學和歷史很難避免那樣的族群創傷經驗。先哲早有名言，自由難，平等更難。受損害者的文學很難被既得利益者青睞，既得利益者的經驗不可能在被損害者那裡得到共鳴。即便寫作者選擇官方立場，但官方立場的國民文學也只能是官方文學而已。

對文學的局外人而言，文學語言如同一種方言，文學愛好者似乎是某種方言群，有他們自己的方言群認同（也許依文類分，詩與小說各為異類——而散文，人人都會寫）。在台灣，我們或被謔稱為「馬來幫」，既是同鄉會，也是某種差異語言小共同體。早期東南亞華人移民確實是依著血緣地緣拉幫結派以求自保，繼而以方言會館、宗親會館、商會等以凝聚共同體。而在台灣，我們幾乎都是「孤狼」，很少聯絡更別說見面。人太少，寫作也不需拉幫結社，也沒有什麼利益需要用那樣的方式去保護。

這被困鎖在特定族群語言裡的華文文學，它在國境之外有更廣大的競爭群體，以致在漢語文學的家族裡（所謂華語語系者），它每每只能忝居末座，甚至位居附錄（在美、日、韓的中國現代文學學術體制裡），那是個沒有位置的位置。這也讓為什麼要寫作馬華文學——尤其在離境多年之後——成為我們必須持續面對的、尖銳的倫理與文學政治問題。

再過兩個多禮拜，我離開馬來西亞就滿二十九年了；留台的日子，也快要成為我自己的「三十年夢」。最開始的那些年，每回返鄉，只要睡兩個晚上，幾乎就可以把離鄉的日子「忘掉」，好像離鄉只不過是一場夢，原就不曾離開過。隨著離鄉的日子愈來愈長，返鄉之眠不再有忘卻他鄉的功能（也許根本的原因在於從小居住的老家沒保留下來），即便在夢裡，也已知此身是客。

如果母親還在，花蹤重達兩公斤的獎盃就不必勞駕朋友千里迢迢扛來台灣。二十一年前

（一九九四），我曾把更重的聯合文學小說新人獎的「雛鳳」獎盃扛回去給父母。如果母親還在，頭腦還清楚，這個錦上添花的獎，會讓她開心好一陣子吧。

二〇一五年九月十二日，埔里

不贈書啟

大概每個出過書的人都有類似的經驗，書印出來後的那段時間，難免忙於給某些人贈書——前輩，師友——題簽，包裝，付郵。海外的，還得花上大筆郵費。我的朋友並不多，但接連出書，就很煩了。

去年《猶見扶餘》出版後，心中突然浮起一個念頭：有些多年來均寄贈新著的師友，是不是從這本開始，就可以不必寄了？如果他們有興趣，應該自己去買一本吧？什麼事情都有到盡頭的一天，贈書這回事也是吧。但後來還是心軟，想說下一本就不再寄了吧。

出版社的贈書只有二十本。久未出書，《南洋人民共和國備忘錄》自己前前後後買了幾十本寄贈，搞到出版社懷疑我有的書款賴帳未付，這是僅次於校對的煩心事。

許多年了，多半是給當年幫過我的朋友。往昔的情誼，久了也成了習慣。即便受贈人覺得煩，也不會明白告知吧。有的朋友收到書後，會回張卡片，寫一點讀後感；更多的是只說聲謝謝，用電郵，或臉書（我沒用line）。但也有完全沒回音的，有沒有收到都不知道——這些該優先刪除。

最好的狀況是互惠，但互惠也有不同的情況。有的朋友一家子都在寫作，我贈書都題贈給她們家（一本送全家），但收到的贈書是個別成員題贈給我的；另一對作家夫婦亦然。在我沒出書那些年，收到他們接二連三的贈書，老覺得歉疚，覺得他們實在虧大了。但一個人確實寫不過一家人。

副刊雜誌的朋友不必寄，出版社會寄公關書。久沒往來的也可不寄。

即便是老朋友，也不必每本寄吧？

如果哪位朋友，以前都會收到我寄贈新書的，這回遲遲沒收到贈書，倘不是寄丟了（被郵差丟進山谷），就是我不再給你寄了。如果沒興趣，應該是一點關係都沒有的；如果有興趣，何妨去買一本，支持一下。

二〇一五年三月二十一日春分

幾個愚蠢問題

引言

前天，馬來西亞《普門》雜誌兩個年輕同鄉來採訪我，問了幾個問題，我也隨意的講了一些話——其中最「經典」的也許是，「常有人問我一些愚蠢問題，那些問題連問都不該問的，不被罵就該偷笑了，還要我回答？」——當然也錄了音。我不知道他們會怎麼寫，也不太在乎，如果有傻瓜要引用，也不關我的事。

幾年前駱以軍曾介紹一位美麗的女孩來訪問我，因為不是行內人，也沒時間讀我寫過的東西，就泛泛的問一些問題，我答得非常痛苦，事後也不敢看她的稿子。訪問過程中，面對我長長的沉默，她還一直抱怨「你很難採訪喲」。因為她採訪駱時，駱一直滔滔不絕，讓她誤以為這行飯容易吃。

而我這回接受採訪主要不過是為了讓同鄉好交差，那是他們的工作，我不過是配合演出，對我來說其實意義並不大。

自五月以來，確實有多場訪談（五月是三場對談，兩場筆談），七月下旬返馬接受《人物》高慧玲的訪談（也是筆談，在飛機上用筆電做答完畢）。數日後方路的訪談以閒聊方式進行，在那客人稀少但「店蠅」又多又大隻的酒店西餐廳，我也不記得談了什麼。只記得有隻店蠅後來失足狼狽的掉進方路的柳橙汁裡，差一點被方路張開血盆大口殘忍的喝掉。十一月在廣州接受龍揚志等的訪問，談了將近四小時，幾乎無所不談。十二月《人間衛視·知道》製作團隊也對我做了採訪，列了十多個問題。當然我也不知道《人間衛視》裡頭的年輕人為什麼會挑我，我拒絕了一回（那時說要談《猶見扶餘》），再來邀時（這回針對《刻背》修訂版），就不好意思拒絕了。再拒絕就對不起幫我出書的出版社了——沒錯，我把它定位為打書，宣傳活動——起碼的江湖道義。雖然那電台的節目我從來不看，對阿彌陀佛也一向沒什麼研究。後來一查，才發現很多阿貓阿狗都上去喵汪過了。

也就是說八個月來我差不多接受了九場訪談（五月與黎小姐的兩場也算進來），而談來談去無非就是那些問題。

《普門》同鄉的訪問提醒我，有些問題應該把它標準化，希望以後不要再有人拿來反覆的問我。取這題目純粹是為了節目效果，和郁達夫一九三七年的〈幾個問題〉恰好可以對應，它的文學史意義可能也相當。

1.名列第一的愚蠢問題無疑就是「為什麼不寫作你的台灣經驗」。

我的標準回答是：我的寫作就是我的台灣經驗。我是來台後才開始寫作，以最優秀的台灣文學為參照，我的文學經驗就是我的台灣經驗。我曾經批評說，「為什麼不寫作你的台灣經驗」這樣的提問是經驗主義的，有形式寫實主義上的預設（譬如一定要出現寫實的意義上可辨識的中正紀念堂、羅斯福路、颱風、西北雨、桂花之類的），忽略掉文學是更微妙的事物，它由層疊的移置和轉換構成。也可能是對文學的認識本來就甚為膚淺，如果那樣，倒是暴露出問者自身的問題。我用過的比喻是雨——故鄉的雨和他鄉的雨，相似而不是，不是而相似。風當然也可以。更政治一點的比喻是米，番薯，芋頭，其實也都是南洋原產。

2.其次的愚蠢問題是：你們馬華作家怎麼老是寫你們的雨林膠園，不覺得這些是窠臼嗎？（比較沒有惡意的變式是：你的鄉土文學……懷鄉文學）

辯駁見於我的〈我們的民國，我們的台灣〉。簡單的濃縮如下：你們怎麼不去問葉石濤（按：已故的台灣本土文壇大老）為什麼老是寫台南？不覺得那是窠臼嗎？

3.如何讓馬華文學被國家（馬來西亞）承認、被納入國家文學，被中國或台灣接納？

對我而言，這三個問題其實是同一個愚蠢問題的三種不同面貌——那些都不是操之在我的事，凡是操之在人的，最好不要去理它，徒增煩惱而已。哪裡沒有本位主義？哪裡沒有本土派？馬華文學不被國家文學承認，但不乏庸人竊佔國家文學的位置，以本土之名排擠異己。國家文學問題是所有承認問題的縮影，把心思放在那上頭，只能說是浪費生命。

4.為什麼你不寫長篇？不擔心你在文學史上的地位會不如那些有寫長篇的，如◇◇◇，〇〇〇？

十多年前我曾動念到新加坡去賺新幣，有一位在新工作數十年的老前輩提醒我：不要看薪水能領多少，而是要看你最終能剩下多少。

我想寫作也是這麼一回事，不是寫多寫少，也不是寫長寫短的問題，真正的問題在於你哪些作品可以留下來。別忘了天資如沈從文張愛玲郭松棻，最終留下的也只是個中短篇——幾個短篇，及幾個長一點的短篇。而很多活著時被視為（或自視為）作家的人，死後其實什麼作品也沒能留下。

5.很多台灣讀者直接把你的作品跳過去，你有什麼看法？

那是勉強不來的事。作為讀者，有好些傢伙的作品我是從來不看的（是哪些傢伙就不必問了）。值得一讀的書太多太多了。我可以這樣，別人當然也可以這樣。愛情都不能勉強，更何況閱讀。我寫的這些有的沒有的，連我太太、小孩都不看的，他們寧願看電視。看電視的好處是，好歹可以長見識。只可惜現在也沒什麼人看電視了。

6. 如果時間可以重來，你會像一九九七年那樣猛烈的批評方北方，會像二〇一二年那樣「鞭屍」陳雪風嗎？

當然不會。我這兩年涼水喝多了。我會致上最熱烈的頌詞，草擬如下：

方北方先生是有史以來最偉大的馬華小說家，他創造出迄今為止出最偉大的馬華現實主義長篇小說，是馬華文學的大漢山，是馬華小說的彭亨河。陳雪風先生是馬華文學的良心，風骨稜稜，畢生捍衛馬華文學不遺餘力，簡直就文學領域的華教鬥士；像深夜的火炬，像黎明的燈塔。沒有他們兩位，馬華文學早就墮入無邊的暗夜深谷，早就滅亡了。

以後提到我和這兩位前輩的恩怨時，被忘了引用這段話。我以前寫過的其他說法都可以作廢。如果馬華文學館要為他們立銅像，銅像基座需要頌詞，我可以永遠免費提供。

7. 影響你最大的作家是誰？

沒有規定同一個名字不能提兩次哦？當然就是前面問題六提到的那位了，另一位是影響我最大的文學批評家。

8. 如果你當年沒有留台，你會做什麼？

9. 你有沒有考慮哪一天返馬服務？你會不會覺得華社需要你？

10. 你爸對你的寫作有什麼影響？

最後這幾個問題的蠢度已起出我能忍受的限度，問者可以自問作答。其他愚蠢問題，容後補。

二〇一四年十二月二十九日，埔里

補：某君二〇一五年四月二十二日傳來系列愚蠢問題如下——

1. 您書寫的馬共小說和馬共黨員書寫的傳記和歷史，有何差異？

2. 您書寫馬共的目的除了是處理歷史創傷，還有怎樣的出發點？

3. 您在南洋人民共和國備忘錄自序中提到，馬共圈內人以自己的文學觀、歷史觀與期待撰寫小說就會完蛋。想了解他們的文學、歷史與期待是什麼？同時，您也提及了用自己的方式向他們致意，所謂的方式是什麼？

我給他的簡答是「這些問題都不該由我來回答，有興趣的讀者該自己去回答的，如果你讀了小說還看不出來就不必再問了」。

文章出處

〈嗨，同代人〉，《自由時報．自由副刊》，二〇一二年五月二十三日。

〈土星的環帶〉，《聯合報．聯合副刊》，二〇一三年六月一日。

本文原係為言叔夏散文集《白馬走過天亮》（九歌，二〇一三）寫的序。

〈父親的塵埃〉，《中國時報．人間副刊》，二〇一三年五月七日。

〈河流與人間〉，《印刻》一二二期，二〇一三年十月。

本文原係為房慧真散文集《河流》（印刻，二〇一三）寫的序。

〈第四人語〉，《聯合報．聯合副刊》，二〇一四年八月三日。

〈風下奇談〉，《印刻》一三八期，二〇一五年二月。

〈回頭凝望〉，《聯合報．聯合副刊》，二〇一三年七月二十六日。

本文原係為楊索散文集《我那賭徒阿爸》再版本（聯合文學，二〇一三）寫的序。

〈沒有窗戶的房間〉收於《靜止在：最初與最終》（寶瓶，二〇〇五）。

〈時間之傷，存有之傷〉，《自由副刊》，二〇〇五年三月六日。

〈獏的嘆息〉，本文原為伊格言《噬夢人》（聯合文學，二〇一〇）之序。

〈給自己們〉，《聯合報．聯合副刊》，二〇一四年四月五日。

本文原係為朱宥勳評論集《學校不敢教的小說》（寶瓶，二〇一四）的序之一。

〈獅子、大象和雞鴨〉，《印刻》一一一期，二〇一二年十一月。

原係為李岳鴻小說〈沒有獅子的圖鑑〉寫的跋。

〈柳丁與番茄〉，本文原為連明偉《番茄街游擊戰》（印刻，二〇一五）的推薦序。

〈未竟的書寫〉，《自由時報．自由副刊》，二〇〇五年八月八日。

〈陳映真的理想讀者〉，《中國時報．人間副刊》，二〇一三年六月二日。

〈文有別趣〉，《聯合報．聯合副刊》，二〇一五年二月七日。

本文原為黃翰荻散文集《人雉》（麥田出版，二〇一五）的序。

〈南洋底死〉，〈石頭與女鬼——論《大河的盡頭》中的象徵交換與死亡〉，《台灣文學研究學報》第十四期，二〇一二年四月。

〈馬華文學無風帶〉，《聯合報．聯合副刊》，二〇一二年六月六日。

〈蘆花江湖〉，《聯合報．聯合副刊》，二〇一三年十二月二十三日。

〈那棵樹〉，《南洋商報．南洋文藝》，二〇一三年十月二十九日。

〈聊逑〉，《中國時報．人間副刊》，二〇一三年十月九日。

〈拘謹的魅力〉，《中國時報．人間副刊》，二〇一四年十一月二十一日。

〈銀色腳踏車〉，《南洋商報．南洋文藝》，二〇一三年十月八日。

〈煙雲〉，個人臉書，二〇一四年十二月三日。

〈火笑了〉，《東方日報．東方文薈》，二〇一四年八月三日。

〈沉重的沒有〉，《南洋商報．南洋文藝》，二〇一四年十一月十八日。

〈散戲〉，《聯合報．聯合副刊》，二〇一四年十一月二十—二十一日。

〈永遠的舊家〉，收入曾翎龍主編，《作家的家》（馬來西亞華文作家協會，二〇一〇，頁六三—六五）。

〈關於舊家的照片〉，《南洋商報．南洋文藝》，二〇一三年七月九日。

〈鹹餅〉，《聯合報．聯合副刊》，二〇一五年一月二十二日。

〈母雞和牠的沒有〉，《星洲日報．文藝春秋》，二〇〇七年五月六日。

〈沒有查禁？〉，《中國時報．人間副刊》，二〇一三年十二月二十四日。

〈我們的新加坡〉，《戲劇盒子》（新加坡：網誌，二〇一四年七月）。

〈華文課〉，《印刻》一三三期，二〇一四年九月。

〈我們的民國，我們的台灣〉，《燧火評論》，二〇一四年十月十五日。

〈江湖上那些研討會〉，《南洋商報·南洋文藝》，二〇一四年八月十二日。

〈讀中文系的人〉，碩論自序，一九九四年六月。

〈不可能的祝福〉，個人臉書，二〇一五年三月十三日。

〈沒有位置的位置〉，《星洲日報·文藝春秋》，二〇一五年九月。

〈不贈書啟〉，個人臉書，二〇一五年三月二十一日。

〈幾個愚蠢問題〉，個人臉書，二〇一五年一月一日。

國家圖書館出版品預行編目資料

火笑了 / 黃錦樹作.-- 初版. -- 台北市 : 麥田出版 : 家庭傳媒城邦分公司發行, 2015.11
面； 公分. -- (麥田文學 ; 285)

ISBN 978-986-344-153-3(平裝)

855　　104021024

麥田文學 285

火笑了

作　　者　黃錦樹
責任編輯　林秀梅　莊文松

國際版權　吳玲緯
行　　銷　艾青荷　蘇莞婷
業　　務　李再星　陳玫潾　陳美燕　杻幸君
副總編輯　林秀梅
副總經理　陳瀅如
編輯總監　劉麗真
總 經 理　陳逸瑛
發 行 人　涂玉雲

出　　版　麥田出版
城邦文化事業股份有限公司
104台北市中山區民生東路二段141號5樓
電話：（886）2-2500-7696　傳真：（886）2-2500-1966、2500-1967
E-mail：bwps.service@cite.com.tw
發　　行　英屬蓋曼群島商家庭傳媒股份有限公司城邦分公司
104台北市中山區民生東路二段141號2樓
書虫客服服務專線：(886)2-2500-7718；2500-7719
24小時傳真服務：(886)2-2500-1990；2500-1991
服務時間：週一至週五09:30-12:00；13:30-17:00
郵撥帳號：19863813　戶名：書虫股份有限公司
讀者服務信箱E-mail：service@readingclub.com.tw
歡迎光臨城邦讀書花園　網址：www.cite.com.tw
麥田部落格：http://blog.pixnet.net/ryefield

香港發行所　城邦（香港）出版集團有限公司
香港灣仔駱克道193號東超商業中心1樓
電話：(852)2508-6231　傳真：(852)2578-9337
E-mail：hkcite@biznetvigator.com

馬新發行所　城邦(馬新)出版集團【Cite(M)Sdn. Bhd】
41, Jalan Radin Anum, Bandar Baru Sri Petaling,
57000 Kuala Lumpur, Malaysia.
電話：(603)9057-8822　傳真：(603)9057-6622
E-mail:cite@cite.com.my

設　　計　蔡南昇
電腦排版　宸遠彩藝有限公司
印　　刷　前進彩藝有限公司

初版一刷　2015年11月3月
著作權所有・翻印必究（Printed in Taiwan）
本書如有缺頁、破損、裝訂錯誤，請寄回更換

定價／340元
ISBN：978-986-344-153-3

城邦讀書花園
www.cite.com.tw